老人情依

Love In Old Folks Home

苏姝 著

当代世界出版社
THE CONTEMPORARY WORLD PRESS

图书在版编目(CIP)数据

情依老人谷 / 苏姝著 .—北京：当代世界出版社，2016.8
 ISBN 978-7-5090-1131-7

Ⅰ.①情… Ⅱ.①苏… Ⅲ.①纪实文学－中国－当代
Ⅳ.①I25

中国版本图书馆 CIP 数据核字（2016）第 200233 号

书　　名：	情依老人谷
出版发行：	当代世界出版社
地　　址：	北京市复兴路 4 号（100860）
网　　址：	http://www.worldpress.org.cn
编务电话：	（010）83907332
发行电话：	（010）83908409
	（010）83908455
	（010）83908377
	（010）83908423（邮购）
	（010）83908410（传真）
经　　销：	全国新华书店
印　　刷：	北京毅峰迅捷印刷有限公司
开　　本：	710 毫米 ×1000 毫米　1/16
印　　张：	17
字　　数：	230 千字
版　　次：	2016 年 10 月第 1 版
印　　次：	2016 年 10 月第 1 次
书　　号：	ISBN 978-7-5090-1131-7
定　　价：	35.80 元

如发现印装质量问题，请与承印厂联系调换.
版权所有，翻印必究，未经许可，不得转载！

献　给

已经老去、正在老去和终将老去的人们！

目 录

第一章

雪后清晨　　002
晚餐结束曲　　007
泡泡浴　　013
一生的等待　　019
地球村的快乐　　026
鸡尾酒之夜　　032
这里就是我的家　　039
上帝的呼唤　　046
哈利路亚　　055
逃跑　　063
命运　　073

第二章

枫叶如丹	082
塞尔玛的故事	090
平安夜和圣诞节	099
一个普通的工作日	105
告别史蒂文	112
动物城	119
爱情鸟	123
十八相送	128
林婆婆	136
木兰辞	142
没有不散的宴席	150

第三章

起床号	158
繁忙的早晨	163
儿媳妇	170
无味的百味餐	178
百灵鸟的呻吟	183
老乔治	189
护士奶奶	196
我要回家	206
难忘的夏日	212
美男子	220
疯狂音乐会	225
深秋的苍凉	230
从夕阳中走来	236
开启天堂的大门	242
后记	249

引 子

到加拿大不久的一个周末，朋友让我帮他送一天报纸。清晨，按照朋友给我的地址，我驱车来到一个幽静的居民区，在一座座花园楼房中，坐落着一排被绿草地环抱着的普通平房。

来到大门外，我看见一位七八十岁的老太太扶着助行器站在玻璃门内向外张望。我推了推门，门是锁着的，我拿着报纸站在门外向里望，等着有人来给我开门。

不一会儿，一位身穿短袖护士服的中年妇女走了出来。她走到门口，低下头对老人说了几句话，然后慢慢地把老人扶到了一边。

门开了，我赶紧把报纸递过去，并好奇地问她这里是什么地方，中年妇女说这里是Nursing Home。

哦，原来这里就是中国人常说的老人院呀！

在加拿大，老人院通常被称为Nursing Home，准确的翻译应该是"护理之家"或者"护理中心"。

据我所知，护理中心最初主要是收留因战争而伤残的士兵，后来士兵越来越少，护理中心便开始收留生活不能自理的和孤寡老人。如今，护理中心绝大多数住户是老人，但也有一些并不老的残疾人、瘫痪病人、慢性病人和晚期病人。

来加拿大之前我就听说加拿大的老人院很不错，所以一直好奇到底是什么样子，没想到我现在居然站在一家老人院的门口。真是踏破铁鞋无觅处，得来全不费工夫。为了满足好奇心，我在大门关上之前探身进去迅速地向院内环视一周。

首先映入我眼帘的是一间很大的娱乐厅，里面摆放着一架三角钢琴，旁边的墙上镶嵌着一个漂亮的小壁炉，壁炉上面挂着一对手持长矛和盾牌的古代勇士铜像，很是威武。在大厅里，几位神情呆滞的老人正四处遛跶，还有几位老人东倒西歪地坐在轮椅或椅子上，张着嘴、歪着头、闭着眼睛，昏昏欲睡，样子有点滑稽。

大门关上了，我回到车里，并没有马上发动引擎，不知道为什么，我又突然转过头去，默默地凝视着这个偶然出现在我面前的老人院，想象着这座通往天堂的神奇的地方。

是的，我记住了她——金孔雀老人院，这个城市里几十个老人院中最小的一个。

由于我的手脚还算麻利，能让电动缝纫机的速度像机关枪扫射般疯狂，到这个城市后，我很快在一家制作名牌登山服的缝纫厂找到了缝纫工的工作。可是做了还不到两个月，我就因为无法忍受几个菲律宾人和一个满脸横肉的香港女人的欺负，愤然提出了辞职。没想到祖籍意大利的老板娘和从中国上海来的漂亮女工头却极力地挽留我，她们不但给我涨了工资，而且还给我换了工种，我从缝纫工变成了服装检验员和流水线上的调度。

嗨嗨，这可给我乐坏了！我简直不敢相信自己的好运气，坏事似乎变成了好事。可是在那几个菲律宾人看来，我算什么呀？来了不到两个月，衣服，衣服做不好，英语，英语说不利落，凭什么就能轻易得到一个好工种？这个结果对那些已经在缝纫厂干了半辈子的菲律宾人来说是绝对不能接受的，她们简直嫉妒死我了。于是，她们开始暗地里算计我，我在水深火热中又苦苦煎熬了几个月后，最终无论老板娘和工头再怎么挽留，我还是毅然决然地辞职了。

离开缝纫厂后我希望去学校接受职业培训，以便找个好点儿的工作，至少别被那些无理的菲律宾人欺负，再说，在缝纫厂工作也违背了我来加拿大的本意。可是到底该学什么呢？因为初到加拿大，不了解当地的就业行情，有朋友建议我寻求政府的帮助。找到政府职业培训咨询部门，一位和蔼的先生接待了我，他建议我去学护理，说这个行业人才紧缺，而且政府不仅负担学费还负担生活费，毕业后也容易找到工作。

护理？我问自己，且不说在就业观上难以接受，像我这样晕针、晕血，在国内又没有医院工作背景的人，真的行吗？不过，既然政府负担费用，那何乐而不为呢？先学完，干不干再说，实在找不到工作就权当去学英语了。于是，我报名参加了护理课的学习。

课程开始后，我发现这个课程跟我想的完全不一样，在不到一年的时间里，学员们要完成十几门课程的学习，其中包括：健康护理知识、安全护理知识、老龄学知识、日常生活的护理、老年人和慢性病人的护理、家政护理知识、急救知识和人际关系学等等。这些课程内容广泛，专业性强，对于我来说，别说是英文的，就是中文的也很难，学习难度可想而知。捧着那一本本厚厚的英文教材，我就像看天书一样，但是既然已经开始了，硬着头皮也得把它学完。

就这样，我咬紧牙关没有退学，开始白天黑夜地啃呀啃，几乎每一个词都要查字典，学得那叫一个苦，那叫一个累。苦苦地熬了一年，我终于学完了全部课程。六周如同炼狱一般的实习课也结束了，可是我万万没有想到，实习课的老师居然说我英语不好，不适合做这个工作，愣是没给我结业证。尽管当初我并没打算干这个工作，也没有花一分钱，但是我历经千辛万苦，好不容易过了所有考试，结果却没有拿到结业证，我感到愤怒、委屈、伤心、窝囊，甚至因此病倒在床一个星期。

我恨透了那个金发碧眼的实习课女老师，甚至把她告到了人权委员会，说她带有种族歧视。人权委员会办公室的官员听完我咬牙切齿的"控诉"后，笑着对我说那个老师并不是种族歧视，只不过不算是一个好老师而已。尽管人权委员会的官员好言相劝，我还是不服气，心说，她是不是好老师我不管，我就是想出这口恶气。

唉，气过之后静下心来想想，我的英语不好也是事实，尤其是听说能力，记得刚开始上课的时候，我能听懂的只有一个单词，那就是我的名字。面对失败，伤心、生气、抱怨都没用，我安慰起自己，这又不是世界末日，就不信活人还能让尿憋死。我下决心重整旗鼓，我也只能重整旗鼓。就这样，我咽下委屈爬了起来，打起精神又回到了第二语言学校，继续我的英语学习。

一学年的英语课终于结束了，为了帮助我们这些新移民尽快找到工作，学校要求每个人去做两周义工，作为语言实习课，实习结束后还要根据实习单位的评语，再确定是否颁发英语结业证书。在实习开始之前，老师鼓励我们说，以前有不少学生就是因为做义工时表现好，义工结束后直接就得到了工作。

当我听到要做义工作为语言实习课时，马上想到了金孔雀老人院。

拿着语言学校的介绍信，我又一次踏进了金孔雀老人院。找到护士长多琳，我说明希望能到这里来做义工，她立即同意了。就这样，我开始了在老人院的英语实习。

这天，午饭结束后，我推着一位老人刚从餐厅里走出来，就听到有人在走廊里轻轻地叫我。我回过头去，是护理米歇尔。米歇尔笑着走过来，对我说多琳要和我谈谈，让我去她办公室，并嘱咐我现在就去。

不知道接下来会有什么事，我忐忑不安地走进多琳的办公室。多琳面带笑容地让我坐下，然后开门见山地问我这几天做义工感觉怎么样。

有个中国朋友曾经告诉过我，在这里，如果你的洋人老板突然对你特别友好，笑容可掬，那意味着你将大难临头。这个义工工作对我来说很重要，我不想有任何麻烦，看着多琳的笑脸，我揣测着，小心翼翼地点了点头，回答说还行。

多琳重复了一遍我的话，接着说，老人院现在有几个半日制护理工作的空缺，她听护士们说我这几天做义工表现不错，所以想给我提供一个工作机会，不知我是否愿意接受。

想到没有拿到护理结业证，我犹豫了一下，然后对多琳说我的英语不好，所以现在还不想工作，我想我还需要回语言学校学英语。多琳说她问了护士们，护士们说我的英语还行，就是不爱讲话，另外，她认为我完全可以在这里一边工作一边学英语，这里有晚班，如果我愿意留下来工作，她可以给我安排到晚班，工作时间是下午三点半到晚上十一点半。

看着多琳一脸的友好与诚恳，我有点受宠若惊，感觉很难拒绝她的好意，再说，一边工作一边学习语言实际上对我来说真的是个不错的选择，也许我应该好好考虑一下。想到这里，我希望多琳能给我点时间让我想一想，明天给她答复。多琳点头算是同意了。

面对这突如其来的工作机会，我毫无心理准备。走出多琳的办公室，我的心情久久无法平静。回家后，我思来想去，脑子里乱糟糟的拿不定主意，不知道是否该答应多琳留在老人院工作。

不知道在老人院上班后会不会影响上学，不知道我的英语是不是可以和老人们正常交流，不知道同事们会不会嘲笑我，想到这些我既担忧又害怕。

我躺在床上，双手垫在脑袋下面，瞪大双眼望着天花板，两年多来遭遇的许多不公平涌上心头，每每想起就会隐隐刺痛我的神经。

由于语言障碍和没有护理工作背景，实习期间，无论我怎么努力，实习老师都说不对，我断定她对我有偏见，这让我很生气，也很自卑。可是通过一年的语言学习和实习中积累的工作经验，几天的义工工作结束后，金孔雀老人院不但给了我非常好的评语，而且还真的像英语老师说的那样，给了我一个工作机会，这是我预料之外的。所有人都知道照顾别人不容易，而护理老人就更不容易了。中国人常说没有金刚钻别揽瓷器活儿，现在我的问题是：我有没有这个金刚钻？敢不敢揽这个瓷器活儿？

不管别人怎么评价这份工作，女佣也好，没出息也罢，说实话，我打心眼里不想放弃这个机会。我对老人的生活一无所知，但做了几天义工我竟莫名其妙地被老人院里老人的生活磁石般地吸引了。我很想知道这些老人们是怎么生活的，他们每天吃什么、做什么、想什么，他们快乐吗？我猜他们每个人一定都有各自精彩的人生故事，而我是那么想知道他们或悲或喜的故事。再说，当初实习老师深深地伤害了我的自尊心，就算为了赌这口气，为了证明老师是错的，我也不应该放弃这个机会。对于我来说，这不仅仅是一个工作机会，似乎代表着一种认可，也象征着一个胜利。

夜晚，我躺在床上翻来覆去地想了很多，最终决定放弃世俗观念，接受这个工作。

第二天一早，迎着风雪，我来到了老人院。我找到多琳，首先感谢她给我这个机会，表示我决定接受这个工作，而且可以马上上班。听了我的话，多琳很高兴，她拿出几种表格，很快为我办好了入职手续。

走出老人院，虽然是寒冬腊月，但我却并不觉得十分寒冷。站在白色绒毯般的雪地里，我张开双臂仰望天空，深深地吸了一口气，任凭雪花轻轻地飘落在我脸上。那清凉湿润的雪花滑进我嘴里融化了，甜甜的，滋润着我的五脏六腑，洗刷着一直怄在我肚子里的委屈和怨恨，让我神清气爽。

离开金孔雀老人院后，按照要求，我先到市政府开了一张无犯罪记录证明，然后去商店买了一套护士工作服，我希望在经历失败与努力之后，能有一个新的开始。

2000年1月16日，星期日，一个平平常常的日子，我开始了在老人院的工作。

日历不会永远停留在这一页，生活也不会永远停留在这一天，但多少年之后，我依然经常回忆起从那天开始的不同寻常的日日夜夜，寻找着曾经的足迹，感受着曾经的感受。

第一章

雪后清晨

一场大雪过后的清晨,城市还在沉睡中,窗外白茫茫一片,路灯下银光闪烁,像儿时梦中的童话世界,带着神秘,带着圣洁,带着诗意。

虽然是第一天上班,但不知道为什么,我昨天夜里并没有激动得彻夜难眠,我的心平静得连我自己都感到惊讶。也许是因为我知道,这并不是我人生的最终目标,而只是我人生旅途中的一个驿站,我会继续努力,我相信只要坚持不懈地努力,生活就一定会改变。

早上八点,当我以新的身份再次跨进金孔雀老人院的大门时,对于人生,似乎又有了新的感悟。一年前,我会因没有拿到护理专业的结业证而郁闷得病了一场,可是今天,我居然作为一名正式的护理人员来老人院上班了,这世上的事,有时候真是不好说。但是,我并不知道自己是不是真的喜欢这个工作,又能在这里干多久,一切只能顺其自然了。

根据老人院的规定,新职工上岗前都要接受一周的培训,也就是说,第一周不能独立工作,需要跟着老职工熟悉一下护理技能和相关职责。作为岗前培训的一部分，上午八点，护士长多琳将我们几个新入职的护理人员召集在一起，介绍了一些必需的护理知识。

尽管多琳把要讲的内容一再压缩，还是用了整整一上午。在录像和多琳口头的配合下，我们大略知道了什么是老人学，什么情况算是虐待老人，老人的权利有哪些，病菌的直接传染和间接传染，如何正确洗手，如何戴手套和口罩，如何穿一次性防菌外套，如何人际交流，如何给病人喂饭、洗澡、换衣服、换尿布等等。最后，多琳还详细向我们介绍了金孔雀老人院的各种规章制度。

多琳讲的很多知识虽然我在上护理培训课的时候都学过，但一上午听下来还是觉得头昏脑涨。下午上班，我早早地来到老人院，换好工作服后，因为时间还早，便悠闲地走进职工休息室。

职工休息室里有炉子、橱柜、水池、微波炉和冰箱，还有两张职工吃饭用的大桌子和一些椅子，很像是间厨房。墙上挂着一块很大的留言板，上面贴满了红红绿绿的各种通知、学习计划和感谢信等等。留言板下面的一张长桌子上，摆放着小商贩们在这里兜售的一些廉价商品，俯身去看，这些小商品上几乎都标着"中国制造"。

休息室里还没有人，我在桌子旁边坐下来，一边漫无目的地翻阅着放在桌上的广告，一边等着上班前交接班报告。不久，同事们有说有笑地推门而入，三三两两地扎堆儿坐下。我怯生生地看看这个又看看那个，因为她们大部分是上晚班的，我在四天的义工工作中几乎都没有见过。我猜测着她们中间的哪一位是今天带我岗前培训的师傅。

门又开了，一个大眼睛、个子不高的中年妇女匆匆走进来，看样子她像是菲律宾人。她看了一眼贴在墙上的工作安排表，然后迅速扫视了一下房间，当她的目光落在我身上时，我看到她的嘴角微微地向上翘了翘。

"你是姝？"她坐到我身边，悄声地问道。

听她那口音我的第一反应就是：果然是菲律宾人。

"是的，我是姝。"我转过头去，直视着她小声地回道。

"哦，你好，我是柔斯，今天我带你岗前培训。"柔斯笑着说。

确定她是菲律宾人，我的心头立即笼罩上一层阴云。想起在缝纫厂那些菲律宾人对我的刁难，刚刚明亮的心情又黯淡了下来。我怎么又落到菲律宾人手里了，这个家伙要是不友好，我这次怕又死定了。

"你好，那我今天就跟着你了。"尽管心里有些不快，但嘴上还是勉强地笑着说道，口气并不是十分友好。

交接班报告开始了，叽叽喳喳的同事们安静了下来。由于我实习和做义工时的时间是与正式职工错开的，所以，这是我第一次听正式的交接班报告。

主管护士布鲁斯拿着一张纸，环视了一下后念了起来。他念得很快，我很难每个单词都听懂，但还是一脸严肃地听着，连猜带蒙，总算了解了报告的大概内容。

这个报告记录了昨天早班和夜班的情况：一位老人因摔倒被送进了医院，但没有生命危险；另一位老人昨夜去世了，明天将举行葬礼和遗体告别仪式；A区刚刚入住的一位老人的大概情况、应注意事项以及需要的特别护理；B太太的家属提意见了，所以给她换了房间；在C先生的胳膊和腿上发现了青紫块，腋下发现了湿疹，要注意保持清洁与干燥；D小姐腹泻，屁股也淹了，已经通知厨房专门为她做病号饭；有位老人早饭和中午饭都没有吃，并且需要通便；每位患糖尿病的老人的尿量以及饮食情况；有一位家属打来电话说晚饭前要接母亲出去过生日；还有什么人生病了需要隔离的，最后布鲁斯特别强调M太太的情绪烦躁不安、行为异常，需要特别仔细地观察，每两小时记录一次其行为表现，有事必须立即向主管护士报告。

报告真是事无巨细、五花八门。布鲁斯读完后，大家议论着陆续走出了休息室。柔斯起身后什么也没说，只是向我挥了挥手，我会意地点了点头，便紧紧跟在她身后。我俩穿过热闹的大厅来到C区长长的走廊上。

走廊那头，一个又高又壮的黑人妇女推着辆两层的四轮小车向我们这边走来。柔斯向我介绍说，这位是露丝，我们今天的搭档。

"嘿，你是新来的妹？一会儿见。"露丝走到我们面前时稍停片刻，粗声粗气地和我打招呼，没等我回话，她已经推着车子头也不回地走了。柔斯解释说，露丝要去洗衣房准备老人们晚上用的毛巾、纸尿裤和睡衣睡袍。

"那我们现在干什么？"为了表示积极性，我主动问道。

"走，咱们现在要用Lifting（一种小型医用起重机）把几个还在睡午觉的无法自理的老人弄起来，让他们准备吃晚饭。"

柔斯一边走一边问我："你知道什么是起重机吗？"

我知道什么是起重机，因为我在参加护理培训时学习过医用起重机的使用方法，教学用的起重机是电动的，制造精良、性能良好也更加安全。因为不想再提那段记忆，所以我没有回答柔斯的问题，只是低着头默默跟着她向洗澡间走去。

放在洗澡间里的是一架笨重的老式手摇起重机，与我在学校学习操作的起重机完全不一样，其升降臂的操作不是电动的而是一个杠杆，这个杠杆很像以前一些农村抽井水时用的压井上的压杆。现在还有使用这种老古董的，我以为像这样的老古董早就被送进博物馆了呢。不过，看着这架老式手动起重机联想到新型电动起重机，我们倒是可以感受医用起重机的发展历程。

按照柔斯的安排，第一个起床的老人是比利。比利除了自己能吃饭之外，其他事情都需要别人照顾。当我和柔斯推着起重机来到比利的房间时，他正躺在床上愁眉不展，看见我们推门进来，老人咧着嘴笑了，脸色立即明朗起来。

"嘿，比利，你怎么样？"柔斯走过去，俯身摸了摸老头儿的脸，亲切地问道。

"唉，我还好，就是无聊死了，我想看电视，可是床头太低，我什么也看不见，柔斯呀，快把我扶起来吧。"比利可怜兮兮地恳求道。

"你不能老是坐着，坐得时间太长你会生坐疮的。"柔斯边说边动手给老人换纸尿裤。

虽然我的英语还不太好，但大概听懂了他们的对话。两个人搭档干活，讲究配合，要手勤眼快，俗话讲要有眼力价儿，不能等着别人要求了才动手，更不能站在一边当局外人，这是绝对不会招人喜欢的。看到要给比利换洗了，没等柔斯盼咐，我立即打来一盆热水，并把毛巾递了过去。柔斯接过毛巾，麻利地又是洗又是换，从她娴熟的动作可以看出，她一定干了很多年护理工作。给比利换洗之后，我连忙拿着起重机用的吊兜铺到了比利身下，吊兜挂在老古董上，我抢先一步压起了杠杆，一下又一下，我感到越来越费劲儿，这个老头儿可不是一般的重呀。当比利摇摇晃晃地被吊起来的时候，我听到起重机嘎吱嘎吱地响了起来，像是什么东西要断裂了似的。

"柔斯，这东西结实吗？不会出什么事吧？"我有些紧张，用手扶着比利，小声地问柔斯。

"我们一直用它，从来没出过事，"停顿了一下，柔斯又嘱咐我，"不过你一定要记住，按照安全操作规范，起重机一定要两个人共同操作，如果一个人操作，要是让办公室的人看到了或者出了什么事，我们会有大麻烦的。"

麻烦？开除还是蹲大牢？我心里嘀咕着，但没说出口，不管怎么说，有麻烦总是不好，老老实实按照操作规范来就是了。

比利安安稳稳地坐进了大轮椅，柔斯为他整理好衣服、系好安全带，又把电视遥控器放到他手里，然后笑着说："好了，现在你可以看电视了，过一会儿我们会把晚饭送过来，乖乖的啊，一会儿见。"

比利的确很乖,他安安静静地任凭我们摆布,相当配合。我想起在我实习的那家大医院里,有些曾在第二次世界大战中受伤导致残疾的老兵,由于伤痛的折磨,他们总是很暴躁,动不动就打人、骂人,很难照料,也很可怜。

走出比利的房间,柔斯问我:"你以前是不是在其他老人院里做过护理?"

"没有,没有,这是我第一份护理工作。"

"我怎么觉得你像做过这个工作。"

"噢,我学过一年的护理课,不过因为老师说我的英语不好,我没有拿到结业证书,我现在还在语言学校学英语。"我耸了耸肩,不好意思地解释说。

"哦,你很厉害啊!又上学又上班,我可不行,不过要想说好英语,一定要多说,不要害羞。"柔斯好心地鼓励我。

在和柔斯接触很短的时间后,我觉得她一点也不像缝纫厂的那些菲律宾人,她不仅能干,而且对人和气,也不霸道,和她一起工作非常轻松、愉快。

说着、干着,很快,我俩将该起床的老人们都叫起来了,而且把他们都收拾得干干净净、整整齐齐,让他们各自坐在了自己的轮椅上。

晚餐结束曲

露丝从洗衣房回来了,一见到我们,就开始抱怨洗衣房的人没有把洗完的衣物和毛巾分类叠好,害得她忙到现在。柔斯告诉我,晚班每个区域有一个工作小组,包括一名护士,两名护理。护士只做医药护理,老人们的生活护理由护理来做。两个护理人员要照顾三十个老人，总是很忙很累也很紧张，不过今天我们是三个人，应该可以轻松一些。

"今天该两个人干的活，我和姝包了，你就别担心了，没想到她干得挺好。"柔斯对露丝说。

我感激地看了看柔斯，虽然我未必真的干得很好，但这句话起码可以鼓励我的积极性，这样我就没有借口偷懒了。

"是吗？那好啊，要是每天都有三个护理就好了。"露丝说完转身走开了。

柔斯告诉我，老人们经常会大小便失禁，有时他们自己也不知道，所以吃饭前一定要检查每一位老人，尤其是那些不愿意穿纸尿裤的老人，如果发现有人裤子湿了一定要立即换掉，一定要让老人们干干净净地去餐厅吃饭。

晚饭前，我跟柔斯仔细检查了所有由我们负责的老人，并把该换洗的都换洗了一遍。忙忙碌碌中时间过得真快，一眨眼晚饭时间到了，柔斯问我是否愿意去餐厅帮忙喂饭。在做义工的那几天，除了陪老人聊聊天（准确地说是听老人说话），大多数时间我都在餐厅帮忙喂饭和收拾餐桌，所以我知道，老人们吃饭的时候，餐厅里非常热闹，除了老人和工作人员，还有来陪伴老人、给老人喂饭的家属和做义工的学生。大家总是一边给老人喂饭，一边谈论新闻、开玩笑。可以说，在餐厅喂饭是我在老人院里最喜欢做的事。

柔斯这么一问，正合我意，我立即答应下来，然后高高兴兴地把柔斯交代给我的老人们，一个接一个推到了餐厅。由于老人吃饭也会像小孩子一样，经常弄脏衣服，厨房特意为他们准备了吃饭用的围嘴。

我拿着刚从洗衣房里拿出来、烤得热乎乎的围嘴，挨个询问每一位准备吃饭的老人是否需要戴上。记得第一次做这项工作时，我以为每一位老人都愿意戴着围嘴吃饭，所以也没问就直接给老太太伊娃戴上了围嘴，没想到老人立即厌恶地一把扯下来，生气地对我说她不是小孩子，不需要戴着围嘴吃饭，她认为强迫戴围嘴是对她的蔑视。这之后我就长了记性，动手前，都要先问一下，有些老人的自尊心很强，弄不好会惹他们生气的。

帮老人们戴好围嘴之后，我直起腰环顾餐厅，检查是否还有老人没有到餐厅来就餐。

"妹，怎么来喂晚饭了呀？"

有人在问我话，我回头一看，是厨房的帮厨黛安。我喜欢黛安，她性格开朗、爱开玩笑，在四天义工期间我们已经很熟悉了。黛安知道我是来做义工的，只给老人们喂中午饭，这个时候看见我在餐厅，就从厨房出来和我打招。

"我不是义工啦，我现在和你一样，也是这里的正式职工啦，晚班的。"我故意晃着脑袋得意地说。

黛安上来拥抱了我一下说："好，祝贺你，不上学了？"

"上，等春天开学了我还要去上学。"我说。

"到时候还干吗？"

"还不知道呢，再说吧。"

"好，一会儿见。"说完黛安转身回厨房忙去了。

餐厅里，罗宾森小姐已经在她的餐桌前坐好了。罗宾森小姐以前是在警察局做秘书工作的，她身材匀称、个子很高，现在已经快八十岁了，但依然细皮嫩肉，可以想象她年轻时一定是个颇有姿色的女人。因为她没有结婚，所以我们都叫她罗宾森小姐。老人从来不讲话，好像她不会说话似的，我想她一定有失语症。

罗宾森小姐吃饭很慢，她第一个开始吃，却总是最后一个离开餐厅，而且每顿饭厨房都要给她热好几次，为了让她多吃点，护理们总是去喂她。在做义工的几天里，我因为没有别的急事做，为了让正式职工省出时间干别的事，只要我在，都是我给罗宾森小姐喂中午饭。看到罗宾森小姐坐好了，我习惯性地坐到了她身边，黛安看到我们准备好了，便把饭端了上来。

厨房里有一个帮厨的小伙子叫丹尼尔，他是大学生，边上学边在这里打工。小伙子长得很精神，个子很高也很结实，嘴边还留着一圈修理得很漂亮的小胡子。丹尼尔的身上总是挂着一条白围裙，不停地到餐厅来给老人端饭、斟茶、倒咖啡。从老人们的眼神里可以看出，他们都非常喜欢这个小伙子。开饭了，丹尼尔又到餐厅里来了，他将老人们的饭陆续端上来。这时，我看到坐在我旁边桌子上的老太太多梦茜目不转睛、一脸疼爱地盯着丹尼尔。娱乐活动部门来帮忙喂饭的缇娜也看到多梦茜的表情了，于是嬉皮笑脸地和她开起了玩笑："亲爱的多梦茜，你要是喜欢丹尼尔，等会儿吃完饭，我把他送到你房间去怎么样？"

没等多梦茜开口，另一位老太太抢着说："我也有个房间啊！"

话音一落，餐厅里立即笑声一片，不知道谁还吹了一声很响的口哨。看大家起哄，丹尼尔不好意思地咧嘴笑了笑，红着脸看了缇娜一眼赶紧回厨房了。

大家还沉浸在刚才的玩笑中，嘻嘻哈哈地笑着，这时，餐厅里响起了欢快的乡村音乐。我环顾餐厅，是威廉姆，只见他吹着口琴，沉醉地晃着脑袋，缓缓地漫步在餐桌之间。这突如其来的音乐给本就很热闹的餐厅又增添了几分乐趣，大家立即忘记了刚才那个玩笑，有的老人一边吃饭一边随着音乐也晃起了脑袋，还有的老人干脆放下刀叉随着音乐的节奏拍起了手掌。

威廉姆的口琴吹得的确很好。我前两天帮威廉姆整理床铺时，看见他的床上放着一架古老的手风琴，这架像是一个破木头盒子，连漆都没有的手风琴上面没有黑白键盘，只有几排像扣子一样的按钮。因为好奇，加上自认为算得上会拉手风琴，我抱起那架手风琴摆弄起来，但那架手风琴发出"呜""呜"两声，并不在调上。站在一边看着我"乱弹琴"的威廉姆终于忍不住开口了。

"你拉得不好，需要好好练习。"他一本正经地对我说。

看着老人一脸的严肃，我不停地点头，表示我一定好好练习。说着，老人从我手上接过手风琴，抱在身上拉了起来。哇！我睁大双眼惊奇地看着他，他那双几乎僵硬了的手指居然在那些小扣子上灵活地跳动起来。真没想到这个老头儿居然能把这架古老的手风琴玩转，还拉得这么好听！看来他年轻的时候一定没少练习。

很显然，威廉姆酷爱音乐，但现在是吃饭时间。黛安从厨房来到餐厅，把威廉姆扶到餐桌边坐下，嘱咐他趁热赶快吃，咖啡也倒好了，吃完了再去吹口琴。

威廉姆端起咖啡喝了一口后又站了起来，他大喊要喝咖啡。刚进厨房的黛安又急忙跑出来，耐心地跟他解释他喝的就是咖啡，可他不听，非说给他的是茶。看着他那么肯定，黛安有点吃不准了，她半信半疑地端起咖啡壶用鼻子闻了闻，然后肯定地对威廉姆说，给他的就是咖啡。但无论黛安怎么解释，威廉姆还是坚持说给他的是茶。

看着固执的威廉姆，我到厨房倒了杯茶端给他，让他尝尝是什么。老人尝了一口，说我给他的那杯茶是淡茶，黛安给他的那杯咖啡是浓茶。说完，威廉姆又坐了下来，盯着桌子上的两杯"茶"气呼呼嘟囔着说给他的不是咖啡就是茶。我不知道威廉姆是因为不让他吹口琴故意捣乱，还是人老了味觉不敏感，尝不出来咖啡和茶。我无可奈何地又回到罗宾森小姐身边继续喂她吃饭。

大家不再开玩笑了，刚才的热闹气氛被威廉姆的固执打断了，餐厅安静下来，只有刀叉碰盘子的叮当声。

突然，有人大吼了一声，把餐厅里的人都吓了一跳。大家停下来，目光投向门口的一张餐桌。只见一个老头儿扶着助行器站在他的餐桌边正大声地喊叫。他就是那位刚刚入住A区的老人，因为他说的是俄语，所以没有人知道他在吼什么。护士桑德拉赶了过去，还没搞清楚状况，同桌一起吃饭的一位打扮得漂漂亮亮的老太太就尖叫了一声，一脸怒气地站了起来。原来那个俄国老头儿突然想上厕所，于是他扶着助行器站了起来，叫人来帮他去厕所，可是还没等大家明白过来，他就忍不住排泄了一地，引发了和他同桌吃饭的老太太的强烈不满。

餐厅里顿时炸了锅，A区的护理苏茜迅速推来一辆轮椅，扶老头儿坐上带去了卫生间。那位提出抗议的老太太坚决要求回自己的房间，护士们只好连人带饭一起送到了她的房间。清洁工琳达推着清洁车不知道什么时候冒了出来，瞬间便把地上打扫得干干净净，而且空气清新剂的味道也扩散到了整个餐厅。一切都是眨眼间的事，看得我目瞪口呆。

餐厅里恢复了正常，该吃的吃，该喂的喂，像什么事也没发生过一样。我身边的罗宾森小姐还在细嚼慢咽，我举着勺子耐心地看着她一下又一下慢慢蠕动的嘴。我突发奇想，想知道罗宾森小姐到底咀嚼多少次才能把一勺土豆泥咽下去，于是我数了起来：一次、十次、二十次、三十次……八十七次，罗宾森小姐在咀嚼八十七次之后把那勺土豆泥咽了下去。黛安又出来了，她把罗宾森小姐的饭拿去热了一次，我摇着头对黛安说，这哪里是喂饭，简直就是在测试我的耐心程度。

"罗宾森小姐为什么吃饭这么慢呀？"我问黛安。

"她吞咽有困难。"黛安回答。

"吞咽有困难？这是我第一次听说人还会吞咽困难。"

"是的，很多老人都有不同程度的吞咽困难，所以吃饭比较慢，我们喂饭的时候必须要耐心，不要催他们。"黛安解释说。

餐厅里的老人们吃完饭后一个接一个地走了，罗宾森小姐的饭被黛安热了一次又一次。我看着脸上毫无表情的罗宾森小姐，无奈地摇摇头，心想，对老人，真的需要多一些理解、多一些体谅、多一些耐心。

罗宾森小姐终于吃完了晚饭，我拉着她热乎乎的手离开餐厅，慢慢向

C区走去。一路上，罗宾森小姐的身体一直紧紧地贴着我，她的手紧紧地攥着我的手，好像是在告诉我，她是那么需要我的帮助，请我不要丢下她不管。看着低头不语的罗宾森小姐，我把她的手紧紧地抱在了胸前。

我牵着罗宾森小姐来到娱乐大厅，有人在钢琴的伴奏下唱着歌。我看见娱乐大厅那架大三角钢琴后面坐着一位老太太，她挺胸抬头，认真地弹奏着，一副钢琴家的派头。"钢琴家"下巴有点短，两只眼睛鼓鼓的，头上的卷发刚刚做过。站在钢琴旁边唱歌的是一位个子高高的、身材娇好的老太太，她面对大门，端端正正地站着，双手合放在胸前，像是在教堂唱赞美诗，她的歌声很悦耳，像一只百灵鸟在歌唱。

弹钢琴的老人是宾森太太，而唱歌的老人大家叫她颐达，她们都是C区的老住户。也许是因为两位老人每天都要表现一番，所以她们的表演并没有引起大家的关注，只有我充满好奇地竖着耳朵聆听。

好温馨呀，金孔雀老人院的晚餐在美妙的歌声中结束了。

泡泡浴

回到房间后，罗宾森小姐坐在她的床沿上，低着头一动不动。我打开台灯，希望灯光能给房间带来一些温暖，又拉上窗帘将黑暗隔在窗外，尽力为罗宾森小姐赶走一些孤独。出门之前，我又回头看了看神情呆滞的罗宾森小姐，不知道她一个人待在房间里会不会害怕。刚出门正好碰见柔斯，她说我们现在要给老人们洗澡了，我有些不放心地问柔斯，罗宾森小姐怎么办，柔斯说露丝马上就会过来照顾她。

在走廊上，我看到高大健壮的老太太凯瑟琳正跺着脚、恶狠狠地吓唬老人院那只胖乎乎的猫咪"尼克"。可怜的"尼克"甩着大肚子,一边跑一边惊恐不安地回头张望,很快就不见了踪影。

"凯瑟琳,"见到凯瑟琳,柔斯拉长声音叫道,"今天是你洗澡的日子,我们带你去洗个澡好不好?你已经很久没有洗澡了。"

"滚开!我才不洗澡呢!"凯瑟琳摆出一副凶恶的样子骂道。

"今天我们这里新来了个姑娘,让她给你洗好不好?"柔斯并不动怒,继续劝道。

"不洗!滚开!"凯瑟琳一边骂一边冲上来要动手打人。

"好,好,好,不洗就算了。"柔斯快速闪到了一边。

凯瑟琳独自一人过了一辈子,在来老人院之前洗不洗澡我们不知道,但自从她住进老人院就没有洗过澡。谁也劝不动她,就连她的监护人——她的哥哥和嫂子,也拿她没办法,劝得多了,她就会一个巴掌搁过来。凯瑟琳刚住进来时被安排在上午洗澡,可是早班的人怎么都说服不了她,不知是觉得晚班的人有办法还是想把麻烦转嫁到晚班,就让多琳把给凯瑟琳洗澡的任务转交给了晚班。遗憾的是,晚班的人对此也无能为力,每一次尝试都会被凯瑟琳恶狠狠地拒绝,这不,今天看样子她还是不会去洗澡的。

这时,老太太多丽丝突然从房间里跳了出来,"柔斯呀,柔斯,"多丽丝叫住柔斯,"她不想洗澡,能不能让我洗?我想每天都洗热水澡。"

"对不起,亲爱的,我知道你每天都想洗澡,可是今天不是你洗澡的日子,一个人一周只能洗一次,我们已经给你安排了两次,再多我们就安排不过来了。"柔斯解释道。

听到柔斯的话,多丽丝没有再坚持,她看了看我们,悻悻地转身回房间去了。我想这肯定不是她第一次提这样的要求了。

一间不算大的洗澡间里,除了有一个坐便器,还有一个半人高的泡泡浴澡盆。澡盆一端靠着墙,另一端是一个有四个轮子、像电梯一样可以升降的轮椅。柔斯从升降杆上拿下轮椅，嘱咐我先用消毒剂洗干净澡盆，再装满热水，她去把要洗澡的老人阿格妮丝带来。

我在澡盆里倒上消毒剂，使劲擦洗，把澡盆洗得闪闪发亮后开始放水。不一会儿，柔斯推着阿格妮丝进来了。这时的阿格妮丝已经被柔斯脱光了，轮椅上的安全带拦腰兜着她，一条大床单从上到下把她裹了个严严实实，只露着头和一双脚。阿格妮丝一进洗澡间就开始拼命地大喊大叫，说她不脏不要洗澡。柔斯一边耐心劝说一边把轮椅装到了升降机上，轮椅被升起来，然后被送进洗澡盆。

阿格妮丝在澡盆里挥舞着双手，叫喊着不要洗澡，柔斯笑着对我说，阿格妮丝每次洗澡都是这样大呼小叫的。为了转移她的注意力，柔斯故意问这问那地和她聊天，慢慢地，老人安静了下来。柔斯这招还挺灵的，要不然老人一直大喊大叫的，不知道的人还以为我们在虐待老人呢。

洗澡间的门开了，露丝伸进头来，一脸的不高兴。

"柔斯，我看还是你去给维特曼两口子换洗吧。"露丝怏怏不乐地说。

"怎么了，他们也给你气受了？"柔斯没有回头。

"你说呢？！"露丝没好气地说。

"好好好，我这就过去帮他们，你忙去吧。"

柔斯问我："你自己可以给阿格妮丝洗澡，对吗？"

"对对对，我行，你们去吧，我自己可以的。"我不觉得给老人洗澡有多难，所以赶忙回答道。

露丝走后，我问柔斯："出什么事了？"

柔斯说："维特曼夫妇来这里没多久，维特曼太太人挺好，但维特曼先生无法接受黑人护理员，有时甚至不允许黑人到他们的房间去。有一次，从护理机构临时来帮忙的一个黑人姑娘去给他们换洗，结果被维特曼先生赶了出来。从那儿以后，我们就尽可能地不让黑人护理员给他们换洗。露丝已经在这里工作了半辈子，我们以为没问题，可没想到……"

"这不是种族歧视吗？现在还有人这样歧视黑人吗？"我不敢相信这样的事，小心翼翼地问道。

"维特曼先生以前是警察。"

"这和以前是警察有什么关系吗？"来加拿大之前，我一直认为北美是一个非常公平的世界，不会有种族歧视，柔斯的话让我感到惊讶。

柔斯看了看我，那眼神好像是在考虑该不该说，不过她最后还是说道："你不知道吗？历史上，北美有一些老警察对黑人是有成见的。"

"噢！"我将信将疑地应了一声，不知道该说什么好。

"你肯定你自己能行吗？"柔斯一边擦着手一边问我。

"没事的，你去吧。"

柔斯说她很快就会回来，临走时还嘱咐我不要担心，有什么事就按急救铃，千万不要离开洗澡间。如果老人还在洗澡盆里，而洗澡间里没有工作人员，管理层知道了我们可是要吃不了兜着走的。

柔斯又对坐在澡盆里的阿格妮丝说："亲爱的，安安静静地好好洗个澡，不要刁难这个新来的姑娘，我很快就回来。"说完，留下仍然互相陌生的我和阿格妮丝，快步出去了。

"亲爱的，你希望我叫你什么呢？"

柔斯走后，尽管我知道老人的名字叫阿格妮丝，但为了和她搭话，我用在学校学习的套话问道。

"我听不见你说什么！"阿格妮丝扭过脸来瞪大双眼冲着我大声喊道。

我刻意放大声音后又重复了一遍，没想到老太太突然吃惊地看着我，生气地说我的声音太大了，吓了她一跳，还说她不是聋子，用不着大声嚷嚷，之后又嘟嘟囔囔地说我可以叫她阿格妮丝。

"你好，阿格妮丝，你想先洗头还是先洗身子？"我有点扫兴。

"先洗头吧。"阿格妮丝爱答不理地回答。

我拿起淋浴喷头给阿格妮丝洗头，可是，水刚落到她头上，她老人家就大叫一声，愤怒地看着我说水太烫了。水太烫了？我吓了一跳，赶紧用手试了试水温，不烫呀。我满心委屈，调节了一下水温后重新给她洗头，可没想到，这次老太太又大声嚷嚷说水太凉了。我停下手上的动作，看着一脸不高兴的阿格妮丝，不知道该怎么办。我真希望看到柔斯遇到这种状况是怎样解决的，但我到底还是忍住了按铃的冲动。

我想起上护理课时，老师说，在给老人洗澡时，掌握好水温很重要，因为每个人对水温的感觉是不一样的，所以我们认为合适的水温老人未必觉得合适。想到这里，我请阿格妮丝自己用手先试一下水温，阿格妮丝伸出手来试了试水温，点了点头，说这回合适了。我苦笑了一下，心里嘀咕着，这水温我根本就没有调，怎么突然又合适了呢？这老太太是诚心折腾我吧。

水温虽然合适了，可阿格妮丝还有别的不满，她不是说我的动作太快了，就是说我的动作太慢了，不是说我的力道太轻了，就是说我的力道太重了。就这样，阿格妮丝折腾了我二十多分钟，总算给她洗完了。站在澡盆旁，我满身大汗，心想这哪里是在洗澡，简直就是在折磨人嘛。

这是我有生以来第一次遇到如此挑剔的人，我几乎失去了耐心。

柔斯回来了，她说已经给维特曼夫妇换洗好了，等晚茶后再去帮他们上床。现在她先把阿格妮丝送回房间，我则需要用消毒液把澡盆洗干净，下一个要来洗澡的是邓肯太太，她自己会来洗澡间的。交代完，柔斯推着还在嘟囔的阿格妮丝离开了洗澡间。柔斯走后，我把澡盆用消毒剂又清洗了一遍，正在放水时，邓肯太太抱着她要更换的衣服推门进来了。

邓肯太太个子高高的，虽然比较瘦但精神很好，她已经九十六岁了，但耳不聋眼不花，步履稳健，是一位完全可以自理的老人。邓肯太太一进门就大声说她最喜欢洗澡了，每次轮到她洗澡，她总是迫不及待，她说要是每天都能洗一个热水澡就好了。说话的工夫邓肯太太已经脱掉衣服坐到了轮椅上，并自己扣好了安全带。一进入澡盆，邓肯太太就激动地请我把洗泡泡浴的开关打开，她说想洗个泡泡浴。按照邓肯太太的指导，我倒了一些洗澡液在水里，然后按下了那个可以制造泡泡的红色按钮。顿时，大澡盆轰轰隆隆地响了起来，白色的泡沫立即覆盖了整个水面，几乎淹没了邓肯太太。

看到泡泡的邓肯太太兴奋极了，像个孩子似的捧着大大的泡泡玩了起来。一定是泡泡浴洗得很舒服，邓肯太太满面红光，还轻声地唱起了歌。虽然我不想扫邓肯太太的兴，但例行公事，我还是嘱咐她说，不要只顾着玩泡泡把身上也好好洗一洗。她转过脸来乐呵呵地说道："洗它干什么，又没人用。"说完调皮地对我挤了一下眼睛。

眼前的邓肯太太，让我想起来刚才的阿格妮丝，完全不同的性格。尽管邓肯太太的玩笑话让我有些难为情，但老人的幽默，却让我感到和这样的老人在一起非常愉快。

邓肯太太泡泡玩得差不多了，我问她是不是可以帮她洗头了。

"好呀。"老人很爽快。

有了阿格妮丝的教训，这次一开始我就让邓肯太太先试了水温，得到确认后，我才开始帮她洗头。老人的头发剪得很短，我称赞说短发容易清洗也方便护理。听了我的话，邓肯太太又兴奋了起来，说她从小就像个男孩一样把头发剪得短短的，而且性格也像个男孩。她最得意的事就是经常把那些企图欺负她的男孩子按在地上狠狠地揍一顿，那些被她打怕了的男孩子只要一看见她，就会立即跑得无影无踪。说完，她不禁豪爽地笑了起来。

"邓肯太太，你年轻时是靠什么为生的？"我很想知道这样一种性格的人，会有什么样的职业背景，我想一定跟艺术相关。

"我是画画的。"邓肯太太骄傲地说。

"哦！画家，你画什么画？油画？"果然不出我所料。

"是的，油画。"

"那你现在还画吗？"

"画，有的时候还画，不过和过去比起来已经很少了。"

"邓肯太太，你什么时候再画画，我能不能去看看？"我请求道。

"可以，可以，没问题，欢迎。"放下肥皂泡泡，邓肯太太热情地说。

"邓肯太太你真了不起，这个年纪了还坚持作画。"我由衷地夸赞道。

"我可不能一天到晚老是坐在那里打瞌睡，那不是生活，"老人耸了耸肩，接着又认真地对我说，"人老了，应该有些好的、有意义的爱好才行，这样才能活得有些质量，不然活着还有什么意思。"

年近期颐之年的邓肯太太，身心依旧如此健康，让我肃然起敬。生命的意义在于生命的质量。衰老不可抗拒，但衰，不能衰了积极的精神，老，不能老了从容的心态，只要活出质量，活得愉快，老年人的生活依然能够美丽潇洒。健康是标准，长寿是目的，而乐观开朗的性格一定可以使人健康、长寿。

一生的等待

送走了邓肯太太，老人们睡觉前的茶点时间到了。一辆四轮食物小车上，放满了厨房早已为老人们准备好的各种茶点。我和柔斯推着食物小车四处转着，询问着在大厅中、走廊上和房间里的每一位老人是想要一杯咖啡、一杯热茶、一杯果汁，还是想来一块点心、一块饼干、小片三明治。

我们来到娱乐大厅，看到颧骨高高的、人也高高大大的老人伊娃正坐在她的轮椅上看电视，柔斯推着小车走了过去。

"伊娃，你今天是想在这里享受晚点，还是想在你的房间里享受晚点？"来到伊娃身边，柔斯问道。

"就要在这里吃我的晚点。"老人口气生硬地回答。

"好的，"柔斯一边给伊娃倒咖啡，一边又问道，"为什么今天你一定要在这里喝咖啡呢？"说着，递给伊娃一杯咖啡，还有一盘厨房专门为她准备的三明治。

"我觉得很孤独，我想在这里和大家一起吃晚点。"

孤独？怎么会呢？这里多好呀，有吃有喝，有人照顾，伊娃怎么会感到孤独呢？我很不理解。

"好吧，那你就在这里和大家一起享用晚点吧，一会儿我们再来。"柔斯笑呵呵地推着小车带我走开了。

沿着走廊，我和柔斯在一间房门口停了下来。房间里播放着意大利著名男高音歌唱家安德烈·波切利的歌曲《落叶》，那优美、略带忧伤的歌声萦绕着，荡漾着：

这是我们相爱时唱的歌
爱我的你
爱你的我
那是我们朝夕相处的日子
……

已经完全成为植物人的汤普森太太呆呆地坐在一辆很大的轮椅上，舌头不停地左右舔着她的嘴唇。汤普森先生闭着眼睛，一脸疲惫地坐在轮椅旁边的床上，一只手轻轻抚摸着太太的手，静静地听着音乐。

七十多岁的汤普森先生每天晚上都要来陪太太。老人很爱太太，而且老是给太太喂很多甜食。汤普森先生经常给大家看他太太年轻时的照片，说他太太年轻时很漂亮，他认为她变成今天这个样子，主要是因为年轻时喝酒太多。老先生人很和气，一举一动都颇有绅士风度，是一位非常文雅的老人。老先生从来不刁难工作人员，所以大家都很喜欢他，前些日子他因心脏病住院了，柔斯和露丝她们还去医院看望了他。老人出院后，不顾自己的身体，又天天来陪伴太太了。

"晚上好，汤普森先生，今天你想给太太吃点什么呀？"柔斯在门外问道。

汤普森先生睁开了眼睛，看见是柔斯，立即站起身走了过来。站在门口，汤普森先生一边看着小车上的茶点，一边征求意见地问道："你说呢，柔斯？今天就不给她巧克力布丁了，喂她一点儿苹果酱好不好？"

"行，再给你一块无糖饼干和一杯茶，不要给她吃太多甜食，你太太的体重又上去了。"柔斯把东西递给汤普森先生后接着说，"照顾好你自己，别累着了啊，我们可不想再看到你住医院。"好心的柔斯没有忘记关照一下好好先生汤普森。

听到柔斯的关心，汤普森先生笑着点了点头，说了声谢谢，然后端着茶点回屋去了。

发完茶点，我和柔斯在起居室坐下来，准备给几个不能自理的老人喂点儿吃的。远处传来了脚步声，走廊的那一头，一位五十岁左右的中年男子笑着向我们走来。他黑黑瘦瘦，脸上布满了皱纹，像是常年风吹日晒似的，黑黄色的牙齿很不整齐，一看就是个抽烟的主儿。他上身穿了件带穗穗的、深黄色的皮夹克，脚上穿着一双尖头的牛仔靴，很像美国西部电影里心狠手辣的职业"枪手"。

"枪手"很快来到我们面前，他对我笑了笑问道："新面孔？"

没等我说话，柔斯抢着接过话茬回答："是的，她叫姝，今天才来。"

"枪手"很友好地说道："噢，姝，你好。"

我嗨了一声算是做了回答，不好意思地笑了一下。

"枪手"和柔斯寒暄几句后，走到坐在轮椅上的老人鲁芭面前，弯下腰拉着鲁芭的手，满面笑容地询问老人这些日子过得怎么样。看到枪手，鲁芭非常高兴，她那本来无精打采的脸立即明朗起来。鲁芭说话困难，吐字含混不清而且不成句子，这会儿更是激动地拉着"枪手"一个劲地"啊，啊，啊……"不知道在说什么。枪手接过柔斯递过来的茶和点心在鲁芭身边坐了下来。他熟练地先把点心在茶里泡了泡，然后慢慢地、一勺一勺地送到鲁芭的嘴里，一边喂还一边乐呵呵地和鲁芭说话。

"鲁芭的儿子？"贴着柔斯的耳朵，我悄声问道。

"不是，鲁芭没有儿女。"

枪手的母亲住在老人院时，他每天一下班就到这里来给母亲喂晚饭，母亲吃完晚饭后他才回家吃饭，吃完饭后还会再回来陪母亲，直到母亲上床睡觉他才回家。鲁芭无儿无女，所以从来没有人来看望她，为了不让鲁芭感到孤独，晚茶的时候，枪手总是会把鲁芭的轮椅和母亲的轮椅并排放在一起，他喂母亲一勺，喂鲁芭一勺，就好像他有两位母亲。一个月前枪手的母亲去世了，可是他还是隔三差五晚饭后到老人院来，看望母亲生前的朋友们，并像母亲在世时一样，喂老人鲁芭东西吃。

"我还以为只有我们亚洲人讲究孝敬父母呢。"我对柔斯说。

"其实白人对父母也是很好的，我在老人院干了二十多年，像这样的儿女我见得多了。"

枪手给我留下了非常深刻的印象，尽管他其貌不扬，但心地却如此善良，不但孝敬自己的母亲，还用一颗温暖的心关爱和自己毫无关系的孤寡老人。枪手是第一位让我看到西方人孝敬父母和关爱老人的人。

茶点结束后，柔斯推着食物小车去了厨房。我来到娱乐大厅，这时的伊娃已经用完了她的茶点，我推着伊娃回到了她的房间。

伊娃的房间很简单，除了老人院的家具，没有任何从家里带来的东西。不过，我看到靠床的一面墙上挂着两张老照片，一张是彩色的结婚照，另一张是一群年轻军人们的黑白集体照。

"这是你和你的丈夫吗？"我指着那张结婚照问伊娃。

"是的，那个时候我们刚结婚。"

"噢，你的丈夫好帅呀。"

"是的，他是非常精神。"

"你的丈夫还在吗？"

"我的丈夫已经去世很久了。"

"病故的吗？"

"不是，他在第二次世界大战中牺牲了。"

"哦，对不起。"我抱歉地说。

"没关系。"

"那你后来没有再结婚吗？"

"没有。"

"为什么？"

"我爱我的丈夫。"

"那你自己一个人带着孩子，一定很不容易。"

"是的，那个时候的日子过得很艰难。"

"伊娃，"我在床沿上坐了下来，拉起老人的手接着说，"能不能给我讲讲你和你丈夫的故事？"

五十多年前，丈夫参军要上战场，他抱着襁褓中的二女儿，对伊娃发誓说，为了孩子们，他一定会回来的。从炮火硝烟的战场上寄来的信中，丈夫写到了对妻子、对孩子们的思念，写到了战争的残酷，写到了战士们的勇敢，而他更多写到的是渴望战争早日结束，盼望回家的日子早点到来。多少个不眠之夜，伊娃拿着信，一遍又一遍地读着，等待着反法西斯战争的胜利，等待着丈夫的凯旋，等待着全家人团聚的幸福时刻。

时光荏苒，多少年来，每当落日的余晖斜射到屋里，把这张普通的结婚照染红时，伊娃就会回忆起那个同样是晚霞洒满屋子的时刻，传来了丈夫阵亡的噩耗。1944年6月6日，在诺曼底登陆的第一天，她年仅32岁的丈夫血染沙滩，长眠不起。

天不老，情难绝。伊娃日夜等待着的丈夫没能活着回家，回来的只是一捧骨灰、一枚勋章、一面军旗，她的等待从此变成了永远。这人世间还有什么能比这痴心的等待更令人心碎的？伊娃爱她的丈夫，五十多年来，她守着这面军旗，守着这枚勋章，守着她的思念。为了她的爱，她含辛茹苦，独自抚养着两个女儿，独守半个世纪，没有再嫁。

如今，女儿都长大了，有了自己的家，伊娃也老了。为了不给女儿添麻烦，她带着对丈夫刻骨铭心的爱，带着雕刻在时光里的记忆，带着年轻军人们出征时的身影，和她珍藏着的结婚照，住到老人院来了。

伊娃的故事深深打动了我，这是怎样一位伟大的女性呀。我站起身，含着眼泪凝视着那张军人的集体照，在那些玉貌年华的军人中间，逐一寻找着伊娃一生都深深眷恋着的丈夫——那个在战争中牺牲了的年轻人的容貌。

露丝敲门进来了，到伊娃换洗休息的时间了。带着对伊娃的同情与敬重，我离开了她的房间。

离开伊娃，柔斯带我来到108房间，这里住着维特曼夫妇。两位老人很少去餐厅吃饭，所以这是我第一次见到他们。鉴于维特曼先生对露丝的态度，我倒是想看看这位昔日的警察先生到底是什么样子，是不是也会对我无理。

"亲爱的，我们这里新来了一位姑娘。"一进门，柔斯就把我介绍给了维特曼夫妇，听语气，柔斯好像是这对夫妇的老朋友。

一听说我是新来的，两位老人都非常友好地和我打招呼。当维特曼先生颤巍巍地扶着助行器从他的单人大沙发椅上站起来的时候，我愣住了。哇！维特曼先生的个子真高，像个巨人。

"你好，你好。"警察先生伸出手来。

"你好，维特曼先生。"我仰着头，看着又高又大的警察先生，也伸出了手。

"过来，过来，让我看看新来的姑娘。"一个甜甜的声音传了过来，这是维特曼太太。

转过身去，当我看到坐在窗边的维特曼太太时，我笑了。别看警察先生又高又大，他太太却是小巧玲珑，非常可爱。由于严重的关节炎，维特曼太太的十指僵硬地弯曲着，我想那一定很疼。

在维特曼太太床头的墙上挂着一幅一米多长的油画：草地上，坐着一个年轻漂亮的姑娘，她那撩人的大眼睛甜甜地笑着，一束金色的长发散在她那半裸的肩上，白色长裙的开衩几乎开到腰间，两条匀称而修长的腿舒展着，散发着青春的魅力。这幅油画上的姑娘一看就是年轻时的维特曼太太。真想不到这个老太太当年如此性感迷人。

维特曼太太伸出双手想站起来，我急忙上去扶住她，请她不要站起来。老人拉着我的手，微笑地看着我。

"你好，维特曼太太。"我指着油画问道："那是你吗？"

"哦，那是我年轻的时候。"老人回头看了一眼油画说。

"你可真是又漂亮又性感。"我用现在时态赞美着维特曼太太。

"她年轻时的确非常漂亮，现在不行了。"维特曼先生插话进来，不无骄傲地说道。

"现在有现在的美，对不对呀维特曼太太？"我发现在这对可爱的老夫妇面前，我也变得乖巧了许多。

听我这么一说，大家都笑了。维特曼太太拉着我上下打量着，一个劲儿地夸我可爱。看着两位十分友好的老人，我觉得我好像不是来照顾他们的，而是来做客的。而且，我怎么都看不出来，这样和蔼可亲的老人有种族歧视倾向。会不会是露丝太敏感了？我糊涂了。

也许是因为我一见维特曼太太就夸她漂亮吧，之后夫妇俩对我格外友好和亲切，尤其是维特曼太太，逢人就夸我，让同事们嫉妒了好一阵子，直问我是不是给老两口送了什么东西，我说没错，我送给两位老人一堆甜言蜜语。

地球村的快乐

不知不觉已经是晚上九点多了。从下午三点半开始，我们一直忙碌着，现在总算忙完了。老人们该洗的洗了，该换的换了，该吃的吃了，该上床的上床了，该收拾的也收拾了，老人院里安静了下来。我喘了口气，心想，终于可以休息一下了。

穿过大厅，我拖着沉重的脚步来到休息室，疲惫不堪地坐了下来。我把头埋在胳膊里，软软地趴在桌子上后就再也不想动了。很快，在A区干活的苏茜、科拉，在B区干活的黛拉瑞、纳迪，还有娱乐活动部门的缇娜也都陆陆续续进来了，我们当中有白人，有黑人，也有亚洲人，不同民族，不同肤色的人聚在这里，老人院这间小小的休息室一下子变成了一个小小的地球村。

见我已经坐在那里，地球村的村民们围了上来，她们热情地自我介绍，友好地问长问短，好不热闹。几分钟之后，我就喜欢上了这些不同肤色的同事。露丝进来了，看见柔斯不在休息室，便问我柔斯去哪里了，我说柔斯去更衣间拿点东西，很快过来。露丝坐下来，从她的小包里拿出一本书，戴上眼镜看了起来，我伸过头去一看，呵，还是英文的。

"你的英语真好，像这样的英文书我看起来很费劲。"我称赞道。

"那当然，英语是我的母语。"露丝还是粗声粗气的。

"哦，母语，你是从哪个国家来的？"

"牙买加，我们从小就必须学英语。"

我知道牙买加的官方语言是英语。

"你来了多少年了？"我好奇地问道。

"我18岁就来了，四十多年啦！"露丝感叹道。

"人家现在都有孙子啦。"黛拉蕊在一旁替露丝补充了一句。

露丝说，当年她是作为亲戚家的保姆拿着工作签证到加拿大来的。那时的日子很不容易，亲戚一分钱都不给不说，还不给休息日，甚至还给脸色。想家了，也没有人倾诉，只能一个人偷偷地掉眼泪，又怕被亲戚看见了把她送回去。她说她都不知道是怎么熬过来的。后来，好不容易拿到了绿卡，有了永久居民的身份，她去学校考取了护理的证书，就开始在老人院工作。几十年来，她不仅在老人院做全日制的护理工作，还在一家家政服务公司干着一份半日制的护理工作。她起早贪黑，披星戴月，经常一天要工作十几个小时，非常辛苦。岁月经不起磨，不知不觉半辈子没了，不过现在好了，孩子们都长大了，买房的贷款也还清了，可辛劳惯了的她和老伴还在玩命地工作、挣钱，而且计划着退休后满世界转转，好好地享受一下生活。

说完了自己的经历，露丝问我是从哪儿来的，是不是也是亲戚担保来的。我告诉她我是从中国来的技术移民，不是靠亲戚担保的。

"噢，中国来的？"露丝低下头从眼镜框上面吃惊地看着我，接着问道："技术移民？那你以前在中国是干什么的？"

"坐办公室的。"我不知道该怎么解释，只能简短地回答。

"我看你也像个坐办公室的，瞧你那小细腰，还没有我的大腿粗。"说着，露丝拍了拍她的大腿，然后又问道，"那你为什么不找一个坐办公室的工作？"

"我的英语不好，我现在还在学英语。"

这时，小巧玲珑的菲律宾人科拉插话进来，她说："你以前是坐办公室的呀？我告诉你吧，这工作可累啦，你受得了吗？"

其实我已经感觉到了，不过我还是说："那你们不是也都在干吗？"

"我已经习惯了，来加拿大之前我已经在德国干了八年护理。"科拉说。

"你是菲律宾人吧？"

"是的。"

"那你以前在菲律宾干什么呢？"我就是喜欢听别人讲自己的人生经历。

"我在家乡自己开了一间小小的服装店。"科拉说。

"后来呢？"

"后来我去了德国，在德国生活了很多年。"

"噢，那你为什么到这里来了？"

"德国办移民很难，所以我就到加拿大来了。"

"那你为什么不在这里也开一家服装店呢？"

"习惯了，我觉得护理工作挺好的，自己开店要操很多心。"

"噢，那倒是。"

"嗨，妹，你以前没学过护理，怎么就想起干护理了？"白人姑娘苏茜凑了过来。

"我是到这里来进行英语实习的，多琳给了我一个工作机会。"

"嘿嘿，你可真是运气好。"苏茜说。

"那你为什么要做这个工作呢？你也没有语言障碍，完全可以找一份坐办公室的工作呀。"我问苏茜。

"我喜欢这份工作。我不喜欢坐在办公室里，那太单调、太无聊了。我喜欢听老人们讲故事，我觉得这个工作比坐办公室有意思多了。另外，也比坐办公室挣得多，我想尽快买一栋属于自己的房子，我想要很多孩子。"二十来岁的苏茜兴致勃勃地说着她的梦想。

"很多孩子？为什么？"我问道。

"为什么？你看罗宾森小姐，我从来没有看到有人来看望她，人老了，连个家人都没有该多孤单呀。我要生一堆孩子，等我老了，住到老人院了，我要让孩子们轮流来看望我。"

"要那么多孩子干吗！你看我，三个孩子，快累死了，今天要不是我妹妹帮我看孩子，我都不能来上班了。"三十多岁的单身妈妈纳迪懒懒地说道，说完端着一大杯咖啡，到外面抽烟去了。

等纳迪出了门，苏茜小声对我说："她那三个孩子是两个男人的，那两个男人谁都不管孩子，她能不累吗？"

"是吗？一个人管三个孩子可不容易。"我同情地说。

苏茜撇了撇嘴也同意地点了点头。

"我可不想要那么多孩子，等我丈夫大学毕业了，我也要去上大学，我想学历史，然后去旅游，等玩够了，回来像我妈妈一样当个老师。"和苏茜同龄的白人姑娘缇娜也有她的梦想。

这时，露丝突然想起来了什么，对我说："哦，今天是我的生日。"

"哦，生日快乐！"我赶忙祝贺道。

"你等一下，我给你看样东西。"说完，露丝诡秘地笑了笑，站起身来走了。

露丝出门后，一直低头看报纸的黛拉蕊带着一种特别的表情，怪怪地笑了一声，然后自言自语地说："这个露丝又来劲了。"

黛拉蕊来自厄瓜多尔，褐色的皮肤，长胳膊长腿。听说我是从中国来的，黛拉蕊告诉我她的初恋男友就是一个中国小伙子。小伙子家里是开餐馆的，很有钱，所以经常给她买礼物。在夏日的傍晚，小伙子总是骑着摩托车去接她，然后一起去酒吧玩。听黛拉蕊的语气，她好像很怀念那段时光，可惜他们没有缘分，最终她嫁给了现在这个比她大很多的丈夫。她和丈夫到加拿大后,丈夫在缝纫厂做搬运工,她在老人院做护理。她在金孔雀老人院是半日制的工作,在另一个老人院还干着一份全日制的护理工作,周末还打着一份清洁工的工作。

看来不只是我,到这里重新开始生活的新移民个个都不容易。一个人同时打三份工,比露丝还能干!我想,要是她当年嫁给那个有钱的中国小伙子,也许现在就不用这么辛苦了。

"那你为什么没有嫁给那个中国小伙子?"我忍不住问。

黛拉蕊没有回答我的问题,只是耸了耸肩。

露丝回来了,后面还跟着柔斯。露丝来到我面前,递给我一个毛绒玩具,说这是护士桑德拉送给她的生日礼物。

我接过来一看,原来是一个一尺多长的蓝精灵。这个生日礼物有什么特别的?露丝为什么要专门拿来给我看呢?我狐疑地拿着蓝精灵琢磨起来。我发现这个蓝精灵有点不对头,两条腿中间有个长长的东西,屁股底下还有个大沙包,布料和颜色都和蓝精灵本身的不一样,好像是后加上去的。奇怪,我不记得蓝精灵身上有这个东西,这到底是怎么回事呢?我一边琢磨一边自言自语地问:这是个什么东西?看着我傻乎乎地搞不明白,所有人都窃笑起来。终于,柔斯忍不住从我手里夺过蓝精灵,咚一下放到了桌子上,说:"露丝什么时候都忘不了这个。"柔斯的话音刚落,露丝就嘿嘿地坏笑了起来。

这时我才恍然大悟,一屁股坐到椅子上,差点笑得憋过气去。

俗语说三个女人一台戏,可我们这里现在有八个女人了,再来一个就可以凑成三台戏了。听到我们这里热闹得像开联欢晚会,护士桑德拉推门进来,提醒大家小声点儿,老人们都睡了,要是把他们吵醒,那大家谁都别想安宁。

说完,桑德拉转过脸来问我:"你第一天上班,感觉怎么样,累不累?"

"还行。"我随口回答。

虽然我嘴上这么说，但心里却嘀咕着：怎么会不累？都快累死了，马不停蹄地忙了一天，能不累吗？现在我的两条腿还在打战呢。另外，最让我有压力的是，我总是担心别人听不懂我的英语，不过这会儿，在这"肆无忌惮"的玩笑中，我似乎已经忘记担心了。

"哦！"桑德拉换了话题："今天是露丝的生日，下了班我们要去看脱衣舞，那两个家伙是从多伦多来的，据说是加拿大最有名的男脱衣舞者，你要是真的不累，就和我们一起去吧。"桑德拉说。

什么？男脱衣舞？不是开玩笑吧？我简直不敢相信自己的耳朵。我曾经和朋友们一起看过女人跳脱衣舞，可从来没有听说过还有男人跳脱衣舞的，真是长见识了。

"多少钱？"我像个吝啬鬼一样小声问道。

"80。"露丝对着桑德拉挤了挤眼。

妈呀！钱烧的吧！我心里暗暗说道，花那么多钱看男人！我可没有这么多闲钱和闲工夫。不去吧，怕扫了大家的兴致，迟疑了一下，我还是推脱说有别的事，这次就不去了。

"嘿，听说他们俩的家伙特棒，整个晚上都是挺着的，也不知道他们吃了什么东西，一定要去看看。去吧，去吧，一起去乐和乐和。"露丝嬉皮笑脸地怂恿我。

我耸了耸肩，坚定地摇了摇头，微笑着不再说话了。

"你真是个典型的Chinese。"露丝一脸的失望。

大家还在劝我，但不管她们怎么说，我最终还是没有去。

尽管我没有那个兴趣，但我还是很钦佩这些同事们，生活中有苦也有乐，但无论怎样，她们都能以阳光的心态，营造她们美好的生活。

玩笑开够了，护士桑德拉催促我们该回去干活了，下班前的查房时间到了。

鸡尾酒之夜

一周的时间很快过去了。星期六是我上岗培训的最后一天，也是我第一次在周末上班。这天柔斯休息，我的师傅是露丝，我们的搭档是科拉。别看露丝开起玩笑来眉飞色舞，有说不完的话，可干起活来，她就不作声了，除了闷头干活一句话都没有，好像在和什么人赌气似的，不像柔斯那样总是耐心地交代着、提醒着。不过，尽管露丝已经六十多岁了，但依旧结实得像一匹黑马，干活跟玩似的。

晚饭的时候，我又被派到了餐厅。餐厅里一如既往的热闹，今天营养师也来了，她走来走去，询问每一位老人是否对他们盘子里的食物满意，对于不能自己回答问题的老人，她就向我们这些喂饭的护理人员了解其吃得怎么样，吃了多少。

晚饭期间，一群装束特别的青年男女来到了娱乐大厅。男人们都把白衬衣扎在制服裤子里，很多人还留着大胡子，而女人们则都是衬衣外面套着一件无袖花布连衣裙，有些人的头上还包着一块黑色头巾，他们是来给老人们唱歌的。

这些装束特别的年轻人引起了我的极大兴趣，原来他们是来自哈特派（Hutterite）聚居区的农民信徒。

据我所知，哈特派是一个比较保守的宗教派别，大部分信徒是德国后裔，在美国西部以及加拿大都有他们的聚居区。哈特派的信徒们过着一种类似于人民公社式的生活，男人们一起下地干活或者照顾牲畜，一起在公共食堂吃饭；女人们在聚居区里没有地位也没有发言权，她们的工作是做衣服、照顾老人和孩子、园艺以及在公共食堂做饭。孩子们不去学校上学，除了学习圣经外，还必须学习国家的法律。他们以从事农牧业为主，主要收入来源于牧业。

在哈特派聚居区生活的信徒们没有个人财产和个人银行账户，所有财产都属于集体所有。他们非常关注农业发展，也会使用最先进的自动化农业机械，除此之外他们还很会做生意。在他们的聚居区里没有电视、没有电话、没有报纸、没有钢琴也没有收音机，他们的主要娱乐活动就是唱歌。他们不赞成人们改变自己的宗教信仰，并且认为严格遵守哈特派的教规是一件很不容易的事，为了不破坏他们的教规，他们不接受外来的异教徒进入他们的聚居区生活。

晚饭结束后，我们把愿意去听唱歌的老人带到了娱乐大厅，哈特派农民们给老人们唱起无伴奏合唱。我不知道他们到底唱的是什么，但根据他们脸上虔诚的表情，我想他们唱的是和宗教有关的歌曲。在那缓慢而深沉的旋律中，几位刚刚吃饱饭的老人很快就昏昏欲睡了。

年轻的农民们唱完了，在稀稀拉拉的掌声中，一个老人站了起来，她是住在A区的布朗太太。布朗太太扶着她的助行器，摘下插在鼻孔中的氧气管，大口喘着气，首先热情地赞扬了哈特派农民唱得非常好，然后又激动地代表睡着和没睡着的全体老人，向年轻的哈特派们表示衷心的感谢，并邀请他们下次再来。可爱的布朗太太无论是语气还是手势，都像是一位司局级领导干部。布朗太太的话音刚落，年轻的哈特派农民们便鼓起了掌，他们一边鼓掌一边走到老人中间，恭恭敬敬地和每一位醒着的老人（他们并没有叫醒睡着的老人）点头握手。之后，在一片互道晚安声中，彬彬有礼的农民们穿上外套走了。

年轻的哈特派农民走了之后，我准备把老人们带回去换洗，这时缇娜来到娱乐大厅，她告诉我先不要把老人们带走，今天晚上还有人要来唱卡拉OK。正说着，露丝来了，她催促我和她一起去发晚茶。

"晚茶？为什么这么早？老人们刚吃过晚饭，吃得下吗？"我问道。

"他们现在吃不吃没关系，今天是周六，一会儿有一个特别的活动叫'鸡尾酒之夜'，有饮料和奶酪。"露丝说。

"什么是'鸡尾酒之夜'？'"我问道。

"一会儿你就知道了。"露丝没耐心解释，问题与性无关，她都懒得回答。

我们推着食物小车来到前大厅，我看到新来的法国老太太吉赛尔正低着头朝大门走去。到大门口，她用手推了推大门，发现门锁着，向外张望了一下，转身又回来了。

吉赛尔是几天前来到这里的，这几天一直绝食，也拒绝任何帮助。无论工作人员怎么劝她，她就是不吃也不喝。老人整日穿着一件袍子一样的大睡裙，头发乱蓬蓬的，趿拉着鞋子在老人院里走来走去，尽管她会说英语，但她只说法语。老人院里有几个工作人员会说一点儿法语或能听懂一点儿法语，但大多数人是听不懂法语的。几天过去了，老人还是倔强地不肯吃东西，我们都非常担心她的健康。一周后，老人的家属终于为她联系好了一个在法语区的老人院，说一两天就可以转过去，大家才放下心来。

看到吉赛尔走了过来，露丝迎过去关心地问道："吉赛尔，你想来杯牛奶吗？"

老人一边往前走，一边头也不抬地硬邦邦地甩给露丝两个字："不要！"

露丝继续紧跟着老人，又问道："你想喝点果汁吗？"

"不要！"

"茶？"

"不要！"老人头也不抬地继续往前走，看都不看我们一眼。

露丝不放弃，她再一次劝道："水？亲爱的，你必须吃点什么或者喝点什么。"

"不要！"

看得出来，露丝非常希望老人多少喝点什么，可是，我们这位法国女郎真是够拧的呀。

露丝无可奈何地摇了摇头，然后半开玩笑地对老人说了一句："威士忌？"说完转身就要走。

没想到这时吉赛尔突然停了下来，她转过身来笑眯眯地对露丝用英语说了声"好呀"，然后就站在那里得意地看着露丝。

露丝愣了一下，转了一半的身子似乎僵住了，她转过脸，瞪大了双眼看着吉赛尔问道："什么？"

"是的，威士忌，你有威士忌吗？"老太太微微地晃着脑袋，挑衅似地又重复了一遍。

露丝尴尬地看着我说："你听见了吗？你听见了吗？"

吉赛尔的回答把我逗笑了，我问露丝："你有威士忌吗？"

露丝摇了摇头尴尬地说："没有。"

"没有你问她。"我笑着责怪道。

"我以为她还会说'不'呢。"

吉赛尔不糊涂，她心里什么都明白。

跟着露丝，我们来到小图书室。图书室虽然很小但是很优雅，镶在三面墙里的书架上放满了各种书籍，这些书籍都是社会团体、个人、教堂捐的。一个小小的壁炉燃烧着，围绕壁炉放着几张维多利亚十九世纪流行的沙发椅和茶几。平时的晚上和周末，小图书室里总是会聚集一些老人和家属，他们在这里看书、看报纸、喝咖啡、开生日聚会。今天恰巧是阿格妮丝的生日，她女儿一家买了一个很大的生日蛋糕，正在给她过生日。坐在轮椅上的阿格妮丝被科拉打扮得漂漂亮亮的，当然，科拉没有忘记给老人家涂上一点儿口红和腮红，这使她看上去很精神。

"你们在这里干什么？"看着一大群人围着她，阿格妮丝奇怪地问道。

女儿在母亲的耳朵边大声地说:"我们在给你过生日。"

"过生日?"老人不解地问:"今天是我的生日?"

"是的,妈妈,今天是你的生日,"女儿接着说,"妈妈,祝你生日快乐!"

女儿一说完,全家人都拍着手为老人唱起了生日歌:"祝你生日快乐,祝你生日快乐……"

等大家唱完了生日歌,阿格妮丝眨着眼睛又问道:"我今年多大岁数了?"

女儿的嘴贴到妈妈的耳朵边:"妈妈,你九十了。"

"九十了?!"老人大吃一惊,她抬起头看着女儿,有些不高兴地质问道:"我有那么老吗?!"听语气好像她九十岁了是女儿的过错。

"妈妈,你不老,你才九十,你能活二百岁。"女儿笑嘻嘻地说,以为这么说母亲会高兴。

"得了吧你!"阿格妮丝没好气地瞥了女儿一眼,转过脸去不再看女儿。

露丝走了过去,问阿格妮丝的女儿这里是否还需要什么,要不要给他们留些咖啡或者茶。

"谢谢,我们这里什么都不需要了。"阿格格丝的女儿说。

"一会儿娱乐大厅里有鸡尾酒和奶酪,还有卡拉OK,等一会儿你们可以去唱卡拉OK。蛋糕最好不要吃太多,留点肚子去尝尝鸡尾酒吧。"离开图书室之前,露丝又交代。

我们发晚茶发到了娱乐大厅,那里有很多老人在看电视,缇娜正在忙着安装卡拉OK机。

"什么时候开始啊?"我问缇娜。

"人来了就开始,估计快来了。"缇娜看了看手表。

这时,大门开了,一位中年男子扛着一把电吉他,拖着一堆扩音设备进来了，身后还跟着一对少男少女，那是他的一双儿女。卡拉OK机和电吉他音箱很快安装好了，鸡尾酒之夜和卡拉OK活动开始了。

首先是那位父亲表演，他一边跟着卡拉OK机大声唱歌，一边像歌星那样向老人们挥手，邀请老人和他一起唱。老人对这个请求反应强烈，他们拍着手，合着节拍，有的居然还真的跟着唱了起来。

筹划鸡尾酒之夜的缇娜推着食物小车穿梭在老人们中间，小车上放着一个晶莹剔透的大玻璃罐，里面装满了橘红色的饮料，这就是所谓的鸡尾酒。除此之外，还有一大盘子圆圆的小苏打饼干、一盘四周用绿色芹菜叶子点缀起来的奶酪拼盘以及一小盘酸黄瓜。那红红的、黄黄的、绿绿的食物，看着实在是诱人。

老人们肯定不需要任何晚茶了，我和露丝一起收拾起食物小车，把不愿意参加卡拉OK活动的老人收拾干净后，让他们上床睡觉了。剩下的老人们还在娱乐大厅里继续享受着鸡尾酒，唱着卡拉OK。估计一时半会儿不会有什么事，大家洗了手，陆陆续续地来到休息室。

不知道什么时候，那位父亲已经不唱了，大概是吼累了。这时，扩音器里传来吉他声和少年略带童音的歌声。我看到休息室里桌子上放着没有分发完的鸡尾酒和奶酪，同事们都围坐在桌旁，一边翻看报纸，一边吃奶酪、品鸡尾酒。我也倒了一点红红的鸡尾酒。缇娜配制的这种饮料口感很好，淡淡的、柔柔的，有一种特别的香味，很适合老人。尝过鸡尾酒，我也学着别人的样子，用两块苏打饼干夹了一小块奶酪，小心翼翼地咬了一点，嗯，不错，我以为奶酪是臭烘烘的，没想到既不臭也不腻，挺好吃。我又往嘴里扔了一小片酸黄瓜，爽了爽口，心满意足地坐了下来，开始听歌。我就是这样学会吃奶酪的。

少年不唱了，我想这家人大概是要收拾东西回家了，可没想到几分钟之后，那个姑娘荒腔走调地唱了起来，一边唱还一边把个吉他弹得咣咣咣地响，像是要用吉他声掩盖她那实在令人不能恭维的歌声。休息室里还是没人说话，偶尔有翻报纸的哗啦声。我四下扫视了一下，心里暗自嘀咕：我的这些同事今儿是怎么了？平时都是刀子嘴，今天怎么突然都不发表意见了，难道听不出来这个姑娘唱得不好听吗？那个实在没有唱歌天赋的姑娘还在找不着调地唱着，我忍不住小声嘀咕了一句，"这个姑娘唱得真是糟糕透了"。没想到我的一句话打破了这奇怪的沉默，大家哗的笑开了，然后七嘴八舌地告诉我，科拉唱得比这个姑娘好得多。

"科拉？真的吗？"我看了看科拉，问道。

"真的，也不知道是谁请他们来的，请这些人真是浪费钱。"黛拉蕊不满地说。

"科拉，你去给他们唱一首。"苏茜怂恿科拉。

这一说不要紧，大家也都希望科拉能去唱一首。为了听科拉唱歌，我和苏茜连推带拉地把科拉拽到了娱乐大厅。来到娱乐大厅，科拉大大方方地接过麦克风，随着卡拉OK机唱了起来。

科拉一张嘴，我就愣了，真没想到科拉的声音那样甜美，正如大家所说，科拉的确唱得非常好。听着科拉的歌声，我突然觉得科拉干护理实在太浪费她这副好嗓子了。一首歌唱罢，我对科拉说，如果她愿意，下班前她可以一直留在这里唱歌，她的活儿，我替她干了。

科拉一首接一首地唱，听到科拉的歌声，大家也纷纷来到大厅，跟着音乐又唱又跳地凑起了热闹。我们中间跳得最欢的是露丝，只见她抖着她那黑人特有的、具有弹性的翘臀，跟着节奏跳得很像那么回事。

一曲华尔兹悠扬地响起，"嘣嚓嚓，嘣嚓嚓"，缇娜轻轻地拉起布朗太太的手，围着她的氧气机，带着输氧管慢慢地摇了起来，我也顺手推起伊娃的轮椅。

"伊娃，你不会孤独的。"我对伊娃说，缓缓推动轮椅，跟随着音乐，迈着华尔兹的舞步，满大厅地转了起来。

欢乐总是那么的短暂，时间已经不早了，我们的"鸡尾酒之夜"不得不结束。缇娜开始收拾东西，而我们则必须把还在兴奋中的老人都带回去，他们也应该休息了。

夜深了，老人们都睡下了，这时的老人院显得格外宁静。疲惫的我又来到娱乐大厅，站在窗前凝视着窗外，想着一周来的经历，如同是在梦中。我没有想到老人院会有如此愉快的鸡尾酒之夜，更没有想到我的见习期居然是在鸡尾酒的芬芳和卡拉OK的歌声中结束的。这好像是专门为我安排的结业晚会，像是巧合，又像是天意。

这里就是我的家

冰雪融化，漫长的冬天过去了，春天在人们的期待中悄然而至。语言学校已经开学了，自从到老人院工作，我的语言能力提高了很多，也提高得很快，最让我欣慰的是，从来没有人说听不懂我讲的英语，这对我可真是莫大的鼓励。不仅如此，我发现我渐渐喜欢这个老人院的工作了，因此，我决定继续留在这里。为了不影响上课，我请多琳给我调整了一周来工作的次数。

这天是我上班的日子，最后一节课我向老师请了假，便匆匆驱车来到老人院。

春天的午后，斑驳的阳光暖洋洋地洒在老人院的门前，一片灿烂。小花坛里开满了美丽的小花，散发着阵阵醉人的清香。阳光下，老太太艾米独自坐在一张椅子上晒太阳，手里正编织着一条毛线小毯子。

艾米又高又壮，性格爽朗，她总是飞快地开着她的电动小轮椅在老人院里横冲直撞。老人的新陈代谢慢，骨折后很难恢复，要是摔倒了，那可不是闹着玩儿的。因此，护士们经常提醒艾米，希望她能慢一些，不要把别人撞倒了，自己也不要摔倒了。艾米就是艾米，你说你的，她老人家就是记不住。艾米无儿无女，住到老人院后，她把自己心爱的小狗托付给了邻居。她的邻居人很好，我经常在周末看到她的邻居——一个中年妇女，带着那只总是欢天喜地，摇着小尾巴的卷毛小狗来看望艾米，要是遇到了好天气，她们俩会一起坐在外面的椅子上晒太阳、聊天，看着很像是母女俩。

看到艾米独自坐在外面，我不放心地走到她面前弯下腰来问道："你好，艾米，就你一个人在这里？"

"是的。"老人抬起头回答我。

"你自己在外面，护士们知道吗？"

有时，有的老人会趁人不注意试着逃跑，所以只要我们看到独自在外的老人，就要确认一下是否有人知道他们的去向，或者是否有人和他们在一起。

"她们知道。"艾米大大咧咧地说。

"那你可不要走远了啊，艾米。"

"我还能上哪儿去？我把房子都卖了，这里就是我的家。"老人淡淡地回答，瞥了我一眼。

艾米无意中说的话，却让我陷入了深思。我在老人院工作有些日子了，可我却从来都没有意识到，老人院并不是老人临时吃饭、睡觉的旅馆，而是他们的家，是他们的生命在这个世界上最后落脚的地方。

有人说，今天的老人就是明天的我们，看着艾米想想自己，我希望当我老了，能找到一个养老的理想乐园，在我人生最后的时光里，可以享受温暖、舒适、方便与快乐，可以得到尊重、理解、关怀与呵护。

"艾米，千万不要走远了啊。"艾米的手还在不停地编织着，临走时我再三嘱咐老人。

"我知道，忙你的去吧。"艾米抬起头笑着对我挥了挥手。

走进老人院，缇娜迎面走了过来。她笑着对我说："嗨，来上班了，你最喜欢的宝贝史蒂文又开始闹了，快去看看吧。"

大厅那头，老头儿史蒂文坐在他的轮椅上东张西望，一看见我，老人立即踏着轮椅过来了。史蒂文两只脚艰难地在地上倒腾着，两只胳膊不停地向我挥舞着，嘴里喊着："嗨！嗨！嗨！"

史蒂文是几周前住到老人院的，因为他的腿肿得很厉害，躺着坐着都不舒服，所以他一会儿闹着要上床躺着，可刚帮他躺安稳，却又闹着要坐起来。如果没有人及时来帮他，他就会自己爬，由于行动困难，他已经从床上掉下来好几次了。为了史蒂文的安全，老人院在他的床沿上安装了护栏。这使他无法自己爬起来了，于是他就不停地按急救铃，好像只要急救铃惨兮兮地呼叫着，我们就一定会来帮他起床似的。

由于我们很难做到随叫随到，比如某一位老人正在起重机上，或者某一位行动不便的老人正在上厕所等等，我们是绝对不能离开的，所以有的时候史蒂文着急了，会毫无顾忌地翻护栏，真要是从护栏上掉下来那会摔得更惨。老人多，护理人员少，一上班，我们就像上了发条的机器，忙得团团转，根本不可能有人、有时间专门盯着他，所以为了他的安全，我们谁也不敢让他独自在床上待着，只好委屈他坐在轮椅上了。

我喜欢和史蒂文聊天，只要有机会，我总是会和他聊上几句。在史蒂文的五斗柜上放着几个做工精致的木制小火车，小火车上有小窗户、小烟囱、小轮子等等一应俱全，非常可爱。每次到史蒂文的房间，我都会爱不释手地拿着小火车玩一会儿，史蒂文说那些小火车都是他自己做的。老人的手这么巧，想象力这么丰富，令人刮目相看。有一次，我缠着史蒂文，非要他卖给我一个小火车，可是他怎么都舍不得，他说他就剩这么几个了。我请他给我做一个，他难过地说他现在的手做不了了，不过他向我保证，等手好些了，一定会再做很多小火车，到那个时候，他一定会送给我一个。

我很同情史蒂文，每当我看到他的两条腿肿得那么厉害，就会觉得自己的腿也沉重了许多，我想他一定非常难受。有的时候，我会给他的腿上抹一些护肤霜，轻轻地给他揉揉。如果史蒂文想上床躺一会儿，只要可以，我总是会帮他，但我会嘱咐他必须在床上待够半个小时，不要按铃，并且让他看着墙上的挂钟，到时间我一定会回来，如果他不听话，下次我就不帮他了。可是说归说，每次只要老人闹，我还是会帮他，尽量让他满意。因此，同事们都说我最喜欢史蒂文，因为我老是顺着他。

"嗨，嗨，嗨，"史蒂文已经来到我面前，他一把抓住我的衣角像孩子似的哭诉起来："我要上床躺着，他们就是不帮我。"

"他们？他们是谁呀？"我故意装糊涂。

"所有的人！"史蒂文非常愤怒地喊道。

"你这几天怎么样啊，史蒂文？"我开始打岔。

"不好！我头疼，我要上床躺着，"史蒂文突然换了口气，十分可怜地拽了拽我，小声地央求道，"你能不能帮帮我？你是个好姑娘。"

嘿嘿，这老头儿软硬兼施，先给我戴上了高帽子。

"行，"我回答道，"不过，史蒂文，我还没上班呢，还有五分钟，你先让我换上工作服好不好？"走到更衣间门外，我忍住了笑。

"好，我就在这儿等着你。"史蒂文还是不放心。

得，看来一时半会儿是甩不掉这老头儿了，也许就像同事说的那样，我可能有点太惯着这个老头儿了，谁让我心太软，我一边想一边走进了更衣间。换好工作服从更衣间出来，看见史蒂文还在门口等着，史蒂文见到我立即又拉住我的衣角，寸步不离地跟着，好像怕我跑了似的。

"亲爱的，我现在还不能帮你上床，一是我这会儿没有时间，二是快要吃晚饭了，等你吃完了晚饭我立即让你上床躺着好不好？我保证。"我试图说服史蒂文。

"不行！我现在就要上床，我头疼。"史蒂文像个耍赖的小男孩。

这时，漂亮的护士海伦走了过来，她对史蒂文说："史蒂文，我现在需要她帮我给一位女士换药，请你等一下好吗？谢谢。"

史蒂文看了看我，又看了看海伦，无可奈何地说了声好吧，然后踩着轮椅走了。史蒂文走后，我跟着海伦向劳拉的房间走去。

劳拉住到老人院已经有些日子了，她是从医院转来的、因中风而半身瘫痪的病人。实际上劳拉并不老，她只有五十七岁，所以金孔雀老人院对她来讲与其说是老人院，不如说是护理中心。

劳拉的状况非常糟糕，她不仅半身瘫痪，而且浑身僵硬，皮包骨头，样子十分悲惨。然而，最最折磨她的是那剧烈的疼痛，我曾看到过她因疼痛而昏迷，一边抽搐一边说胡话；我也曾听到她因疼痛撕心裂肺的呼喊，可怜的劳拉是靠吗啡维持生命的。我不知道，除了吗啡还有什么办法可以减轻她的疼痛，但我希望能用关怀减轻些她的痛苦。为了唤起她对生命的信心，每当听到劳拉疼得呼喊时，我都会放下手里的活儿来到她的房间，拉起她的手，坐在床沿上，轻声安慰几句，和她说一会儿话。

劳拉是个热爱生活的女人，她的房间里贴满了彩色照片。照片上的劳拉灿烂地笑着，穿得很漂亮，也很时髦。劳拉说她以前是做会计工作的，是一个单身母亲，她只有一个女儿，已经大学毕业了。她说她喜欢旅游，喜欢去湖边度假，喜欢和她的律师男朋友一起出去吃饭、看电影、逛商店。她爱她的女儿，爱她的男朋友，爱她的工作。每每说到这些，她就会转过脸去凝视窗外，眼里充满了忧伤与渴望。看着照片上的劳拉，不会有人想到照片上那个满面春风的女人就是现在这个躺在床上，被病痛折磨得生不如死的劳拉。她心里依旧充满了对生命，对亲人的爱，可是她能够爱的日子却越来越少了。

加拿大是一个非常重视人权的国家。人权包括生存权、自由权、财产权和尊严权，作为人的基本权利，人权受到法律的保护。而尊严权，是把人和动物区分开来，使人享有自尊、荣誉和做人的权利。每一个人都有权利保持和维护自己的尊严，因此，在老人院，无论什么原因，都不能让躺在床上的老人或者病人光着身子。劳拉是从医院转来的，刚来的时候她总是穿着医院的病号服，有时由于剧烈的疼痛，她连病号服都穿不住，样子很凄惨。

　　病痛中的劳拉带给我的是巨大的恐惧，每次看到劳拉，我总会产生一个可怕的联想，我怕死，但我更怕失去做人的尊严。假如有一天（这实在是一个可怕的假设），我必须苟延残喘，我希望能给我留哪怕一点点做人的尊严。我有时默然地对上帝说，我不求荣华富贵，只祈求你在我有生之年赐予我健康。

　　那天，劳拉的妹妹和女儿来看望她，我对她们说，我很同情劳拉，对劳拉来讲这里不是医院，这里是她最后的家，我希望她们能给劳拉买几身那种专为病人设计的、后背开口的睡衣和白天穿的衣裙，越漂亮、越时髦越好。我实在不忍心看着爱漂亮的劳拉在她有生之年永远穿着医院的病号服，这实在让人为她感到悲哀。尽管她不能再去看电影、去餐馆、逛商店、旅游和度假了，也许永远不能了，但我还是希望她能像年轻时那样，穿得漂漂亮亮的，那样至少我们大家会为她感到一丝宽慰。

　　我来到劳拉的房间，第一件事就是打开衣柜，当我看到劳拉的衣橱里挂着很多漂亮的衣服时，我很为她高兴。刚刚打了吗啡的劳拉安安静静地躺在床上，白班的同事已经为她换上了一身做工精致的粉红色衣裤，虽然我觉得这个颜色并不适合她，但它至少让劳拉那病态的脸显得不那么苍白了。

　　来到劳拉的床边，我和海伦低着头默默地看着她。看见我们，劳拉勉强对我们微微笑了一下。这是一个多么难得的微笑呀，我在心里感叹着。站在床前，海伦温柔地对劳拉说，现在要给她换药了，并告诉她可能会有点儿疼，劳拉善解人意地点了点头。

　　我慢慢侧过劳拉的身体，让她背对着我们，因为衣服和裤子都是在背后开口的，所以免去了脱衣服时对病人的折磨。海伦轻轻地掀开劳拉的裤子，我看到一块很大的白纱布盖在她的尾椎上，我用双手扶着劳拉，怕她因疼痛而乱动。我小时候经常生病，去医院打针时，母亲总是会抚摸我，以减轻我的疼痛。我学着母亲的样子，轻轻地抚摸劳拉的后背，眼睛一眨不眨地看着海伦揭开了那块纱布。

在劳拉的尾椎上，我看到了一个像鸡蛋那么大的褥疮洞。

怎么会这样呢？我问海伦，前些天还不是这样的。

海伦说劳拉太瘦，而且躺着的时间太长了，所以现在每天都要让她在轮椅上坐一会儿，如果在床上躺着，也要每两个小时翻一下身，而且一定要让她侧身躺着。说着，海伦用一个小镊子开始轻轻地、慢慢地拉出塞在劳拉褥疮洞里的纱布。

那条带血的纱布那么长，好像永远也扯不完，我屏住呼吸，紧张地看着海伦的手。不知道过了多久，似乎是一个世纪，终于，整条纱布被拉了出来，一股浓浓的血腥味儿扑鼻而来，我看到那个红红的、深深的大洞里露出了尾椎骨。

我吓坏了，这是我有生以来第一次看到这么严重的伤，我不敢想象那个伤口有多疼。我的血液凝固了，手脚冰凉，天旋地转，眼前一片漆黑，好像就要晕过去了，我摇摇晃晃地闭上了眼睛。

"妹，妹，你行吗？"我听见海伦在叫我。

我喘不上气来，我不能回答，我想我这时的脸色一定很可怕。

"你要是不行了，就先出去吧，我自己可以。"海伦又说。

猛然间，我睁开了眼睛，像是从梦中惊醒了一样喃喃地对海伦说了声没事，任凭泪水顺着脸颊滚落下来。

劳拉的病痛深深地刺痛了我的神经，同时也挑战着我对悲惨的承受能力。我同情劳拉已经到了不能自已的程度，每每看到劳拉痛苦的神情，我总是无法控制自己的眼泪，总是会在内心深处呼唤万能的上帝，希望他能够看见，能够听见，能够帮帮可怜的劳拉。

药换好了，海伦端着盘子先走了。我帮劳拉把衣服整理了一下，为了让她侧身躺着，我在她的背后塞了个枕头，然后给她盖上了被单。临走时，我弯下身在劳拉的耳边轻轻地夸赞了她的新衣服，并且告诉她，她今天看起来非常漂亮。

上帝的呼唤

当我走出劳拉的房间时，我今天的搭档科拉已经听完了交接班报告，并且把晚上要用的毛巾也都准备好了。

像往常一样，我们给要换洗的老人换洗后，晚饭就开始了。我把玛丽小姐扶到轮椅上，推着她向餐厅走去。来到餐厅大门前，我无意地扫了眼对面墙上的一块大黑板，突然，我愣住了，大黑板上写着一条讣告，内容是汤普森先生两天前由于心脏病突发，不幸逝世，葬礼的时间是今天上午十点钟。

汤普森先生去世了？怎么可能呢？上次我来上班，他还给了我一张他亲手录制的安德烈·波切利的音乐光盘呢，怎么就走了？不可能！我不信。我推着玛丽小姐回去找科拉。

"汤普森先生去世了？"找到科拉后我劈头就问。

"是的，今天上午我们很多人都去参加他的葬礼了。"

"你们为什么不告诉我呀？"我责怪地说。

"昨天晚上给你打了电话，你的电话老是占线，早上又没人接。"科拉解释说。

是的，我晚上要在网上做作业，一大早又去上学了。因为错过了汤普森先生的葬礼，我感到非常懊恼。自从到老人院工作以来，每次路过汤普森太太的房间，我都会看到汤普森先生坐在那里，听着音乐，陪着太太，那情景就像是老人院里一幅不变的风景画。每次见到汤普森先生，我都想请他给我讲他和太太的爱情故事，可是我没有抓紧时间，总觉得以后还有机会。可是现在，老人突然就走了，我还有好多想说的话没来得及说，好多想问的事没来得及问。人们总是说来日方长，可我突然觉得来日似乎并不方长。

"哎，我真想去送送汤普森先生。"我伤心地说。

"我知道。"科拉拍了拍我，离开了。

推着玛丽小姐，我们又回到了餐厅。已经103岁的玛丽小姐年轻时是个护士，一辈子没有结婚，她不但长得娇小可爱，而且性格安静温和，给我的感觉像是一个修女。老人的生活很有规律，早上按时起床，晚上按时睡觉，除了吃饭和睡觉，每天大部分时间都坐在那张对她来讲巨大的、老式的单人沙发椅上看书，有的时候乍一看，还以为她是一个小女孩。

玛丽小姐是一个容易满足的老人，从来不抱怨，每当我们问她感觉如何时，她总是笑着说感谢上帝又给了新的一天，她没有什么好抱怨的。尽管她的动作很慢，但她总是努力做自己力所能及的事，像穿衣、洗脸、刷牙和吃饭，她说自己做惯了，别人给她做她不舒服，只有实在做不了的事她才会请护理人员帮忙。

我把玛丽小姐推到她的餐桌前，嘱咐说如果需要帮助就叫我，老人抬起头对我笑了笑，说了声谢谢。黛安很快把老人的饭端来了，玛丽小姐慢慢地吃了起来。尽管我仍然在餐厅里忙别的，但不知道为什么，那天我就是感到有点不放心，眼睛不时地朝玛丽小姐那边看，担心她需要帮助时找不到人。片刻之后，我看到玛丽小姐放下手里的叉子，抬起头四处张望，于是急忙过去问道："亲爱的，你需要帮助吗？"

"我有点不舒服,不想吃了,我想现在就回去休息。"玛丽小姐的声音弱弱的。

我看了看玛丽小姐面前的盘子,她没有吃多少。

"好,咱们现在就回去,我让厨房把你的饭留着,一会儿你要是饿了,可以再吃,好不好?"我说。

"好,谢谢。"老人还是那么和气。

我把玛丽小姐推回她的房间,交给了科拉,我嘱咐科拉,玛丽小姐有点不舒服,想现在就休息。科拉说她立即给玛丽小姐换洗让她上床,并让我放心回餐厅,临走时我对科拉说需要帮助只管叫我。

晚饭持续了一个多小时,尽管个别吃饭慢的老人还在吃,但大多数老人已经吃完了,并且离开了餐厅。我一边照顾着剩下的几位老人,一边帮黛安收拾餐桌,这时我看到科拉匆匆向餐厅走来。

来到我面前,科拉脸色煞白地搂着我的脖子轻轻地在我耳边说:"玛丽小姐去世了。"

"什么?!你说什么?!"我吃惊得几乎跳了起来,手里的盘子差点掉到地上。"她刚才还在这里自己吃饭呢,怎么就去世了呢?"我不相信地问道。

"你走后,玛丽小姐就上床了,而且什么也没说,刚才海伦去给她喂药,反复叫她都不见她答应,急忙仔细查看,才发现老人已经去世了。海伦让我来叫你一起去给她换衣服。"

我从来没有给死人穿过衣服,觉得有点害怕。但我还是对科拉说:"好,好,我这就过去,这就过去。"

科拉走后,我跟黛安说玛丽小姐死了,我必须回去了。黛安听后瞪着眼睛愣住了,不相信这是真的。我放下盘子,洗了洗手快步向玛丽小姐的房间走去。

我不知道刚死了的人是什么样子,感觉会很可怕。我站在玛丽小姐的门外不敢进去，心里打着哆嗦。终于，我向房间里张望了一下，看见主管护士布鲁斯、护士海伦还有科拉正围在玛丽小姐床边不知道干什么。我屏住呼吸，轻手轻脚地走进房间，好像生怕把玛丽小姐吵醒了似的。

悄悄来到科拉身后，我越过她的肩头紧张地朝躺在床上的玛丽小姐看去。只见玛丽小姐闭着双眼平躺在床上，身上盖了一条白颜色的被单，她的脸灰白得跟那条白单子一样，一点血色也没有。玛丽小姐的样子并不像我想象的那么可怕，实际上她的表情很安详。

我微微吁了口气，伸出手来轻轻地摸了一下科拉的肩膀，想告诉她我来了。没想到，科拉突然哇地大喊了一声跳了起来，她的肩膀狠狠地撞了我的下巴一下。她转过身来，用双手捂住心口，满脸通红地看着我，好像遇见了鬼。科拉的一声大喊把我也吓了一跳，我也大喊了一声，也跟着跳了一下，我用手捂着下巴，看着科拉，不知道她怎么了。

正在给玛丽小姐检查的布鲁斯扭过头来，平静地抬起眼睛看着我们俩，莫名其妙地问道："你们俩怎么回事？"

还能怎么回事，我们俩自己吓自己呗。看了看布鲁斯，我赶紧拉着科拉冲出了房间。一出门，科拉就责怪我吓了她一跳，而我也责怪她不但吓了我一跳，还撞疼了我的下巴，我觉得我好像已经被撞成脑震荡了。也不知道是吓的还是撞的，我真的觉得头晕恶心。

定了定神，我和科拉又重新回到了房间。海伦已去给牧师和殡仪馆打电话了。布鲁斯对我们说，如果我们俩没别的事忙，现在就可以给玛丽小姐换衣服了。我想了想，终于鼓起勇气，结结巴巴地对布鲁斯说，我从来没有给死人穿过衣服。布鲁斯问我是不是害怕，我点了点头。

记得一次护理课实习时，我跟着医院的护理人员去给一个弥留的病人擦洗换衣服，当我走进病房看到病人蜡黄的脸时，顿时感到天旋地转。更糟糕的是，当我看到病人排出的大便时，再也不能忍受地冲向了卫生间，差点把苦胆给吐出来。医院的护理人员把这件事报告给了学校的老师，导致我的实习课得了差评。

没想到，我们的主管布鲁斯却很通情达理，他对我笑了笑，安慰我说没关系，如果我实在害怕，这次他和科拉给玛丽小姐换衣服，我可以学学怎么做，以后慢慢习惯了就好了。我满心感激地站在布鲁斯的背后，看着她们两个人给玛丽小姐脱衣服。

"你为什么害怕？"布鲁斯一边忙一边问我。

"我也不知道，就是害怕。"我坦诚地说。

"其实刚死的人并不可怕，不信你用手摸摸。"说着，布鲁斯让开他的身子。

我胆怯地来到床边，战战兢兢地用手迅速在玛丽小姐的胳膊上摸了一下。真的，尽管玛丽小姐的尸体不是热乎乎的，但也并不是我想象的那样冰凉。我鼓起了勇气，壮着胆子小声地对布鲁斯说："让我来试试吧。"

给玛丽小姐擦洗后，我们又给她换上了病号服。科拉把玛丽小姐的双手合放到她的胸前，一条新的白被单盖在了她的身上。很快，牧师来了，为玛丽小姐做完了祷告后，尸体被拉走了。

目送着玛丽小姐的尸体离开老人院，不知道是在为亡灵祈祷，还是想安抚自己的惊魂，我学着牧师的样子，低下头，虔诚地在自己的胸前画了一个十字。

晚茶时间，我推着装满茶点的小车，给老人们分发茶点。走廊上，那熟悉的男高音从汤普森太太的房间里传了出来，一切似乎都没有改变，一样的走廊，一样的房间，一样的歌声，一样的茶点。

来到汤普森太太房门外，我习惯地朝里面望去，似乎汤普森先生依旧坐在太太的床沿上静静地听音乐，可是今天床沿上已经没有了汤普森先生的身影，代替老人的是他们的女儿。她正在低头看书，看见我的小车便走了出来，我对她说，对于汤普森先生的去世我感到十分难过，也很遗憾没能参加老人的葬礼，她说她非常感谢大家对她父母的关怀，她会像父亲那样，每天来陪妈妈。我站在门外，看着女儿一勺一勺地喂着脸上毫无表情的妈妈，不禁暗自问道，天天来陪她的丈夫突然撒手人寰，她知道吗？她悲伤吗？对于她来讲，也许不知道更好吧。可是在我的感觉里，老人那和善的面孔、清晰的身影似乎还在歌声中守护着太太，直到永远。

离开汤普森太太的房间，我顺着走廊，一个房间一个房间地继续询问、分发茶点。

走廊不远处，我看见乔治娜的老公像往常一样，静静地坐在了他的老地方。乔治娜已经完全痴呆，整日流着口水，坐在轮椅上，像梦游一样地在老人院里四处乱转。老两口没有儿女，老头儿每天晚饭后风雨无阻地来陪伴妻子。胖胖的老头儿，大大的肚子，邋里邋遢的可没有汤普森先生整洁、体面，一看就是一个没人照顾的孤老头儿。老人的话不多，来了就坐在走廊上，目不转睛地盯着妻子，并不停地喂她巧克力。

晚茶时间，老人们不是在娱乐大厅，就是在起居室，又或者是在自己的房间里，走廊上总是静悄悄的。每一次轮到我分发晚茶的时候，我都会看见老人形只影单地坐在那里。而每一次把茶点递给他后，我都会和他聊几句。

老人晚上从来不喝咖啡，只喝茶。我来到老人面前，没有询问，直接递给他两杯茶和几块点心。接过茶点，谢过我后，老人顺手把茶点放在他身边的一把椅子上，然后拍了拍另一把椅子，示意我坐下。

乔治娜傻傻地笑着，踩着轮椅一趟又一趟地在走廊上转着。她转到老公面前，老公就掰一块巧克力塞到她嘴里，然后用餐巾纸给她擦擦流出来的口水。老人经常对我说乔治娜年轻的时候很漂亮，尽管她现在已经不漂亮了，但从老人看妻子的眼神中可以看出来，老人非常爱他的妻子。

像以往一样，和老人聊了几句之后，我嘱咐老人不要把茶点都给妻子吃了，自己也吃点，这样晚上就不会饿了，要不然回家饿了还得自己做。转身告别老人，我走进了梅波的房间，看梅波有什么需要帮助的。

记得梅波刚住进老人院的时候，老怀疑护士在她的饭里、药里和水里下了毒，所以她不吃任何东西。她不但自己什么都不吃，还到处制造恐怖"谣言"，告诉别的老人护士给她们也下了毒，吓得有些老人也跟着惶惶不可终日，拒绝吃药。一天夜里，梅波给警察打电话，说有人要用毒药毒死她，害得警察半夜三更找到老人院，询问到底发生了什么事。梅波把老人院折腾得不得安宁，最后只好把她送到精神病院，进行精神病鉴定。也不知道精神病院的医生到底给她老人家吃了什么"毒药"，半年后，梅波回来了，神奇地不吵也不闹了，而且给什么吃什么，胃口还特别好，和之前简直判若两人。

梅波已经睡下了，我把床头摇高，梅波坐了起来。

"嗨，亲爱的梅波，你好吗？"我问道。

"我很好，你好吗？"梅波爽快地回答。

"哦，我也很好，谢谢。"我喜欢逗梅波，所以我接着开玩笑地又问道："你真的很好吗？"

"是的，我很好。"看来梅波今天的情绪很不错。

每次想起梅波报警的事我都想笑，这会儿看到老人又是一脸严肃的样子，我忍不住嘿嘿地笑了起来，然后歪着头斜着眼故作神秘地又问道："你敢肯定吗？"

听我这么一问，老太太有点吃不准了，她不确定护士是不是有什么事瞒着她，只见她睁大了双眼紧张兮兮地盯着我，然后一字一颤地说："我——不——知——道。"

看到梅波的脸色不对了，我不敢再和她开玩笑了，要是吓着她，弄不好一会儿她又要报警了，想到这儿，我不好意思地摸了摸老人的脸颊，抱歉地说："对不起，亲爱的，你没事，放心吧。"

看到梅波依旧一脸疑惑，我赶紧打岔地问道："梅波，你想要点什么？咖啡还是茶？"

"什么都行，随你吧。"梅波还是不放心，她盯着我小心翼翼地说。

给梅波留下一杯咖啡、一杯茶、一块蛋糕和几块饼干之后，我笑着嘱咐她慢慢吃，有事按铃叫我，别给警察打电话。听了我的话，梅波不好意思地笑了。

道了晚安，从梅波的房间出来，我朝最后一个房间走去，那里住着奥德丽。奥德丽是一位非常有意思的老太太，住到老人院的第一天就把老头儿翰瑞给气坏了。

老头儿翰瑞很像是一个喜剧人物，他矮胖矮胖的，没有脖子，肚子大得像是要掉到地上，光光的头顶上一根头发也没有，像是一个大土豆上粘了一个小土豆。翰瑞是个极其邋遢的人，可能是害怕踩到裤腿吧，他总是把背带裤吊得老高老高的，一双大皮鞋永远趿拉着，像是穿的拖鞋，而且，鞋带永远是解不开的死疙瘩。最让人不可思议的是，翰瑞喜欢吃生葱，所以他身上老是散发着一股很浓的大葱味儿。翰瑞是个老光棍，性格孤僻得好像他根本就不存在似的。他从来不和任何人讲话，也不打搅任何人，每天除了吃饭就是睡觉，既不看书看报也不看电视，没有任何爱好。

奥德丽住进来后，被分在和老头儿翰瑞同一个餐桌吃饭，第一次上桌她就把可怜的翰瑞给教训了一顿，老太太嫌翰瑞吃饭时嘴吧唧得太响。看着翰瑞像只鸡一样吃得满身满桌子都是饭，老太太两只眼睛死死地盯着翰瑞，恶狠狠地用手指着他数落，吓得翰瑞脸憋得通红，哆哆嗦嗦地一直不敢抬头，饭没有吃完就逃之夭夭，从此再也不肯去餐厅吃饭了。

我想可能是因为老太太比较挑剔，太爱干净，所以一辈子没有结婚，现在成了一位无儿无女的孤寡老人。奥德丽除了挑剔，还有个特点，那就是爱唠叨，自言自语地和自己说得没完没了，有的时候我真想知道这位老人到底在和自己说什么。

来到奥德丽的房间，老人正坐在床沿上一边自说自话，一边忙忙叨叨地收拾她的小零碎。

"晚上好，亲爱的奥德丽，现在是茶点时间，你想要点什么呢？"站在老人面前，我问道。

"哦，你好，茶点？你有什么呢？"停下手上的动作，老人抬起头来问道。

"我有咖啡、茶、果汁，还有蛋糕和饼干。"

"噢，你看着办吧，随便什么都行，我刚吃过晚饭没多久，还不饿呢。"

"这样吧，我给你一杯橘汁和几块饼干，你可以留着，饿了再吃。"根据老人平时的习惯，我说道。

"那好吧，不过你看我有很多饼干和巧克力，我不会饿的。"说着老人指了指她的床头柜。

没错，我看到不光是床头柜上，连五斗橱和沙发椅上也放着些饼干和巧克力。

奥德丽的为人是典型的刀子嘴豆腐心。住到老人院之前，她经常无偿帮助邻居照顾孩子。善，终归会有善报，奥德丽住到老人院之后，为了报答老人，老邻居经常来看望她，而且每次来都会给她带些饼干、巧克力和其他一些小东西，还陪老人唠唠家常，谈谈孩子们的事。

尽管她有很多吃的东西，我还是把橘汁和饼干放到了她的床头柜上。奥德丽看了看我给她的东西，伸出手拉着我在她身边坐了下来，然后从她口袋里掏出一块不知道放了多久的已经变形的巧克力，塞到了我手里。我谢了她，说我不要，想把巧克力还给她，可是她就是不肯，硬是把那块巧克力塞进了我的口袋里。

"你叫什么名字呀？"拉着我的手，奥德丽慈祥地看着我问道。

"姝。"我自信我的名字老人一定会喜欢的。

"这个名字不好。"没想到奥德丽想都没想就回答我。

我愣了，吃惊地看着她，觉得很奇怪，所有人都说我的名字好，怎么她老人家就觉得不好呢？

"你的名字不好，现在我要给你一个新的名字，"老人看着我，一本正经地继续对我说，"这是上帝给你的名字，从现在起你叫谢丽，上帝正在召唤你。"

一听这个，我的心就咯噔一下，这是哪儿跟哪儿呀？我的生命还没有绽放呢，上帝怎么突然就召唤我了？

"不行，不行，我还没准备好呢，现在我还不想去见上帝，谢谢你啦。"我一边说，一边摇着头赶紧站了起来，道了声晚安后，头也不回地像翰瑞一样逃之夭夭了。

哈利路亚

走廊上，我推着小车急匆匆地走着，希望尽快远离那个上帝召唤我的地方。科拉迎面走来，看见我神情异样、慌慌张张，便问我出了什么事，当我把在奥德丽房间发生的一幕叙述之后，她差点笑岔气，连声说我真是迷信。

我也觉得自己的确是敏感了些，尽管如此，我还是极力解释说其实我不是一个迷信的人，只是觉得不吉利而已。

"行了，别害怕了，我相信上帝也没准备好要召见你呢。"科拉一边安慰着一边告诉我，老头儿比利在娱乐大厅看电视，让我发完茶点后把他带回他的房间，我们一起用起重机帮他上床。

把茶点小车推回厨房，我直接来到娱乐大厅。

"比利，现在是睡觉时间了，我要把你带回房间去。"来到比利面前，我说。

没想到一听我说要把他带回房间去，比利不干了："我不回去，我要把这个电视节目看完。"老头儿叽叽歪歪，坚决要求继续留在娱乐大厅里。

"你房间里不是也有电视吗，咱们回去看怎么样？"

"不行，这里的电视大，我喜欢看大电视。"

我劝不动老头儿，又不想勉强他，只好去找科拉来救援。放下手里的事，科拉跟着我来到比利面前。

"比利，你必须回去睡觉了。"科拉说。

"不行，我就是不回去，我就是要在这里看大电视。"老人固执得像个孩子。

"已经很晚了，明天再看好不好？"

"不好。"

科拉想了想，诡秘地对我笑了笑，然后突然把声音放小，神秘兮兮地对比利说："嘿，比利，知道吗？有个女的在你房间里等着你呢。"

"女的？"老头儿眼睛一亮，"真的？"

"真的。"科拉一脸的诚恳。

"好吧，那我回去。"比利温顺地说。

真是出乎我的意料，这招还真灵，没想到比利这么好骗，他居然相信了。不知道科拉这个坏蛋用这个办法把老头儿骗回去多少次了呢，比利服服帖帖地让我们把他推回了房间。接下来，三下五除二，我和科拉把老人洗干净，也换好了衣服，然后用起重机把他放到了床上，一切结束了。

比利一直很安静，我们出门之前，科拉关掉电灯，说了声晚安就要出门，可没想到这个时候比利不答应了。

"那个女人呢？"比利突然哼哼唧唧地问道。

科拉回过头去笑嘻嘻假装糊涂地问道："什么女人？"

"你不是说有个女人在等我吗？"比利委屈地说。

我忍不住咯咯咯地笑了起来。呵，别看比利已经92岁了，记性还挺好，这茬他还没有忘。科拉笑呵呵地走到比利床前，温柔地用手摸了摸老头儿的脸，又把老头儿的枕头整理了一下，给了老比利一个飞吻后说："没有女人了，睡觉了，晚安！"

灯关了，门也关上了，我和科拉走出老人的房间，黑暗中，可怜的比利还在盼着能有个仙女下凡来陪陪他。想着比利可怜巴巴的样子，一出门我就开始责怪科拉不该骗他，可是科拉还是那句话：没有女人了。

好一个善意的谎言。

老人们都上床睡觉了，一天中最忙的时间过去了，我洗了洗手准备坐一会儿，这时，从纽曼先生的房间传来了惊恐的叫喊声："快来人呀，快来人呀！"

纽曼先生半身不遂，生活不能自理，自老伴去世后，就一直住在老人院。来到老人院后，自尊心很强的纽曼先生拒绝护理们照顾他的生活，坚持用自己的一只手来照顾自己。为了帮助他起床，老人院在他的床前安装了一根长长的，从地上一直顶到天花板上的铁杆。

由于半边身子不能动，再加上疼痛的折磨，倔强的老头儿悲观厌世，不想有生之年就这样活着。尽管教堂来的志愿者们以及政府专职的社会工作者们经常来和他谈谈心，开导他，但他的情绪还是很低落，而且反复无常。

纽曼先生曾经自杀过两次。第一次老人用餐刀在大腿处扎了几下，没有生命危险。他在第二次轻生的时候，用餐刀割破了手腕上的动脉。尽管抢救及时脱离生命危险，但因流血较多，为了避免谋杀的嫌疑，护士把警察都给叫来了。

这个时候听到纽曼先生的呼喊声，把我吓得半死，生怕是纽曼先生想不开又自杀。

我快步来到纽曼先生的房间，开灯一看，只见躺在床上的纽曼先生探起半个身子，两只眼睛惊恐地看着对面的墙角。我顺着纽曼先生的目光转过脸去，不由自主地也尖叫了一声。昏暗的灯光下，老太太蒂迪脸色苍白，身上穿着一件白颜色的睡袍，披头散发地抱着双膝，低着头，像幽灵似的蜷缩着蹲在墙角，令人毛骨悚然。

蒂迪患老年痴呆很多年了。老人整日四处游荡，走到哪儿坐到哪儿，躺到哪儿，吃饭、吃药、洗澡和睡觉的时候，工作人员经常要四处寻找她。今天晚饭后，科拉给她换洗后就让她上床睡了，不知道怎么跑到纽曼先生的房间的。科拉也闻声赶了过来，我和科拉扶着蒂迪，又把她送到了床上。海伦给迪蒂服了一片安眠药，希望她能好好睡一晚。

蒂迪睡了，纽曼先生也睡了，我在起居室里坐了下来深深地吐了一口气。打开护理卡，我准备填写护理记录，这个时候，胖猫猫"尼克"一扭一扭地来到我的脚下，喵喵地叫着，不停地蹭我的腿，然后纵身跳到了桌子上，一屁股坐在了护理卡上，闪着它那双机灵的大眼睛含情脉脉地看着我。科拉坐在我旁边，正在聚精会神地给她的小侄女缝制一件粉红色的芭蕾舞裙。

走廊上静悄悄的，昏暗的灯光让我觉得什么地方有点儿不对劲儿。110房间里传来那个新来的老太太很奇怪的呼噜声，那声音尖尖的、长长的、阴森森的，一声高一声低，一声长一声短，像是鬼在哭泣。我的汗毛竖了起来，头皮也有些发紧，想起玛丽小姐的死和鬼魂一样四处游荡的蒂迪，我问科拉，老人院以前是否闹过鬼。

"闹过。"科拉想都没想地回答。

"哎哟，妈呀！真的？你可别吓唬我啊。"我的神经更加紧张了。

"我没见过鬼，我也只是听说的，不过是亲耳听说的。"

"谁告诉你的？"我追问道。

"几年前在106房间2号床上有一个叫珍妮的老太太，她在这里住了将近20年，后来得癌症去世了。"

106房间2号床现在就和我一墙之隔，天呀！听到这里，我赶忙拉着椅子面对着科拉坐到了屋子的中央。科拉看了我一眼，笑了笑，她一边一针一线地继续缝着，一边接着讲她的故事：珍妮死后没几天，她的床位上住进来一位叫南希的老太太，可没想到第二天南希就要求换房间，她对科拉和桑德拉说她一夜没睡，有一个她从来没有见过的老太太整夜摇晃她的床，还说这是她的床。桑德拉请南希说一下那个老太太的样子，结果南希描述的那个老太太的样子就是刚刚去世的珍妮，甚至连珍妮穿的什么样的衣服都说得一点儿不差。

"真的假的，你不是开玩笑吧？"我仍然将信将疑。

"真的，不信你可以去问桑德拉，这是南希亲自告诉我们的，其实这样的故事我们听到过两次，都是106房间的2号床，大家都说也许是珍妮在这里住的时间太长了不想走吧。"

说完，科拉站起身来说最后查房的时间快要到了，她去一下卫生间很快回来。科拉走后，我还在想珍妮的故事。这个时候走廊里好像有动静，我竖着耳朵仔细听，窸窸窣窣，天呀，可别是珍妮回来了。我哆嗦着站起身，来到走廊上，看到住在101房间的拉迪莫蒂尔先生穿着睡衣光着脚，双手举着一把大椅子摇摇晃晃地朝着我这边走来。

"拉迪莫蒂尔先生。"我的话音未落，就听见咕咚一声响，老头儿连人带椅子一起栽倒在了地上。看到老头儿摔倒了，我边喊边跑了过去。当我来到拉迪莫蒂尔先生身边时，只见他一边咒骂着一边拳打脚踢地挣扎着要爬起来。

拉迪莫蒂尔先生是和太太一起住进老人院的，两位老人都已经九十多岁了。拉迪莫蒂尔先生身体比较壮，是一位半自理的老人，而他太太除了可以自己吃饭，生活上的事基本不能自理了。别看老太太生活不能自理，但头脑却很清楚，说起话来头头是道，对我们大家也总是非常客气，张嘴一个请字，闭嘴一个谢谢。老太太是大家公认的非常有礼貌的人，可拉迪莫蒂尔先生却截然相反，他可是不骂人不张嘴，而且还是有名的暴力分子。

来到老人院后，老两口原来住在一个房间。一天夜里，夜班的主管护士保罗去给拉迪莫蒂尔太太喂药，保罗刚一离开房间，拉迪莫蒂尔先生就爬了起来。他来到老婆的床前，硬说老婆和保罗有暧昧关系，然后不分青红皂白把老婆打了个鼻青脸肿，害得老太太直喊救命。为了拉迪莫蒂尔太太的人身安全，夜班的同事把她连人带床一起推到了会议室。老人在会议室睡了一夜，第二天坚决不和丈夫一起住了，老人院只好临时把老头儿安排到了另外一个房间，拉迪莫蒂尔太太才重新回到自己的房间。尽管拉迪莫蒂尔太太对丈夫打她的事很生气，但她还是对我们解释说她丈夫年轻的时候很好，不知道为什么现在变成了这样。

自从老人院把老两口分开后，老头儿倒是不再打老婆了，可脾气来了见谁打谁，尤其是帮他换洗时，他总是不停地咒骂着，还经常对我们大打出手。老人的拳头简直就像个铁疙瘩，打得贼疼贼疼的，我们每个人都领教过他的铁拳头，所以照顾拉迪莫蒂尔先生是一件非常困难的事情。

可恨之人也有可怜之处，有一天，拉迪莫蒂尔太太已经睡下了，我看见拉迪莫蒂尔先生踩着轮椅进了太太的房间，我担心他再动手打人，赶忙跟了过去。站在门外，我眼睛一眨不眨地盯着老头儿，随时准备冲进去救人。可我万万没有想到，老头儿来到老婆的床前拉起她的手，温柔地倾诉起了爱情，让我大吃一惊。

"我爱你。"拉起老婆的手，老头儿亲吻了一下。

"我也爱你。"老太太回答说。

"我不能没有你。"老头儿又说道，依旧拉着老婆的手。

"我也一样。"老婆又回答说。

听着两位老人谈情说爱，我暗暗窃笑，心想这下可打不起来了。

"起来吧，起来吧，我求求你了。"老头儿一边恳求，一边使劲想把老婆从床上拉起来。

"我起不来。"老太太颤颤巍巍地说。

这倒是实话，没人帮她，拉迪莫蒂尔太太自己是起不来的。

"我求求你起来跟我走吧。"可怜的老头儿再一次恳求道。

"回去吧，回去睡觉吧，我爱你。"老太太劝着老头儿。

"起来吧，我什么都给你做，起来跟我走吧。"老头儿始终紧紧地拉着老婆的手不放。

听到这里我觉得又好笑，又生气，又感动。我很难相信眼前上演的这一幕爱情戏。我想，几十年前，这老头儿可能就是这样打动老婆的芳心，不但最终决定嫁给他，还跟他过了一辈子。我不能再听下去了，再听下去我肯定要掉眼泪了，只要那个浑老头儿不打人，就让他留在这里继续倾诉他的爱情吧。

鉴于拉迪莫蒂尔先生表现良好，经拉迪莫蒂尔太太批准，没过多久老头儿就又搬回了101房间。

如果老人摔倒了，我们是不能立即把他们扶起来的，必须先由护士检查是否有脑震荡、骨折、脑出血或心肌梗死等症状，直到护士们发话，才可以移动他们。这会儿，我看着躺在地上的拉迪莫蒂尔先生，让他不要动，说我马上去叫护士，之后我转身进了离我最近的洗澡间并拉响了急救铃。当我拿着枕头和被单回到拉迪莫蒂尔先生身边的时候，他还在地上拼命挣扎着。

"拉迪莫蒂尔先生，请你不要乱动，放松，深呼吸，护士这就来给你检查。"说着，我把枕头慢慢地塞到了老人的脑袋下。

很快，我看到脖子上挂着听诊器的布鲁斯，手里拎着血压计的海伦和推着轮椅的科拉三个人匆匆地向这边走来。来到拉迪莫蒂尔先生身边，布鲁斯和海伦蹲了下来。

"拉迪莫蒂尔先生，请你不要动。"

布鲁斯一边说一边给老头儿听诊。拉迪莫蒂尔先生挥舞着拳头继续骂着不堪入耳的脏话，我们几个女人赶紧抓住他的手，按着他的胳膊。听完了诊，血压计包上了老头儿的胳膊，心脏没有问题，血压也不高。

布鲁斯翻开老人的眼皮看了看，又伸出两个手指问道："拉迪莫蒂尔先生，你感到头疼吗？这是几根手指呀？"

听到布鲁斯的问话，我差点笑出声来，布鲁斯的问题让人有些啼笑皆非，几根手指？这老头儿才不在乎你有几根手指头呢，没有回答只有咒骂。

"拉迪莫蒂尔先生，你能不能换一种文明语言？"科拉不疼不痒地劝道，希望他不要再骂了。其实我们大家都已经习惯了，老头儿说脏话的时候，我们就全当没听见。布鲁斯开始检查拉迪莫蒂尔先生是否骨折，他一边轻轻地活动老人的胳膊和腿，一边问拉迪莫蒂尔先生疼不疼。看来老人也没有骨折，因为他好像没有任何疼痛感，除了打人骂人，他没有别的反应。

经检查，拉迪莫蒂尔先生没有任何问题，不需要去医院。不去医院那就上床睡觉吧。拉迪莫蒂尔先生挣扎着不让我们动手，我们只好请来了起重机，老人终于被送回了房间。房间里，拉迪莫蒂尔太太正在看电视。挂在起重机上的拉迪莫蒂尔先生还在拼命地拳打脚踢，这时，电视里突然响起了《哈利路亚》的合唱，听到那嘹亮的赞美上帝的歌声，拉迪莫蒂尔先生立即安静下来，也不打了也不骂了，跟着电视虔诚地唱了起来，令我们大家瞠目结舌。

终于，在那庄严的《哈利路亚》的歌声中，拉迪莫蒂尔先生带着对上帝无比的崇敬，乖乖地回到了他的床上。

看来还是万能的上帝能够拯救人们的灵魂。

拉迪莫蒂尔先生的摔倒，让我把珍妮的故事忘了个干干净净。查房结束后，我们把老人们用过的脏毛巾以及换下来的脏衣服、尿布统统送到了洗衣房，洗洗手，下班了。

下班后，同事们叽叽喳喳地商量着，我搭你的车、你送我一程。忙碌了一天的我，感觉浑身酸疼，本来不重的书包，现在背着却觉得有几百斤重，我迈着沉重的步子，缓步走出了老人院的大门。

哦，多么美的夜晚呀，晚风轻轻地吹在我的脸上，一阵阵花香扑鼻而来，一轮明月高高地悬挂在夜空中，月色撩人，星光闪烁。在门前公园的椅子上，我坐了下来，独自享受着夜的清凉与春天的温馨。我抬起头，看了看夜空中那轮圆圆的月，老人院的护士护理们总是说，哪天要是月圆，哪天老人们就会不约而同地集体"捣乱"，看来这是真的，要不然为什么今天老人院里会发生这么多事呢。

不知道坐了多久，闻够了花香，看够了月亮，我开车回家，匆忙洗了个澡，倒在床上，睡着了。

逃跑

春天随着几场绵绵细雨之后悄然逝去，夏天令人欣喜若狂地出现在人们眼前。

夏天是职工休假的高峰期，老人院经常需要找人替班，除了从社会上的护理机构临时雇人外，行政部门会优先安排老人院里半日制的职工。语言学校的课程结束之后，经过再三思考，我放弃了学护士的念头，决定秋天去学会计，并通过了入学考试。学会计政府可不会给任何资助，所以为了能在学校放假期间挣足第一年的学费，只要多琳安排我替班，无论是白班还是夜班，甚至是带老人去医院，我都会接受。

这是一个美丽的早晨，天气好，心情也好。一大早多琳打来电话，问我下午是否可以陪玛格丽特去医院检查身体，我欣然同意了。然而就在这一天，我目睹了一位老人荒诞而又勇敢的逃跑。

刚住到老人院的时候，玛格丽特就成功地"逃跑"过一次。据说那是一个花好月圆的夜晚，玛格丽特神不知鬼不觉地从老人院里蒸发了，而且没有人发现，直到第二天早上有位好心人把她送回来，老人院的工作人员才大惊失色。玛格丽特在大街上晃荡了一夜，受到了惊吓，回来后语无伦次，连她自己也说不清到底是怎么回事。

为了防止老人从窗户爬出去，老人院的窗户只能打开大概五、六英寸宽的一条缝，所以不可能从窗户爬出去，而大门是密码锁，而且经常更换密码，有的时候连我都记不住密码是什么。所有的安全门也都安装了警报器，只要开门，警报器就会撕心裂肺地叫。可是那天夜里，窗户没有破，警报器没有响，玛格丽特到底是怎么出去的呢？这始终是个谜。事情过去许多年后，大家一提起这件事，还会开玩笑地说玛格丽特一定有特异功能，会穿墙术，要不然她怎么能够毫无痕迹地从老人院里出去呢。

玛格丽特检查身体的时间是下午三点。因为我头一回陪老人出去，不知道手续复不复杂，所以早早地来到了老人院。尽管玛格丽特可以走路，但为了安全，老人院还是给她安排了轮椅。事先租好的车来晚了，我拿着主管护士填好的各种表格，带着坐在轮椅上的玛格丽特上车了。

这是一辆专供残疾人用的出租车。玛格丽特连人带轮椅在车厢里坐稳了之后，我也爬到司机旁边的座位上坐了下来。系好安全带，我不放心地又回过头去看了一眼坐在后面的玛格丽特。只见玛格丽特放在大腿上的双手紧紧地握在一起，两只眼睛恐慌地盯着司机。我不知道玛格丽特为什么这么紧张，顺着她的眼神我看了一眼坐在我旁边的司机。

司机四十岁左右的年纪，又高又壮，一件又脏又破的方格短袖衬衣半敞着，露着黄黄的胸毛，干枯稀疏的长发散落在肩上，他那张长了一个大酒糟鼻子的脸晒得红红的，上面布满了斑斑点点。我眯起眼睛打量着司机，心说，出租汽车公司也不派个顺眼点儿的，这个家伙怎么看着像个北欧海盗，怪吓人的。

"嗨，我叫姝，很高兴认识你。"虽然心里有点不舒服，但我还是礼貌地先介绍了自己。

"杰夫，很高兴认识你。"司机看了我一眼，憨憨地一笑。

"你知道去哪个医院吗？"我问。

"知道，普通医院。"说着，杰夫把他的工作单递给了我。

接过单子，我看了看，上面有时间和医院的地址等等。

"知道怎么走吗？"问完我就后悔了，这不是问得多余吗？

"知道，我是在这里长大的，而且我已经开了十几年车，别担心。"杰夫笑着说。

堵车了，所有的车都在慢慢地往前挪。这个城市的冬季又冷又长，一个冬天下来，道路破坏严重，冬天一过，整个城市到处都在修路，因此我们经常开玩笑说，这个城市一年只有两个季节，一个是冬季，另一个就是道路施工季节。为了不耽误时间，杰夫找了个机会把车开进了居民区里的小路上，希望能尽快把我们送到医院。

小路上倒是畅通无阻，但要绕来绕去，我欣赏着窗外一排排漂亮的房子，一座座美丽的花园，挑选着自己喜欢的建筑式样，盘算着以后要买房子会买个什么样子的。看着想着，我突然觉得陪老人去医院这活儿挺不错的，既不用洗屁股也不用换尿布，坐在车里悠哉悠哉地满大街转悠，让我每天陪老人上医院我都没意见。我正美滋滋地想着，坐在我身后的玛格丽特突然开口了，她大声地问道："你们要把我带到哪儿去？！"

"普通医院。"杰夫没有回头。

"普通医院不是从这儿走！你们要把我带到哪儿去？！我要下车！"玛格丽特的声音越来越大。

哟嗬，玛格丽特认路啊，比我强。

杰夫回头看了看她，笑着安慰她说："那条路正在修路，很难走，这条路也可以到普通医院，亲爱的，别担心。"

玛格丽特不停地喊着要下车，而杰夫始终耐心地安慰她，在玛格丽特的吵闹中，终于到了医院。这个时候已经是下午三点半多了，我们迟到了。放下我和玛格丽特，杰夫交代我他要下班了，等玛格丽特看完医生，可以直接给他们公司打电话，会有车来接我们的。

杰夫走了，我推着玛格丽特走进了医院。一进医院，玛格丽特立刻问我到这里来干什么，我说带她去看医生，玛格丽特不相信，问我哪个医生。我是第一次来这个医院，别说是哪个医生，就连门诊在什么地方我都不知道。我掏出主管护士交给我的单子，想看一下医生的名字，可惜全世界医生的签名都像甲骨文一样，没人看得懂，我没法回答玛格丽特的问题，只好闭嘴不说话了。

我们一会儿询问路人，一会儿看墙上的标志，终于来到了门诊。门诊前台空无一人，大铁门死死地关着，我凑到门前看了看时间表，四点关门，我看了一下时间，四点过五分。站在大门前我简直气坏了，忙活了一下午什么也没办成，回去怎么交差呀？

"救命呀，救命呀！"我正不知如何是好，玛格丽特突然伸出两只手在空中挥舞着呼喊了起来："快来人呀，她要杀了我！"

什么？我要杀了她？这是哪儿跟哪儿呀？我惊讶地看着玛格丽特，半天说不出一个字来，彻底懵了。听到玛格丽特的呼救，医院里来来往往的人都停下脚步，上下打量着我，好像我真要杀人似的。面对这种令人憎恨的目光，我真想扑上去咬人。他们看我，我无奈地假惺惺地对他们笑一下，然后在心里埋怨道：看什么看！

本来没办成事我就够烦了，玛格丽特还没完没了喊救命，我这心里就别提有多撮火了，可是再撮火也不敢发火。我忍了又忍，没好气地对玛格丽特说道："亲爱的，够了，你别喊了好不好，我干嘛要杀你，你有钱吗？你看看我像个杀人的吗？"

听我这么一说，玛格丽特回过头来看了看我，然后扭过头去不吭声了。

那天我没有穿护士工作服，也不知道为什么神经兮兮地身着七分裤，脚蹬高跟凉拖鞋，还莫名其妙地喷了点兰蔻牌香水。我很自信地认为我怎么看也不像杀人犯，可是玛格丽特为什么会这么紧张呢？我开始琢磨起来。

老人疑心重是普遍现象，但玛格丽特的疑心和紧张可能也是有原因的。自从出了老人院，玛格丽特就被一条安全带固定在轮椅上，失去了"人身自由"，说是和护士一同去医院，结果跟着一个没穿护士服的陌生人，还有一个蓬头垢面的司机，开着车满世界地转来转去。到了医院说是去看医生，结果门诊的门都是关着的，根本就没什么医生，她一个举目无亲、毫无反抗能力的老人在这种情况下能不害怕，能不神经错乱吗？

想到这里，我觉得如果我今天穿着护士服，如果杰夫不是那么邋遢，也许玛格丽特就不会如此紧张了。我想我理解了玛格丽特的怪异行为，可玛格丽特的恐惧仍然有增无减，我在大门口给出租汽车公司打电话的时候，玛格丽特满脸通红地一把揪住门口的两个保安，跟他们说我要杀了她，并央求保安给她的女儿打电话。两个保安倒是毫无"保安"意识，他们和蔼可亲地告诉玛格丽特我是护士，不会杀她的。

出租车很快就来了，这次来的司机是一个穿着品牌T恤衫和品牌牛仔裤的黑人小伙子，他身上还散发着一股很好闻的男士香水的味道，脖子上和手腕上又大又粗的金链子在太阳底下闪闪发光，看着像是一个富二代。因为这次的车子不是残疾人专用车，所以不能连人带椅子一起放到车子里，穿着体面的黑人小伙子替我把玛格丽特扶下轮椅，并安排她坐到了后排。他手脚麻利地把轮椅折起来塞进后备箱，然后带着我们离开了医院。

黑人小伙子很健谈，他说他叫托尼，是从南非来的，大学学的是商业管理专业，毕业后就留了下来，但一直找不到称心如意的工作。他在南非的朋友们很多在和中国人做生意,所以他想先开几年出租车挣点钱,日后也开一家自己的公司。

一路上,玛格丽特安安静静地听我和托尼聊着,不吵也不闹。时间过得很快,不知不觉离老人院只有三、四分钟的路程了,最后一个十字路口我们遇到了红灯。车停稳后,我扭过头去,想看看一直不说话的玛格丽特为什么如此安静,没想到就在我回头的那一瞬间,玛格丽特突然打开车门跳到了街上。

我的头轰地一下炸开了,我大喊一声,也跟着跳了出去。当我跳到大街上的时候,玛格丽特已经跑到了两条车道的中间,迎面向车流方向拼命奔跑起来,她一边跑一边高高地挥舞着双手大声喊着:"救命呀!救命呀!快叫警察!他们要杀了我!"

这场面简直像在拍电影。我的脑子里一片空白,想都没想就以中学时代百米赛跑的速度,不顾一切地冲上去一把拦腰抱住了玛格丽特。下午四、五点钟正是下班高峰,玛格丽特在马路中间的奔跑造成了交通堵塞,路上很快就排起了一条长长的车队。我顺着马路看去,一溜戴着墨镜的大脸从一溜车窗里伸出来看着我们,我想我这会儿的样子一定很可笑,很狼狈。

接下来,我不知道我是怎样把玛格丽特抱到人行道上的,而玛格丽特始终在挥手呼喊救命,还要求给她女儿打电话。我定了定神,开始慢慢地,试着把她一点一点地往车里抱。突然,我一脚踩到了一棵小树旁边的泥坑里,一只该死的高跟凉拖鞋掉了进去,就在我回身找鞋的时候,玛格丽特一把抓住了那棵小树。我垂头丧气地站在那里,看着一动不动的玛格丽特,彻底没了主意。

突然,我想起了托尼。我对着出租车大声地喊托尼,希望他能来帮帮我,听到我在叫他,托尼立即下车走了过来。在托尼的帮助下,我们终于让玛格丽特的手放开了小树,并且一人扶着玛格丽特一只胳膊把她往车里送。玛格丽特一看又要把她送到车里，就用脚钩住了小树，拼命地挣扎起来，她声嘶力竭地大声尖叫，如同要上刑一般。

一个黑人小伙子，一个亚洲妇女，光天化日之下架着一个大喊救命，拼命挣扎的白人老太往车里"拖"，这简直就是在绑架嘛。我不敢再往下想了，我对托尼说，算了吧，别"拖"了。我们两个人刚把手松开，玛格丽特立即又回身抱住了那棵她视为救命稻草的小树。

托尼焦虑起来，他伸出手看了看手表。虽然我理解托尼的心情，但我也不知如何是好，只能一脸歉意地看了看托尼，眼巴巴地希望能有个助人为乐的人来帮忙。我正在着急，一个人朝着我们这边走了过来。

此人四十来岁，棕色皮肤，黑油油的头发，花衬衣塞在一条裤缝笔直的制服裤子里，一双锃亮的黑皮鞋，一张嘴一溜大金牙，像是电影里常见的墨西哥毒品走私团伙的黑帮老大。

一看有人来帮忙，我满心欢喜，以为"大金牙"来了能帮帮忙，可没想到他一走到我身边就气势汹汹地瞪着眼睛问我："你是什么人？"

岂有此理，这样问我，我是什么人？我迟疑了一下回答说："我是护士，要把这位老人带回老人院。"

大金牙上下打量了一下我又问道："护士？你有ID（证件）吗？"

证件？我肯定是没有什么护士证件了，于是我说："我没带护士证件，但我有驾照。"我一边说，一边请托尼帮我把放在车里的包拿来，我的驾照在包里。

听我这么一说，大金牙转过脸，把注意力转移到了托尼身上。只见他皱着眉头，上下看了看托尼，然后傲慢无礼地质问道："你是什么人？你有ID吗？我要叫警察了。"

本来心里就不爽的托尼一听这句话立即火冒三丈，他涨红了脸，冲着大金牙大声地吼道："滚开！X你的！"托尼的这一声怒吼把我和大金牙都吓了一跳。

"你是什么人？你的证件呢？"托尼转过身指着出租车继续喊道："我的ID？我的ID全在车上！"

顺着托尼的手，我往车上一看，嘿！还真没注意，出租车上倒真的是什么都有：公司的名字、地址、电话号码和车号等等。大金牙回头看了看出租车，他没有想到这个黑人小伙子居然不吃他那一套，还敢骂人，只见他的脸腾地一下也涨得通红，挺着胸冲着托尼就过去了。

我害怕两个人真打起来，赶忙上去拦住大金牙说："行了，行了，你们不要打架，他是司机，不关他的事，一个老太太就已经够了。"

说完，我瞥了一眼玛格丽特，这会儿，老太太的双手仍然紧紧地攥着那棵小树，不声不响地看着我们为她吵架。转过脸来，我又看了看两只斗架公鸡似的大金牙和托尼。突然，我觉得非常好笑，一个出租汽车司机，一个过路的，跟这老太太一毛钱关系都没有，不知道他们俩为什么在这儿掐上了，我终于忍不住哈哈大笑起来。

我一边笑，一边指着玛格丽特上气不接下气地对大金牙说："她想叫警察，你也想叫警察，"我停顿了一下，接着又说，"好啊，那咱们就叫警察吧，我是撑不住了。请你帮我给警察打个电话好吗？你有手机吗？如果没有我有。"

有人在不停地按汽车喇叭，嘟嘟，嘟嘟，嘟得人心烦意乱。大金牙听我这么一说，犹豫了一下，他看了看托尼，又看了看车，不说话，转身走了。

看着大金牙的背影，我幸灾乐祸地冲着他大声喊道："别走呀，先生，请你帮我给警察打个电话！"也不知道大金牙听到了没有，他头也不回地钻进他的车子一溜烟不见了。

拥堵的车辆接二连三地开走了。看着还在愤怒的托尼，我不好意思地对他说抱歉，耽误了他挣钱的时间。托尼说没关系，他在这里的时间老人院也是要付钱的。托尼这么一说倒提醒了我，我不知道我们还要在这里耗多久，时间越久，老人院花的钱越多。反正离老人院已经不远了，我问托尼是不是愿意先到老人院去叫人来接我们，主管护士可以在他的工作单上签字，然后他就不用再回来了，我和玛格丽特就在这里等着。托尼答应了，把轮椅和我的包放下来后，他开着车到老人院叫人去了。

太阳要落山了，天空突然阴了下来，阵阵凉风袭来，像是要下雨。看着依旧死死抓着小树不肯松手的玛格丽特，我感到那样孤独、无助和沮丧，一种被人遗弃在荒山野岭的感觉袭上心头，我真想放声大哭。

虽然大街上已经没有了长长的车队，但时不时还有车子从我们面前飞快地驶过。时间过得很慢，不知道过了多久，一辆黑色小轿车在我们面前停了下来。一个带着金丝边眼镜，白白净净的中年男子从车里下来了，他微笑着走到我面前问我是否需要搭车，还没等我回答，玛格丽特就放开小树，一步冲到"小白脸"面前拉着他说她要搭车。

听说玛格丽特需要搭车，小白脸伸出手准备把玛格丽特扶进车里。我急了，赶紧上前一步拦住小白脸，道了声谢谢，然后向他解释我们不能搭他的车，还没等我把话说完，玛格丽特打开车门一屁股坐了进去。

看了看坐在车子里的玛格丽特，小白脸斜着眼睛上下打量我，然后用怀疑的口吻阴森森地问我："你是什么人？这个老太太又是什么人？"

经过一天的折腾，我的耐心已经到了极限，我直起脖子，像一只准备斗架的鸡一样，斩钉截铁地对小白脸说："我是护士，要带这位老人回老人院，已经有人去叫人来接我们了，所以我们不能跟你走。"

小白脸想了一下说："哪个老人院？我带她回去。"

你带她回去？你是谁呀？你不相信我，我还不相信你呢！我更加生气了，但我还是压了压火说："不行！我要对这个老人负责，我不能把她随便交给一个陌生人，如果你非要带她回去，那我也一定要跟着。"说完我就要上车。

没想到小白脸一把拦住了我，居然不让我上车。我再也忍不住了，不顾一切用力将小白脸推开，然后使出浑身力气对着他的脸愤怒地吼道："不行！没有我和她在一起，你绝对不能把她带走！除非把你的驾照给我，你听懂了吗！你听懂了吗！"

我憋了一天的怒火终于爆发了，这哪里是在做好事，简直就是干涉我的工作，添乱嘛！要是把玛格丽特弄丢了，那还不得判我个渎职罪呀，弄不好还要坐牢，这不是要我死吗！想到这里，我上前一步用手拦着车门，板着脸命令小白脸把轮椅放到后备箱里去。出乎我的意料，小白脸居然没有反抗，他怯生生地看了我一眼，然后乖乖地按照我的吩咐把轮椅放进了后备箱，之后，我理直气壮地坐进了车子里。

几分钟的时间像是几百年，我终于看到了"金孔雀"的房子。

回到老人院，我把玛格丽特交给布鲁斯后就像一滩泥一样瘫倒在椅子上，一直紧张的神经也终于放松下来。布鲁斯从厨房给我拿来一盘晚饭，疲惫不堪的我看着那一坨坨的土豆泥和菜泥直想吐，我喝了一杯橘汁后，起身准备回家。这时，桑德拉带着去接我的一行四人也回来了，看见我后她们立即围了上来，说她们到那个十字路口的时候我们已经不见了，所以一直担心不知道我们在什么地方，看见我们已经安全回来，大家就放心了。寒暄了几句，大家劝我回家好好休息，互道晚安之后，我离开了老人院。

回到家里，已经快八点了，我洗了个澡，上床后很快就睡着了。一睡着我就开始做噩梦，有个像土匪的人（海盗司机的形象）在追我，可是我就是跑不动，像是陷在了稀泥里，怎么也拔不出脚来……

我惊醒了，出了一身冷汗，看了一下时间，十二点半，之后我怎么也睡不着了。我睁着眼睛，开始胡思乱想，玛格丽特跳车的事像电影画面一样在我眼前闪现，我越想越害怕，越想越睡不着。

尽管心有余悸，但无论如何我还是暗自庆幸，玛格丽特最终安全回到了老人院。要是她老人家在路上被车撞了，或者被陌生人带走了，因此而受到了伤害，根据省卫生部门有关《被护理人保护法》，那不光够我喝一壶的，就连多琳、甚至老人院都要受到牵连。

虽然玛格丽特没出什么大事，但对于一个护理机构来讲，如此严重的逃跑事件也绝非一件小事。第二天，我又去了老人院，想详细汇报一下事件的经过。我刚一走进大门，多琳立即从她的办公室迎了过来，她把我拉到她的办公室，让我把昨天发生的事情仔细地给她讲一讲。

坐在多琳对面，我想了想，开始讲述那个想起来就令我发怵的逃跑事件。说着说着，我突然发现，我的英语居然不结巴了。我欣喜若狂，直说得多琳把脑袋摇晃得像得了帕金森。

玛格丽特逃跑事件之后，老人院从这次事件中吸取了教训。为了改进工作中的不足和避免类似事件再次发生，老人院给所有工作人员每人做了一个可以挂在脖子上的、带有照片的身份证件，并要求全体工作人员无论是在老人院内，还是在老人院外，只要是在工作，都必须佩戴这个身份证件。

命运

逃跑事件几天之后，多琳又打来电话，问我是否愿意在老人院里陪几天刚来老人院不久的露茜娅。

露茜娅只有六十三岁，还不到加拿大的法定退休年龄。初来的露茜娅总是提着个漂亮的小皮包在老人院里转来转去。她穿戴整齐，红光满面，身体健壮，步履矫健，头脑清楚，说话正常，生活能够自理，精神看着也没有问题。因此，没有人会想到，也没有人会相信，她居然是一位住在老人院里的"老人"。而且，更让人想不到的是，住到老人院的第一天，露茜娅就随着来探视的家属堂而皇之地从大门走了出去。有人看见了，但没有反应，以为她也是一位家属，或者是新来的管理人员。

身无分文的露茜娅从老人院出去后硬是走回了家。回到家后，她没有大门的钥匙，丈夫又不在家，她坐在大门外等了一天，没想到丈夫回家后又把她送到了老人院。从那儿以后，露茜娅就像疯了似的，一天到晚急匆匆地在老人院里到处乱跑，大喊着要回家，并试着去撞每一扇门，一不留神她就会夺门而出。

露茜娅又高又壮，力气很大，有一次，她又跟着探视的家属从大门出去了，五个工作人员立即冲出去拉她，但死活拉不动，那情景看着像是一对五的拔河比赛。我曾经问过布鲁斯，露茜娅这么年轻，看着又不像有什么病，为什么会住到老人院来，布鲁斯没有回答我的问题。由于关系到隐私，按照规定，老人住到老人院的原因通常不允许透露，不知道的人也不应该询问。护理人员应该知道的，护理卡上都有，不应该知道的，问也没用，因此，我也只好不再追问了。所以，露茜娅的秘密只能想象了。

露茜娅在老人院里不停地闹，最终，老人院决定专门雇人，每天三班二十四小时看护她，就连她睡觉时也必须有人看着。多琳打电话来就是为了这事，她说从护理机构雇来的、看护露茜娅的人突然辞职不干了，她希望我能先陪露茜娅几天，等找到合适的人后就把我换下来。

第二天早上我来到老人院，远远地就看见娱乐活动部门主任的帕特和缇娜正在进进出出地搬东西，看来今天老人院又要举办庭院旧货出售活动了。庭院旧货出售活动是北美民间的一种传统社会活动，春天、夏天和秋天的周末，很多家庭会把不用的东西摆在自家后院，或者摆在前院车库前的车道上卖掉。老人院每年也会办一次这样的活动，为住在老人院的老人们筹集资金，而东西都是家属、社区团体和教堂捐的。看着老人院门前的几张大桌子上摆满了东西，我真想看看到底能淘到什么宝贝，例如油画、老唱片什么的，可这会儿不行，我必须去陪伴露茜娅。

走进老人院,我好不容易找到了正在四处撞门、寻找机会逃跑的露茜娅。我拦住她微笑着说:"早上好,露茜娅,我叫姝,从今天起我会每天来陪你。"

露茜娅并不明白"每天来陪她"是什么意思,但她还是非常友好地对我说了声好,然后转身又走了。我紧追了几步,紧紧地跟在她身后,希望能找个机会和她搭话,可是露茜娅根本无视我的存在,只管自己急匆匆地走。

就这样,我开始跟着露茜娅在老人院里急行军似的走来走去。一会儿,我们来到娱乐大厅,一会儿,我们又来到了走廊上。有的时候,露茜娅也会停下来面对着落地窗凝视一会儿,然后又突然转身离开。一个小时过去了,两个小时过去了,我觉得我已经走不动了。

"露茜娅,我实在是累得不行了,咱们俩歇一会儿好吗?"

我恳求着,不管她同意不同意,硬是把她拽到娱乐大厅里的三角钢琴旁。

"你会弹钢琴吗?"我问露茜娅。

"不会。"露茜娅摇了摇头。

"那你喜欢音乐吗?"

"当然喜欢。"

我拖来一把椅子放在钢琴旁边,拉着露茜娅坐了下来。

"好,那咱们来弹会儿钢琴吧。"说着我坐到了钢琴前。

我打开琴盖,双手放在琴键上,抬起头想了想,然后慢慢地弹起了克莱德曼的《童年的回忆》。我喜欢克莱德曼的钢琴曲,每首曲子的旋律都非常好听。我希望音乐能使露茜娅的心平静下来。

露茜娅安静了下来,一动不动地听着,一缕哀思挂在了她的脸上。她看着我,但好像又没有看见我,她的眼睛像是在凝视我身后一个遥远的地方。我知道,在那里,有白云下的草地、草地后面的城市、城市边上的田野、田野上的山川、山川下的河流……

　　随着音乐，她的梦似乎正在穿越，正在飞翔，向着远方，越来越远，直到无边的天际，直到那个她向往的自由世界。我看到了，她的眼神里带着忧伤，闪烁着渴望。

　　《童年的回忆》结束了，我似乎还沉浸其中不能自拔。露茜娅推了推我，让我再弹一曲。

　　"你想听什么呢？"我问道。

　　"什么都行。"露茜娅低声说。

　　"好吧。"

　　"在银河下面，暮色苍茫，甜蜜的歌声，飘荡在远方。在这黎明之前，快来我小船上，桑塔露琪亚，桑塔露琪亚……"我又弹了起来。

　　"这是《桑塔露琪亚》？"我弹完之后，露茜娅笑了。

　　"是的，"我说，"给你讲个故事吧。"

　　"好啊。"露茜娅高兴地点了点头。

　　"很久以前，我在离家很远的一个地方工作，在那里我认识了一个男孩子，每到周末那个男孩子就会开车来看我。有一次我们一起坐在车里，我一边听着这首著名的意大利船歌，一边听着男孩子给我讲在那个遥远的小岛上，王子爱上了有一双美丽眼睛的修女的故事，那个时候，我觉得那个男孩子简直就是我心中的王子。"

　　"后来呢？"目光里满含温柔的露茜娅问我。

　　"后来？后来我把他给丢了。"

　　"丢了？你去找他了吗？"露茜娅不无遗憾地问道。

　　"没有，我没有去找他。"

　　"为什么？"露茜娅带着惋惜地口吻问道。

　　"我不知道，也许我觉得我不够好，不够漂亮吧。"我耸了耸肩。

　　"你真是一个傻丫头，傻丫头，你很漂亮的，你知道吗？"说着，露茜娅站起身靠过来轻轻地搂着我，似乎想给我一点宽慰。

这时，从露茜娅的背后传来了一个惊讶的声音："哦！原来是你呀！是你在这里弹钢琴呀！"

我抬头一看，是清洁工琳达。

"我还以为是常来这里弹琴的那个中国姑娘呢。"琳达又说。

琳达说的那个中国女孩子是从上海来的留学生，她也像很多中国孩子一样，很小就学习钢琴，而且很早就过了钢琴业余十级。姑娘每周都要到这里来给老人们弹琴，我想这样她既有地方练习钢琴，又可以得到做义工的经历，一举两得。因为在加拿大找工作，做义工的经历很有用处。

"来来来，我给你看一样东西。"琳达说完拽着我就走，我顺手也拉起了露茜娅的手。来到坐落在大厅另一个角落里的一架已经掉了漆的立式钢琴前，琳达从一个很旧的小柜子里拿出一卷带着密密麻麻小孔的，已经发黄了的纸卷。她打开钢琴面板上的一个小窗口，琳达把纸卷安装在里面的一个小轴承上，又从底板下面抽出一对像风琴一样的脚踏板。我从来没有见过这样的钢琴，所以好奇地问琳达这是什么，琳达没有回答我的问题，只是把我按在了钢琴凳上，催促我快点踩脚底下的那个踏板。

我看了看琳达，开始踩脚踏板。脚踏板很重，踩起来挺费劲，我使劲地踩着，踩着……突然，钢琴响起了音乐，音乐越来越响，我完全惊呆了，这是施特劳斯的圆舞曲《蓝色多瑙河》！看着那些黑白色的琴键魔鬼般地上下自动跳跃着，听着那春意盎然的圆舞曲的旋律响彻在老人院的娱乐大厅内，我完全忘记了周围的一切，仿佛置身于维也纳新年音乐会的大厅里。

不知道是这架神奇的自动钢琴让我兴奋不已，还是那热情奔放的音乐感染了我，就在《蓝色多瑙河》响起的一瞬间，我忘掉了所有艰辛与挫折。这一瞬间，也是我到加拿大后最快乐的一瞬间，它让我感到生活依然是那样美好和阳光明媚。

"你为什么不早点告诉我？"我一边继续踩着脚踏板，一边回过头大声地问琳达。

"我不知道你会弹钢琴！"琳达也对我大声说。

是的，虽然我酷爱这架三角钢琴，但今天的确是我第一次在老人院弹。我不说话了，回过头来继续使劲踩踏板，那感觉就像是在指挥着一个庞大的交响乐团。

乐曲结束了，我停下，回头看了看露茜娅，我发现她的脸上没有了愤怒与焦虑，看着我那双放在琴键上假装弹奏的手，露茜娅似乎也忘掉了所有的苦恼与不幸，脸上浮起孩童般的笑容。

午饭后，我把露茜娅带回她的房间，希望她能睡一会儿，她没有拒绝。露茜娅躺下后，在她床边的一张椅子上，我坐了下来，伸了伸懒腰，想着在她睡觉的时候我也可以歇一会儿。

露茜亚静静地睡着，半个钟头过去了，突然，像是又想起了什么事似的，她腾地一下子从床上跳了起来，看都没有看我一眼拔腿就走。露茜娅又烦躁起来，像是一头关在笼子里的老虎。她不停地走，从走廊到大厅，从餐厅到职工休息室，她使劲推着所有她遇到的门，希望能打开一扇能够让她逃出老人院的大门。

"哦，露茜娅！露茜娅！"我痛苦而失望地呼唤着，"为什么你要这样折磨自己？"

露茜娅不看我，也不回答，继续大跨步地向前走。我一路小跑跟着她，把我的话重复了一遍又一遍。突然，露茜娅停下了脚步，她慢慢转过身来看着我。我看到她满脸通红，眼里饱含泪水，她抽泣着一把抓住我的手，摇着头说："让我来告诉你吧，千万不能病，不能老呀！"

看着露茜娅那充满哀伤与焦虑的眼睛，我的心如同暴风骤雨中的大海，波涛翻滚。我始终不知道露茜娅到底为什么住到老人院，然而她突然迸发出来的话，对我来讲，话虽简单却洞心骇耳，让人心酸，令人深思。

我知道，"不能老，不能病"不仅仅是露茜娅对人生绝望的呐喊，也是许多老人在晚年时最无奈的感受。

整个夏天，除了正常的工作日外，我几乎每天都陪伴着露茜娅。一天又一天，我紧紧地跟在她身旁，反复劝着。我希望她能学会面对现实，我劝她认命，劝她随遇而安，等习惯了，一切就会好起来的。生命不易，要爱惜自己，也许，有一天病好了，就可以回家了。我不知道我为什么要这样胡说八道，但是我说了，有的时候我恨我自己，因为我觉得我是那么的虚伪和冷酷，像个骗子。

我同情露茜娅，可是除了同情我还能做什么呢？我知道，露茜娅想要的不是我这些没用的安慰、同情和善意的谎言，她想要的是一个真实的帮助，帮助她回家，可我却无能为力，我感到内疚、感到无奈。然而，每每听到我的唠叨，露茜娅总是会看着我，颤抖着重复一句话：不能老，不能病呀。

露茜娅的话在我的内心深处产生了极大的反响。是的，生老病死，我们无法抗拒。但是如果有一天我病了，我老了，我不能掌握自己的命运了，我将如何面对？我无法回答这个问题，因为我不知道。我希望在我老去之前能给自己一个答复。

在老人院的建议下，露茜娅的丈夫偶尔也会把她带回家住一天，而每次从家里回来，她都会显得格外高兴和满足，不过这个时候的露茜娅已经不再是刚来时的露茜娅了，她不仅瘦了很多，也变得安静了很多，与其说是安静，不如说是沉默，我不知道在这沉默之后会不会再有爆发，但是，她不再撞门了，她显得更加忧伤，非常疲惫。

在秋天到来之前，露茜娅被送进了医院，她到底没有战胜无情的命运。

第二章

枫叶如丹

秋染枫叶如丹，尽洒红河两岸。

一场秋雨之后，红叶把红河两岸装点得分外妖娆，顺着波光粼粼的河水远远望去，这里又是一年一度令人销魂的层林尽染。

秋天到了，我的会计课也开学了。这天是我上班的日子，放学后，我背着沉重的书包，来到老人院。

我一下车就听见有人叫我，回头一看，是老人麦德琳的老公正踩着电动轮椅朝老人院驶来。老人就住在老人院的后面，自从老伴儿住进老人院，他每天都到老人院来陪伴，中午也不回家，老伴儿吃不完的饭，他就给解决了，有的时候他也会花上五块钱在老人院的厨房买一份午饭陪老伴一起吃。午饭后，他会回家休息一下，下午再来，然后一直待到晚上，等老伴儿睡下了他才回家。

老人院规定不能给老人吃剩饭，所以当天吃不完的饭都会被倒掉。有一天，我问黛安，能不能别让老人自己掏钱买饭了，厨房每天都要倒掉那么多饭，为什么就不能免费给老人一份午饭呢？黛安是个心地善良的人，之后只要那个固执的大厨不在，黛安总是会悄悄地端给老人一份午饭，还把手指放在嘴上，对我嘘上一声，让我不要声张。当然不会的，黛安能这样做我感激她还来不及呢。

除了老人院，老人也没有别的地方可去，所以老人院似乎也成了他的家。老人的心脏不好，有一天突然在老人院晕倒，多琳及时为他叫了救护车，把他送到了医院。这件事发生后，大家都非常担心老人，他一个人在家的时候，要是有什么事，都没有人知道，因此纷纷要求多琳一定想想办法尽快把老人收编了——住进老人院来。

申请入住老人院并不难，比如家人无法照顾的慢性病人、不能自理的孤寡老人、老年痴呆症患者和临终老人等等，都可以申请。但由于老人院的床位有限，希望能住进来的老人又多，所以很多人在住进老人院之前都要等很长时间，有时甚至长达几年。不过根据具体情况，老人院有权调整入住次序，因此多琳说，一旦有了空床位，一定会考虑让老人住进老人院来。

个子不高、胖乎乎的老头儿坐着他的电动轮椅已经来到我面前。停下轮椅，老人起身热情地给了我一个拥抱。

"几天没有看见你了，怎么没来上班，去哪儿了？"老人问我。

我拱了拱背上的大书包说："我在上学，每天要去学校的。"

"学校？学什么呀？"老人眨着眼睛问我。

"会计。"

"哦，会计？那你一定很聪明了。"说着，老人故意眯起眼睛，上下打量着我，好像要看看我到底是不是聪明得足以学好会计。

老人对我非常友好，每次见到我都要拉上我和他们老两口坐一会儿。老两口一辈子没有生孩子，领养了一个男孩，现在已经长大成人，有了自己的家，不过我从来没见过他们的这个养子。

"来来来，把你的书包放到我车上。"说着老人摘下我的书包抱在怀里。重新坐到轮椅上后，老人招呼我说："走吧。"

走进老人院，老人去陪老婆，我则转身进了更衣间。我换好工作服，刚一走出门就遇见了柔斯。柔斯说前两天来了一个老太太，叫索菲娅，住在105房间的一号床，因为刚来不习惯，一直不开心，不吃不喝的，如果没有丈夫彼得陪着，老太太一分钟都不会安静。彼得已经九十六岁了，不过身体还算硬朗，自从妻子住进来后，彼得就像上班似的，每天早上七点钟准时到老人院来照顾妻子，直到晚上十一点才会回家。柔斯说彼得会照顾索菲娅，叮嘱我不要去打搅他们。

"好好好，知道了，"我点着头说，"没问题。"

这样的事我见得多了，刚来的老人很少有高高兴兴的，就像小孩儿去托儿所一样，不闹上一阵子是不会消停的，我理解，也习惯了。

来到起居室，我看见麦德琳的老公坐在麦德琳身边正在向我招手，哦，差点忘了，我的书包还在老人那儿呢。来到老两口的身边接过书包，我突然想起来，今天我还带着照相机呢。我喜欢摄影，尽管又要上班又要上学，经常忙得不可开交，但我还是会忙里偷闲，抽时间去欣赏大自然的美丽风景。早上上学，我带上了照相机，中午休息的时候我没吃中午饭就跑到红河边拍红叶去了。我从书包里拿出照相机，递给麦德琳的老公，请他给我和麦德琳拍一张合影。

"好呀，不过你看她的头发乱七八糟的。"老人接过照相机，高兴地说。

麦德琳的头发很奇怪，老是竖着，像是打了发胶似的，无论我们怎么给她梳都梳不下去，即便是蘸着水梳也没用。看着麦德琳的头发，我笑着对老人说："没错，你太太的头发属于朋克式发型，很时髦的，你就这样给我们拍吧。"

老人哈哈大笑，"咔嚓"一声按下快门，给我和麦德琳拍了一张合影。几天后，照片冲洗出来，真没想到，这张照片拍得非常好。这是我第一次和老人院的老人合影，而且，对我来讲，这也是一个珍贵的瞬间。

干活儿的时间到了，离开老两口，我推着小起重机习惯性地朝老比利的房间走去。

"别去了，比利不在了。"柔斯叫住我。

"不在了？你什么意思？比利去医院了？"我停住脚，回头看着柔斯问道。

"比利去世了。"

"去世了？什么时候？上次我来上班，他还好好的，怎么回事？"我不相信这是真的，希望柔斯是在和我开玩笑。

几天前的一个晚上，比利像往常一样乖乖地上床睡觉了，第二天早上，当夜班的同事查房的时候，发现老人已经走了，不声不响，悄悄地离开了人世。

消息传开后，大家都说比利是个好人，好人会有好报，所以上帝没有让他遭受折磨，我和大家的想法一样。比利老头儿能够平静地走到生命的终点，没有痛苦，我们应该为他感到欣慰。不过，尽管如此，我还是觉得有些遗憾，老人走了，再也见不到了。路过比利住过的房间，我默默为比利祈祷，希望天上真能有个喜欢他的仙女，天天给他暖被窝。

作为一家老人院，遇到老人去世也是在所难免。比利不在了，但老人院的生活还要继续。柔斯静静地走过来，接过我手里的起重机，我们一起朝着梅波的房间走去……

晚饭后的忙碌开始了，我们必须加快脚步。想去娱乐的、要去厕所的、轮到洗澡的、必须换洗的、晚茶晚点……忙，但忙而不乱，我和柔斯在洗澡间、老人的房间和走廊上穿梭着。

走廊上，我听到有人在呼唤尼克，一声长一声短，一声高一声低，声音有点颤抖。这是从老人阿尔玛的房间里传出来的，老人叫的这个尼克可不是我们的猫咪"尼克",而是她的宝贝儿子尼克。

自从阿尔玛住进来后,已经退休的尼克像是在老人院扎了根儿,除了午饭和晚饭时间回家,其他时间都在老人院里陪母亲,而且,所有照顾妈妈的事他都自己做。有的时候我们大家看着挺过意不去的,就劝尼克让我们来做,他看着就行了,可尼克说母亲一直是他亲自照顾的,要是换个人,母亲会不习惯,再说他退休后也没什么事儿,母亲抚养他长大成人不容易,只要做得到,他很高兴能够照顾母亲的。

尼克人很好,对其他老人也很尊重,又没架子,还经常帮助我们照顾其他老人。

九十七岁高龄的阿尔玛,坐在轮椅上完全不能自理,虽说眼睛还有些光感,但和失明没什么差别。也许是眼睛看不见感到孤独吧,老人一分钟也离不开她的尼克,只要尼克不在,她就会不停地呼唤儿子,就连尼克去厕所她也要喊个不停,更不要说尼克回家吃饭了,老人会一直叫上一两个钟头,直到把尼克叫回来。因为阿尔玛经常这样,吵得有些老人扬言要揍她,所以,尼克如果不在母亲身边,他就会把母亲留在房间里,以免别人伤害她。

听到阿尔玛又在叫尼克,我向她的房间走去。

"亲爱的,尼克不在吗?"走进阿尔玛的房间,我明知故问。

"尼克,尼克。"老人这样回答我。

"阿尔玛,尼克可能去厕所了,马上就回来。"我劝老人,希望她能安静下来。

"尼克,尼克。"不管我说什么,没有儿子她是不会安静下来的。

阿尔玛房间的墙上挂着一个很旧的镜框,里面镶着的黑白照片已发黄了,照片中是一个十二三岁,斜挎着书包的小男孩,那是少年时的尼克。

"这是尼克吗?"我指着老照片问道。

我知道那是尼克,但我还是喜欢问,因为只要提到尼克,老人就会高兴，所以，为了让老人高兴，这个问题我已经不知道问过多少遍了。

"是的，那是我的尼克，那个时候他在上学，他是个好孩子。"老人一字一颤，让人听着不由得跟着颤抖。

阿尔玛这样夸她的尼克，还真不是所谓"孩子都是自己的好"。在老人院里，凡是知道尼克的没有不说他是个好人的，而且听说为了照顾母亲，尼克一直也没有结婚。我将信将疑，总想找个机会打听打听。

说话间，尼克一步跨了进来。他个子不高，胖乎乎的，看着和照片上差不多，不过现在的尼克明显多了一个将军肚。看见我在房间里，尼克很高兴，他说早上他独自（他总是独自）抱着妈妈上厕所时不小心把腰给闪了，到现在还疼得厉害，所以希望我能帮帮他，让母亲上个厕所。

"尼克，你可真够客气的，这本来就是我们应该做的，怎么能说是帮你呢，应该说你总是帮我们。"我责怪尼克说。

和尼克一起，我们把阿尔玛放到了坐便器上。

"你一天到晚泡在这里，太太没意见吗？"靠着厕所的门，我故意问尼克，话一出口我就后悔了，觉得这样问挺不礼貌的。

"我没有太太，我没有结婚。"尼克毫不掩饰地说。

"哦，对不起。"我假装吃惊，这下子我可以继续打听了。

"没关系。"尼克耸了耸肩。

"我有个问题，不知道当问不当问？"我用试探的口气问道。

"没事，问吧。"尼克大大方方。

"你为什么不结婚？"我直戳要害地问尼克。

"老婆，老妈，我只能照顾一个。两个，我会照顾不过来的。"尼克笑着但是很认真地回答道。

"哦，难怪你妈妈说你是个好儿子呢，你的确是个好儿子啊。"我由衷地称赞道。

"应该的。"

"尼克，讲讲你的故事好不好？"

"我的故事？"

"是的，讲讲吧。"

"好吧，长话短说。"尼克想了想，给我讲起他的故事。"第二次世界大战开始的时候我才四岁，我们一家人作为难民从前苏联逃到美国。我六岁的时候，全家人又从美国来到加拿大。刚到加拿大的时候，家里的日子过得苦极了，父亲去世的时候我十二岁，是母亲一个人把我和妹妹抚养长大。那个时候，看到母亲吃了那么多苦，我就发誓，长大了一定要好好孝敬母亲。"

尼克讲着他的故事，没有煽情，没有做作，甚至连一点点的抱怨都没有。我相信，他是真正地懂得母亲曾经的艰辛。尼克，没说的，让我肃然起敬，然而，尼克选择报答母亲养育之恩的方式却让我多多少少有些诧异，选择这样的人生，他幸福吗？他无怨无悔吗？

看着尼克，我想到了伊娃。我没有经历过战争，但他们的故事让我一次又一次地想到，那场旷日持久的第二次世界大战不是电影，不是小说，那是一段真实而残酷的历史，它不仅夺去了成千上万个像伊娃丈夫那样年轻的生命，而且也深深地影响了几代人的生活，改变了许多人的命运：那些虽然幸存，但终身被残疾、病痛折磨着的二战老兵们；失去丈夫后终身守寡的伊娃们；背井离乡后含辛茹苦的阿尔玛们以及他们的儿女们。尽管战争已经过去半个多世纪了，但它给人们造成的创伤却仍然依稀可见。

阿尔玛又叫尼克了。我们把老人重新放到轮椅上后，尼克说他要回家去吃晚饭，晚茶后他会尽量自己照顾妈妈上床，如果不行，可能还会麻烦我。我让尼克不要客气，有事只管招呼，我们责无旁贷。

"妈妈，我回去吃饭了，很快就回来。"尼克在母亲的额头上吻了一下后走了。

看着尼克的背影，我感叹地摇了摇头，心想尼克真是个男子汉，谁要是能嫁给这样的男人，该多有福气呀。

晚茶后，我和尼克一起把阿尔玛弄上床，又和柔斯一阵忙活。老人们都上床睡了，我洗完了手，正朝起居室走去时，突然从105房间走出一位我从来没有见过的老人。

老人中等个头，很瘦，长着两个大大的招风耳朵，不知道因为什么事急得满脸通红。

也许是因为从来没有见过我，老人看见我先是愣了一下，然后立即上来拉住我的衣服，用嘶哑的声音对着我的耳朵大声嚷嚷道："我老婆！我老婆！"以我的经验，老人用这么大的声音说话，一定是自己耳背。

"亲爱的，慢慢说，别着急。"我贴着老人的耳朵说道。

"我老婆！我老婆！"老人还是一个劲儿地大声嚷嚷着，好像怕我听不见似的。

听到喊声，柔斯过来了，她告诉我这位老人就是索菲娅的丈夫彼得。

"什么事，彼得？索菲娅又不听话了？"柔斯问道。

"都快十点了，我要回家了，可是她还不睡觉。"彼得抱怨说。原来彼得一定要等到妻子睡着以后才肯回家。

我一边安慰彼得，一边跟着彼得来到105房间，看能不能帮彼得劝劝索菲娅。房间里，我看见一位满头银发的老太太坐在靠窗户的1号床上，手里紧紧地抓着她的助行器，这位老太太就是索菲娅。看见我们进来，老太太立即冲着彼得叫了起来："彼得，过来，彼得，过来。"

彼得低着头走了过去，气呼呼地看着妻子，一句话也不说。

"亲爱的索菲娅，你该睡觉了，不然我把彼得赶走了，明天也不许他来了。"我对索菲娅说。

索菲娅瞥了我一眼，仍然哼哼叽叽地像个任性的小姑娘，显然她不吃我这一套。我无奈地看着焦急的彼得，又看了看表，最后查房的时间很快就要到了，我只得离开105房间，留下彼得自己哄索菲娅睡觉。

查完房，我们终于可以坐下来了，我和柔斯开始填写护理卡片。接近十一点彼得从房间里出来了，他疲惫地对我说妻子终于睡下了，他也可以回家了。我站起来，心里充满深深的同情和理解，为他打开了已经锁上的大门。彼得的步伐有些沉重，我再三叮嘱他慢慢走，不要摔着。彼得礼貌地点头答应着，向我道了晚安，慢慢消失在了远处的黑暗中。

我送走彼得后回到C区，发现索菲娅正推着助行器站在走廊上四处张望，嘴里不停地呼唤着彼得，那颤巍巍的声音，那瑟瑟发抖的身体，就像秋风中树上的最后一片残叶。

塞尔玛的故事

秋去冬来，一眨眼，圣诞节到了。

圣诞节是这里一年中最大、最隆重的节日，每当这个梦幻般的日子到来之前，人们早早地就开始忙着购买圣诞礼物了。电台中一天二十四小时播放着圣诞歌曲，家家户户用各种彩灯和装饰品装点好了自家的院落和房子，城市中的大街小巷到处都洋溢着节日的气氛。

这是我到老人院工作后的第一个圣诞节。平安夜正好轮到我上班，我在更衣间里遇见了柔斯，她说两天前塞尔玛的女儿来过了，休息室有她送给大家的花篮和贺卡，还有一个小信封是给我的。我换好工作服来到休息室，看到桌子上放着一个鲜花花篮，花篮中插着一张贺卡，上面字体工整地写道：

致全体工作人员和姝：

对于你们给予我母亲的耐心护理与无微不至的关怀，我们全家表示衷心的感谢，在这里，她非常幸福，我们也为她感到快乐。

再次表示感谢！

塞尔玛全体家属敬上

花篮中还有一个小小的信封，那是给我的。我打开信封，里面是一个装饰圣诞树的小天使，还有一张小纸条。上面写道：

姝：

本想当面交给你，但你不在，只好留在这里。

妈妈非常喜欢你，她总是说你就是天使，我们非常感谢你对妈妈的关怀与友情。妈妈走了，她留下了她的感激，因此，请收下这个小小的礼物，做个纪念吧。

圣诞快乐！

塞尔玛的女儿苏珊

从休息室出来，我快步来到娱乐大厅，带着和塞尔玛的约定，我将小天使小心翼翼地挂到了圣诞树上。我在心里默默地祝福塞尔玛圣诞节快乐，愿天使能把我的思念带给她，愿上帝在天堂里保佑她，愿光辉永远照耀她。

第一次见到塞尔玛是我做义工的第一天。午饭结束后，我来到走廊上想找点儿事儿干。一位八十多岁的老太太坐在起居室的一角，身前放着一个助行器。看见我，老人笑眯眯地向我招了招手，我想她大概是需要帮助吧，于是走了过去。

"你需要帮助吗？"我笑着问道。

"哦，不，不，我很好，我不需要帮助，谢谢你。"老人摇着头说。

我不知道老人的名字，所以不知道怎样称呼她，于是问道："你叫什么名字？你喜欢我怎么称呼你呢？"

"像大家一样，你就叫我塞尔玛吧。"老人和蔼可亲。

"塞尔玛，"我重复了一遍，然后歪着头开玩笑地又问，"你敢肯定吗？"

"肯定，就叫我塞尔玛吧，"老人咯咯地笑了，"我怎么从来没有见过你？新来的？"

"是的，我是新来的，来做义工的。"

"哦，做义工，为什么？"塞尔玛眨着眼睛好奇地问。

"我喜欢老人院，所以就来了。"这可是我的实话，不是忽悠人的。

"哦，你叫什么名字？"

"我叫姝。"

"Sue？"

"是的。"

"Sue，真好听。"塞尔玛重复了一遍我的名字，"你是从哪儿来的？"

"中国。"我的口气里带着骄傲，毫不犹豫地回答道。

"中国？"塞尔玛非常吃惊地看着我，眼睛睁得大大的，"很远吗？"老人伸着脖子问道。

我想老人一定不知道中国在什么地方吧。

"很远，坐飞机要一天一夜。"我有些夸张地说。

"哦，我的天啊，那么远！"老人有些吃惊，"你来这里多久了？"

"两年了。"时间过得真快，一晃出国已经两年多了。

"哦，两年了，可怜的姑娘，妈妈要想你了。"老人摇着头，脖子缩了回去，又是同情又是责怪地说。

老人无意中的一句话,听得我五味杂陈。想起两年来许多的委屈与艰难,眼泪几乎涌了出来。

"亲爱的,别哭别哭,一切都会好起来的。"看到我快要掉眼泪了,塞尔玛拉着我的手安慰道。

这句简单而朴实的话,就像是普天下母亲们共同的期望与祝福,让我感到那样的温暖。

我咬着嘴唇点了点头,忍住就要掉下来的眼泪喃喃地说道:"谢谢你,塞尔玛,是的,我知道,一切都会好起来的。"

放下我的手,塞尔玛偏着头看了看我的头发说:"你的头发很长,也很漂亮,我能不能摸一下?"老人换了个话题。

"你喜欢我的头发?好吧,摸吧。"我说。

"是的,我非常喜欢你的长头发。"说着,老人扶着助行器站了起来,用手慢慢地把我的头发拢到身后,轻轻地抚摸着,像是在给我梳头。

小时候总是外婆给我梳头,外婆去世后,我总是想起外婆给我梳头时的情景。就在塞尔玛触摸我头发的一刹那,我恍惚觉得塞尔玛的手就是外婆的手,它让我重新回忆起了那些逝去已久的,和外婆在一起的美好时光。

"你知道吗?"老人对着我挤了挤眼,然后把嘴凑到我的耳边悄悄地说:"男孩子们都喜欢长头发的姑娘。"

我笑了。看到我笑了,塞尔玛笑眯眯地说:"我就是想让你高兴起来。"

也许是两颗孤独的心都需要爱与被爱,心的碰撞使情感有了依托,从此我记住了塞尔玛,这个总是坐在角落里的老人。同样,塞尔玛也记住了我,一个来自东方遥远而又神秘国度的女孩子。

从那儿以后,每一次看到我,塞尔玛总是格外高兴,总是会远远地向我招手,总是会抚摸我的头发,总是会问长问短。开学后,我不能每天都去老人院上班了，塞尔玛每天都要问问布鲁斯我哪一天会来上班，然后还要嘱咐布鲁斯不要给我打电话，不要打搅我学习。

孤独的心，似乎又有了息栖之地。在这个陌生的国度里，是塞尔玛让我感到，无论生活多么艰难，依然有人在乎我的存在，默默地等待我的出现，这份缘让我始终难以忘怀。

塞尔玛的腿脚不好，所以平日很少走路。老人整日坐着，就那么坐着，既不看电视也不多和人说话，只是带着微笑静静地看着周围的人和事。她不去餐厅吃饭，护士们会把一日三餐送到她面前，不过她不喜欢别人喂她，她说她自己可以吃。

我问塞尔玛为什么总是坐在这里，也不换个地方。老人说这个地方对她来讲很方便，身后就是她的房间，要是累了，站起来转个身就可以回到房间躺下；走廊的对面是卫生间，想去了，走两步就到了，不需要麻烦这里的姑娘们。她还说，坐在大窗户的对面，无聊了，就看看外面的风景，前面是走廊的大门，只要她没有睡着，谁进来了都能够一眼看到，要是我来了，她也可以第一个看见我。塞尔玛似乎非常满意自己找了这么一个既方便又可以看景色的风水宝地。

一个走廊，一个点，一扇窗户，就能让塞尔玛感到满足，对于这个世界，她似乎别无所求。人老了，特别是当行动不方便的时候，人世间的浮华对于他们来讲，也许还不如一些小小的方便更吸引人，更重要。

由于一边上学一边工作没时间打理头发，再加上干起活来也不方便，我把长头发给剪掉了。这天，当我去老人院上班时，塞尔玛一眼就发现了我的变化，她拉着我转过来转过去地瞧了又瞧。

"你剪头发了，比以前短了。"老人的口气似乎有些遗憾。

"是的，喜欢吗？"我摸了摸后脑勺，甩了甩头发。

"我喜欢你的长发。不过你现在看着崭新崭新的，很不一样了。"老人一边继续前后打量我，一边喃喃地说，好像是在自言自语。

从此以后，塞尔玛总是喜欢叫我"崭新"。我喜欢这个新名字，因为我觉得它好像预示着什么，也许是告诉我，我正在迎接一个不同的未来？我的努力将带给我全新的生活？我不确定，但就是喜欢这个名字，觉得它很吉利，也相信它一定会给我带来好运气。

又是一个工作日，我刚刚走进走廊，塞尔玛就看见了我，她急忙站起身来向我招着手："嗨，崭新，嗨，崭新，过来，快过来。"

我快走两步来到老人身边，问道："什么事呀，塞尔玛？"

塞尔玛涨红着脸，激动地对我说："我赢了，我赢了！"

塞尔玛一边说，一边手忙脚乱地从挂在助行器上的一个小兜里掏出一样小东西让我看："你看，我赢了。"

在塞尔玛手心里是一个鸡蛋大小，带着一对翅膀的，用来装点圣诞树的小天使。塞尔玛高兴地对我说，今天去玩Bingo（一种赌博游戏），她赢了，这是她得到的奖品。她还说，她这辈子从来没有赢过任何东西，这是第一次，居然是一个小天使。

看到老人兴奋的程度不亚于中了巨额彩票，我建议说，圣诞节时，我们去买一棵小圣诞树，挂上一串小彩灯，再把小天使也挂到上面，放在她的床头柜上。听了我的话，老人不停地点头，几乎是欢呼着说这真是一个好主意。

塞尔玛一辈子没有工作过，有一个女儿，还有一个外孙子。女儿离婚后自己带着儿子过日子，很不容易。为了不给女儿增加负担，老伴儿去世后，她自己要求到老人院来住。她说她喜欢老人院，这里的姑娘们不仅漂亮而且善良。

一天，塞尔玛的女儿和外孙子来看她，塞尔玛非常高兴地把我介绍给他们，说我是从中国来的，叫"姝"，不过她更喜欢叫我"崭新"。尽管塞尔玛的女儿不经常来，但每次到老人院来，只要我上班，她总是要和我谈谈塞尔玛的情况，好像有关她妈妈的事情，我比别人了解得更多似的。

冬天到了，寒风肆虐着整个世界。大家都迫不及待地要准备过圣诞节了，可是塞尔玛的身体却每况愈下，尽管她连着住了两次医院，但似乎并没有任何好转。我问布鲁斯塞尔玛到底有什么问题，布鲁斯说她没什么大病，只是衰老了。

塞尔玛的衰老让人始料不及，她开始腹泻，尽管她很虚弱，但还是每天坚持起床，带着她那从不改变的安详，默默地坐在她的角落里，静观周围。后来她不吃饭了，只是偶尔喝点橘汁和水，尽管护士们极力劝她吃点东西，她就是不肯。看着老人一天比一天衰弱，我真的很为她着急，这天，我端起盘子，希望能劝她吃点。

"塞尔玛，你必须吃一点儿，哪怕就是一点点。"我把一勺饭送到老人的嘴边说道。

"我不想吃。"塞尔玛摇着头轻轻推开我的手。

"为什么？"我有些生气了。

"我吃点东西就想去厕所，你们都那么忙，我不想老是麻烦你们。"

"塞尔玛，你就吃一点儿吧，我们不嫌麻烦。"我几乎是央求着说。

摇头，还是摇头，平时挺温顺的老人，这个时候变得很固执。我难过极了，心像是让人抓了一把似的揪到了一起。放下盘子，我把老人轻轻地搂在怀里，不知道说什么好。哦！在这个普通的老人身上，我看到了一颗善良的心，一种不给别人添麻烦的，平凡而又伟大的品质，还有面对死亡的勇敢与从容。

塞尔玛很快就卧床不起了，她静静地躺在那里，依然不吃不喝。一天，两天，三天，我不知道老人还能坚持几天。她女儿来了，整日守护在母亲的床边。

这天我当班，为了能先去看看塞尔玛，我提前来到老人院，没换工作服就急急忙忙地来到老人的房间。塞尔玛的女儿和外孙子都守在床前，看见我进来赶忙站了起来。

"妈妈怎么样了？"我问道。

女儿看了看床上的塞尔玛，轻轻地摇了摇头。我走到床的另一边，低着头站在那里静静地看着塞尔玛。女儿开始轻轻地呼唤着："妈妈，妈妈，'崭新'在这里，她看你来了。"

老人的身体微微动了一下，慢慢地睁开了眼睛，看见我，她似乎想说什么，但却说不出来。塞尔玛闭上了眼睛，然后用尽她生命中最后的力气，缓缓地向我伸出她那双灰白干枯的胳膊，想要搂住我。我赶忙俯下身子，用手托住老人的头和背，让她搂着我的脖子。

"嗨，塞尔玛，亲爱的。"我轻轻地呼唤着，声音颤抖了。我难过地把脸紧紧地贴在她那滚烫的脸上，灼热的泪珠掉落下来，我强忍着不哭出声。

"我们叫了她一天，她连动都没有动一下。"塞尔玛女儿说。

我终于抑制不住了，冲出门去靠着墙呜呜地哭了起来。女儿跟了出来，她站在我身边搂着我的肩膀，安慰我说："别哭，别哭，我们又能做什么呢？"

是的，我们又能做什么呢？人类改天换地，创造了无数的奇迹，可是面对死亡，却还是如此无力与无奈。

晚上十点钟左右，我又来到了塞尔玛的房间，女儿和外孙子已经回家了。下班之前我想再给塞尔玛洗一洗，因为我不知道我下次来上班时还能不能再见到塞尔玛。

"塞尔玛，亲爱的，我是崭新。"弯下身子，我在塞尔玛的耳边轻轻地呼唤着。过了许久，老人微微地睁开了眼睛，我看到她的瞳孔已经散大，几乎感觉不到她那微弱的呼吸，我知道，这是塞尔玛最后的时刻，老人已经踏上了通往天堂的路。

悲痛吞噬着我，我感到全身麻木，血液似乎也已凝固，我失去了知觉，像是在做梦。不知道过了多久，我慢慢地抱起塞尔玛，把她轻轻地搂在怀里。这个时候，我只有一个念头，那就是让这位在我最孤独的时候给了我温暖的老人干干净净地离开这个世界。

"亲爱的塞尔玛，我给你洗一洗，好吗？"我哽咽着。

这是我对塞尔玛说的最后一句话，也是她生命中听到的最后一句话。塞尔玛走了，在我的怀里。

我给塞尔玛擦了擦身体，又给她换上了一件干净的病号服，把一条崭新的白色床单覆盖在了她的身上。

这个夜晚格外宁静，宁静得好像整个世界只有我们两个人。我伫立在塞尔玛的床前，默默地、久久地凝视着她的脸，感到心里空荡荡的。塞尔玛的脸是那样的安详，没有泪水，没有遗憾，没有痛苦，只有从容。面对死亡，塞尔玛没有害怕，她是征服者。

我来到护士值班室，告诉布鲁斯说塞尔玛已经走了。布鲁斯来到塞尔玛的房间，又是号脉又是查瞳孔，最后确定塞尔玛的确已经没有了生命迹象，停止了呼吸。殡仪馆的车很快来了，塞尔玛躺在一辆四个轮子的小车上，离开了老人院。

外面纷纷扬扬地飘起了雪花。还有一周就是圣诞节，塞尔玛没能亲手把小天使挂到圣诞树上就走了，永远地走了，她把我在这寒冷的冬天里最温暖的感觉也带走了。雪，越下越大，老人院大门前的车道像是一条白色的绸带，路旁的树上覆盖着厚厚的积雪，像是一朵朵盛开的梨花，那是一座天然的灵堂，哀悼塞尔玛的灵堂。站在落地窗前，我低着头，虔诚地在胸前画了一个十字，心中萦绕着莫扎特恢弘的《安魂曲》。那时而忧郁沉重，时而骚动不安的旋律，高歌着悲怆的生命之礼赞，带领着塞尔玛的灵魂走进神圣的殿堂……

平安夜和圣诞节

圣诞节前后是老人院一年中最忙的时候。在圣诞节到来之前,娱乐活动部门的工作人员早早地就开始忙碌了起来,她们把老人院装点得非常漂亮。娱乐大厅、前大厅、起居室、走廊上甚至办公室里,到处都挂着闪闪发亮的彩带和彩球。娱乐大厅里大大的圣诞树上挂满了彩灯和各种象征吉祥的装饰物,圣诞树旁的壁炉一天二十四小时熊熊地燃烧着,那红红的火焰照耀着整个大厅,衬托着圣诞节火热的气氛。

每年平安夜的晚上,老人院都要举办一个很大的庆祝晚会,老人的家属、职工、职工家属和他们的朋友,以及社会各界人士将要来和老人们一同欢度节日。

下午去上班,一进大门我就愣住了,老人院里焕然一新,我还以为走错了地儿。三角钢琴被请出了娱乐大厅,放在一进门的大厅中央,钢琴上面是一个巨大的鲜花花篮,灿烂夺目。娱乐大厅被布置成了一个优雅的餐厅,铺着红色台布的餐桌上面摆放着晶莹剔透的雕花花瓶,一束束鲜花在花瓶里争香斗艳。平日里的餐厅已经改成了自助餐厅,一排铺着白色桌布的长桌子上面,摆满了大厨精心制作的各式西点以及五颜六色的凉菜拼盘和各色饮料,令人垂涎欲滴。

大厨是厨房王国里说一不二的皇帝。逢年过节,这位厨艺高超的俄罗斯人总要大显身手,平安夜晚餐当然也不例外。今天一进门我就看到他挺着胸抬着头,在自助餐厅和厨房之间走来走去,神气地检查着他的助手们是不是把每一件事情都办得令他满意,并不时吆三喝五地大声命令着什么，好不霸气。

晚餐开始前，柔斯让我把麦德琳送回她的房间，先给她换洗打扮一番，再带她去参加平安夜晚会。

麦德琳的老公不久前去世了。那天，黛安发现好几天没有见到老人了，于是报告了多琳并通知了警察。警察到老人家，发现老人已经去世三天了，经法医鉴定是心脏病突发所致。听到这个消息，我们都很难过，大家说如果老人院能早早有张床位给他，也许他就不会走得如此匆忙、如此孤单了。老人去世后不久，麦德琳不幸摔了一跤，从此坐在轮椅上再也没有站起来，很快，麦德琳完全丧失了记忆力和语言能力。

在起居室，麦德琳安安静静地坐在她的大轮椅上，眨巴着眼睛，脸上并无痛苦，很显然，她对老公的去世一无所知。在她的身边站着一位高大的中年男子，不知道为什么正在呜呜地哭，好不伤心。

这是怎么了，大过节的？我走过去，用手捅了捅那个男人，问道："对不起，请问你是什么人？为什么哭呀？出什么事了吗？"

"我是麦德琳的养子。"男子拧了一把鼻涕说。

"哦，你就是麦德琳的养子呀，我早就听老两口说起过你，不过我还是第一次看见你。你为什么哭呀？"

"我从小失去父母，是麦德琳两口子收养了我，他们待我像亲生的一样，"养子擦了擦眼泪接着说，"上次来，我给了妈妈我的电话号码，可是她从来没有给我打过电话，今天我来看她，她已经不认识我了。"说完，养子又伤心地哭起来。

站在麦德琳的养子身边，我默默地看着这对母子，不知道该如何安慰眼前这个伤心的人。想起那个已经去世了的老头儿，我深深地吸了口气，又慢慢地吐了出来。一年来，在老人院里我看到了太多的悲伤，情感似乎已经变得有些麻木了。

"好了，别哭了，你哭，她还是不认识你，现在我要带她去换洗、打扮，然后你就可以带她去吃晚餐了。"

"我是来给妈妈送圣诞礼物的，东西我已经放到护士值班室，今天我不能陪她吃晚饭，家里有事，我必须回去，不过明天一早，我一定会来参加圣诞老人分发礼物的活动。"他不哭了。

"好吧，那你就走吧，不用担心，麦德琳的晚饭我会喂的。"

柔斯给麦德琳换洗的时候，我在衣橱里为麦德琳找了一件我认为最好看的长裙，希望老人能漂漂亮亮地去参加平安夜晚会。为了让麦德琳的头发服服帖帖地趴着，我从口袋里摸出一个小发卡，卡在了麦德琳的头上，没想到，这个俏皮的小发卡让麦德琳看上去十分有趣和可爱。

也许是药物的作用，又或者是老人的肌肉已经开始萎缩，麦德琳的双手总是紧紧地攥成一个拳头。为了能让老人的肌肉放松，不影响血液循环，我们总是会在她手里放一个小小的毛巾卷。打扮完毕之后，柔斯嘱咐我别忘了把小毛巾卷放回到麦德琳手里。

一切就绪，我推着麦德琳准备出门，柔斯突然拦住我，说她想找一只口红，给麦德琳那张焦黄、布满皱纹的脸以及没有血色的嘴唇涂点颜色。很可惜，麦德琳没有口红，不过我在抽屉里发现了一只巴掌大的毛茸茸的玩具小熊。那是一只非常可爱的小棕熊，我给它起了个名字叫"稻菲"。拿出小熊"稻菲"，我灵机一动，把它放在了麦德琳的怀里，让麦德琳带着"稻菲"一起去参加平安夜晚会。

后来，我发现我的同事们也都十分喜欢这只小熊。从此小熊"稻菲"再也没有离开过麦德琳的怀抱，就连睡觉的时候，大家也不会忘记把小黑鼻子、小黑眼睛的"稻菲"放在麦德琳身边，让它日夜陪伴着孤零零的麦德琳。

安顿好麦德琳，来参加晚会的客人们也都陆陆续续到了，前大厅、娱乐大厅和餐厅里到处都是打扮得光鲜漂亮的人们。孩子们在大人们中间不停地钻来钻去，追逐着嬉笑着，大人们则互相询问着各家老人的情况，相互祝贺圣诞节快乐。临时餐厅里的餐桌早早地就被预订完了,很多老人已经被他们的家人带到了那里,准备一起共进晚餐。

汤普森太太的女儿和女婿带着孩子们来了,他们和母亲一起坐到了餐厅里;"枪手"带着妻子和三个孩子来了,老人鲁芭像自家人一样和他们坐在一起,笑得合不拢嘴;奥德丽也在餐厅里,她和邻居一家人围坐着一张餐桌,老人低着头正在和一对金发碧眼的"洋娃娃"叽叽咕咕地不知道说着什么;彼得也为妻子预订了一张桌子,老两口像是在约会,面对面地坐着,等候着晚餐开始;维特曼夫妇一家人把几张方桌拼成一张长方形的大餐桌,三个又高又大的儿子带着儿媳和孩子们围坐在老两口的身边,兴高采烈地和维特曼先生争论着什么;伊娃的女儿们没有忘记孤独的妈妈,她们带着孩子们来了,叽叽喳喳地有说有笑;另一张桌子前,威廉姆的儿子默默地陪在父亲身边,一句话也没有。餐厅里,我还看到了梅波和她的孩子们;颐达、宾森太太和她们的女儿们……

乔治娜的老公没有把妻子带到餐厅去,他静静地陪着妻子,坐在前大厅的一个角落里,始终用手拉着妻子的轮椅,以免她到处乱跑。和他们坐在一起的是尼克和母亲阿尔玛、尤金和母亲讴妈,他们一边聊天一边看着周围热闹的人们,像是来旁观的。那些没有家人的孤寡老人们也被我们安排在了前大厅,能自己动手的,我们会把晚餐给他们送过去,不能自理的,我们会逐个去喂饭。

五点钟,晚餐开始了。自助餐厅里立即排起了长长的队伍,我拿着一叠纸盘子排在队伍里,强忍着快流出来的口水,为那些不能自理的老人们挑选着食物……

晚餐热热闹闹地持续了两个多钟头,晚上七点半,人们吃饱喝足后,精心准备的表演开始了。当然,在演出开始之前,大管家多琳免不了要代表老人院的老雇主致词,她用欢快的语调祝所有的老人、工作人员和来宾们圣诞快乐,新年好。

晚会祝词结束后，首先上台表演的是一群十二三岁、漂亮的小姑娘。她们已经等了很久，而且一直兴奋不已，她们要给大家表演的是乌克兰传统舞蹈。当明朗跳跃的音乐响起来时，身穿乌克兰传统舞蹈服装的姑娘们踏着轻快的步子，跳起了优雅的乌克兰SHUMKA舞。姑娘们充满青春活力的舞蹈，就像是冬天里的一把火，点燃了所有人的热情，顷刻之间，整齐的掌声伴随着欢快的舞蹈节奏响彻整个晚会大厅。

不知道娱乐部门从哪里找来了一支老人乐队，是由一个老太太和两个老头儿组成的。这支老人乐队也是早早地就来到了老人院，他们围坐在钢琴旁，摩拳擦掌，兴奋的程度不亚于那些小姑娘。姑娘们精彩的表演结束了，老人乐队立即郑重其事地开始了他们的演奏。那位老太太摇头晃脑地弹着钢琴，一个吉他手，一个小提琴手——两个老头儿手忙脚乱地跟着钢琴，他们的演奏显然有些凌乱，一听就知道是不经常在一起合作的草台班子。可是，这会儿谁在乎乐队乱不乱呢，大厅里的男女老少们跟着那乱糟糟的音乐高兴地跳了起来。大家乱跳、乱蹦、乱扭、乱叫，整个晚会那叫一个热闹，那叫一个乐。

人们跳够了，也叫累了，十点钟，圣诞晚会结束。坚持到最后的几个老人也疲惫不堪地上床之后，我们以最快的速度打扫了会场，一切又恢复了原样。欢乐与喧闹之后的老人院，在这银色的平安夜中渐渐地睡去了。

下了整整一天的雪不知道什么时候已经停了。这个特殊的夜晚，我没有急着去休息，而是来到已经恢复了原样的娱乐大厅。顶灯已经熄灭，只有圣诞树上的彩灯和壁炉中的火焰还在不知疲倦地闪烁着，为已经熟睡的老人院守候着一年一度的平安之夜，等待着第二天一早圣诞老人的到来。我在壁炉前坐了下来，欣赏着窗外闪烁着的彩灯，让炉火暖暖地烘烤着我的脊背，独自享受着忙碌了一天之后的宁静与祥和。

多琳走到我面前，说明天是圣诞节，由于早饭前圣诞老人要来给每一位老人送礼物，所以一大早必须让所有老人都起床，这样一来早班的人肯定忙不过来，她希望我能来加半天班。

圣诞节的清晨，天还没有亮。顶着寒风，踏着软软厚厚的积雪，我又来到了老人院。有些老人已经起床了，他们坐在大厅里，一个个没精打采的。夜班的工作人员在六点钟的时候，就已经开始把老人们尽可能地都提溜起来，不管他们愿意不愿意。

圣诞礼物是家属们事先买好送来的，这些礼物中有鞋子、袜子、衣服、裤子、睡衣、被子，还有孩子们的照片和巧克力等等。孤寡老人也会从他们的监护人那里，或者某个教堂那里得到一份圣诞礼物。七点半，身穿红衣，头戴红帽，留着大白胡子的圣诞老人乐呵呵地姗姗来迟，身后还跟着一大早赶来的家属、缇娜、多琳和其他一些工作人员。他们熙熙攘攘地推着装满了礼物的小车来到老人们面前。

好可爱的圣诞老人，好像在哪儿见过。哦，原来是助人为乐的尼克，他是被多琳请来义务扮演圣诞老人，给老人们分发礼物的。没有欢呼，没有雀跃，因为昨天晚上折腾得太累了，今天又起了个大早，我们这些可怜的老头儿老太太一个个困得睁不开眼睛，东倒西歪地又睡着了。睡着的也好，醒着的也罢，缇娜一件一件地拿起礼物，大声念着上面的名字。睡着了的老人被我们挨个摇醒，圣诞老人把礼物一一送到了他们手里，然后像是复读机一样，点着头对每一位老人一遍遍地重复"圣诞快乐，新年好"。而每当一位老人拿到礼物时，家属和工作人员就会热烈地为他们鼓掌，以表祝贺。

都说老人像小孩子，这话一点儿没错，这个时候，收到礼物的老人们一个个迫不及待地要打开包装，看看里面到底是什么礼物。对于已经痴呆的老人，我们也会像对待正常人一样，为他们打开礼物，一件件地让他们过目，并且告诉他们礼物是什么人送来的。当然，我们也会对他们说一声"圣诞快乐，新年好"。尽管他们对发生的这一切毫无反应，但我们毕竟尽了心意，没有忘记他们，也不会忘记他们。

老人收到的礼物中，糖果可以留下来，但护士告诉我们必须严格管理这些糖果，不能让老人一下子吃太多，以免血糖失控；衣物和日用品等要全部收回，送到洗衣房去，洗衣房的工作人员会尽快钉上写有他们名字的标签，以免弄混。

礼物发完了，圣诞老人完成了使命，他挥着手笑呵呵地走了，然而，还没等圣诞老人走出大门，许多老人抱着礼物又睡着了……

一个普通的工作日

圣诞节过去了，学校开学了，我又开始忙碌起来。除了每天要去学校，隔三差五我还要到老人院来上班。

这天我当班，放学后，我像以往一样急急忙忙赶到老人院。老人院里还是那么热闹，坐在前大厅里的多梦茜看见我进来，远远地向我招手。

我走过去，看到老人欢天喜地的样子，问："亲爱的，你今天看上去很高兴，有什么好事吗？"

"我有了一枚钻戒，你看漂亮吗？"说着，老人激动地把手伸出来让我看她手上戴的那枚新钻戒。

多梦茜是一个喜欢漂亮小伙子的老太太，而且老觉得自己依然是情窦初开的高中生。她告诉我，她一直梦想着能有一个像美国大兵那样健壮帅气的男朋友。

"哇！真漂亮！兵哥哥送你的？"看着老人手指上那枚闪闪发光的戒指，我打趣地问道。

"不是，"老人有些不好意思了，"圣诞节的时候，我女儿一家都来了，这是他们送给我的圣诞礼物，我非常高兴，我爱他们，我盼望着明年圣诞节他们再给我一个惊喜。"说着，多梦茜低下头，目不转睛地继续欣赏那枚她梦寐以求的钻戒。可以看出老人家依然沉浸在圣诞节和家人团聚的快乐中。

在多梦茜身边的，是老头儿托尼，他坐在轮椅上张着大嘴，聚精会神地看他的小外孙女跳芭蕾舞。这个小姑娘可不一般，嘴巴快得像刀子，你一句话没说完，她十句话已经说完了，尽管如此，老人们还是非常喜欢她。这会儿，小姑娘穿着一双粉红色的芭蕾舞鞋和一件白纱裙不停地跳呀转呀，像是一只美丽的小天鹅，老人们和来探视的家属们已经围成了一个圆圈，友好地给小姑娘掌声鼓励。

在娱乐大厅里，缇娜带着一些老人正在玩小保龄球，旁边的一张大桌子边围坐着老人陶瑞和几个热爱"艺术"的老太太，她们正专心致志地绘画和做小手工。这些手工和绘画完成之后，缇娜会把它们贴在墙上展览，有时她们还会评选最佳艺术品，活动部门会给最佳艺术品的作者颁发小奖品以表祝贺。

穿过前大厅，我来到休息室，一进门，我就愣住了。休息室里的布告栏上贴满了大大小小、红红绿绿的宣传画。国家健康部门一年一度的培训计划下来了，今年要复习的内容是"临终关怀"，老人院的培训部门不失时机地把有关内容用宣传画的形式张贴了出来，以便职工们在休息的时候学习。除此之外，我们每个人还必须观看授课录像，而且，人手一份的学习小册子也是不可缺少的，最后，要求我们按时完成问答题试卷并且按规定上交。

交接班报告结束后，我到值班室拿到了我的复习小册子和试卷，准备晚上抽空填一下。晚饭前，布鲁斯安排我在会议室观看了几个专家们有关"临终关怀"的授课录像。

为了营养均衡，老人院的营养师会隔三差五地要求厨房给老人们吃点猪肝，但由于许多老人也像小孩子一样不喜欢吃猪肝，所以每次吃猪肝都会大大增加我们喂饭的难度，拖长就餐时间，以致影响我们整个晚上的工作进度。

晚饭时，我想找一个喂饭顺利些的老人，这样我就可以省出时间多干点别的事，也许晚上还能腾出点时间把培训问答题做了，省得培训部的伊瑞卡老是追我要卷子。

对了，邦尼太太。我喜欢邦尼太太，她老人家吃饭从不挑剔，喂起饭来十分容易。胖乎乎的邦尼太太原籍比利时，整日笑眯眯地坐在轮椅一动不动，放松得像尊菩萨。尽管我从来没有听邦尼太太说过一句话，但据说她是讲法语的。当年，在法国老人吉赛尔还没有走的时候，我也跟着学了一句法语——Bonjour（大概是"你好"的意思），我觉得挺好听的，所以每次见到邦尼太太，不管合适不合适，我都要撅着嘴对着邦尼太太说一声Bonjour。而每次我一说Bonjour，邦尼太太就会撅起嘴给我一个飞吻。

给老人喂饭必须掌握好速度，不能太快也不能太慢，但是这个标准又不能用时间来规定，例如一分钟喂几勺等等。每个人吃饭的速度是不一样的，而且吃什么以及饥饿的程度不一样，也会影响吃饭速度。因此，喂饭看似容易，但要做到位也不简单。晚饭开始后，我把邦尼太太带到了餐厅，也许我喂饭的速度刚好适合邦尼太太吃饭的速度，所以我们俩一个喂，一个吃，配合得十分融洽。喂得顺手，吃得顺口，我高兴，邦尼太太也高兴。我正在洋洋得意地给邦尼太太喂饭，突然，邦尼太太开口说话了，她眯着眼睛把嘴一撅，用英语对我说："我给你五块钱啊。"

什么？！五块钱？！我惊讶得简直不敢相信自己的耳朵，邦尼太太居然会主动说话！而且一张嘴就要给我五块钱。

缇娜今天也来帮忙喂饭了，我们背对背坐在一起。

"什么？她说什么？！"听到这个，缇娜转过身来，吃惊地看着邦尼太太问我。

"邦尼太太说她要给我五块钱。"

"哈哈哈，"缇娜哈哈大笑起来，她放下手里的勺子，绕了过来，"嘿，你喜欢她啊！你给她五块钱，不行，你也得给我五块钱，"缇娜一边开着玩笑，一边用手咯吱邦尼太太，"哦！邦尼太太，我太喜欢你了！"说完，搂着邦尼太太的脖子，在老人的脸上使劲亲了一下。

邦尼太太又开口了，她收起笑脸，斜着眼睛用责怪的口吻对缇娜说："你的话太多。"

邦尼太太直率的"冒犯"，逗得我也哈哈大笑起来。尽管邦尼太太对缇娜不够友好，可缇娜还是照样喜欢邦尼太太，她搂着邦尼太太不停地摇着，笑得眼泪都出来了。

虽然晚饭有让老人们讨厌的猪肝，但是我不但喂得很顺利，而且还很开心。晚饭结束后，我和邦尼太太来到前大厅。晚饭后是护士喂药的时间，为了防止老人吐药，护士总是事先把药片捣成粉末，然后再和着苹果酱一起喂。

餐厅门口，护士桑德拉低着头站在药柜前，正在用一个小榔头轻轻地砸着小纸杯里的药片。看见我和邦尼太太走出来，桑德拉叫住我，说邦尼太太的药已经准备好了，说着，一勺带着药面的苹果酱很顺利地送进了邦尼太太的嘴里。

傍晚时分，我透过大大的玻璃窗向外望去，哇！不知道什么时候又飘起了大朵大朵的雪花，如同片片鹅毛。落在地上的雪花被一阵阵风又刮到了天空中，盘旋着，漫天飞舞，煞是好看。

我正在惊叹这壮观的大雪纷飞，大门开了，风雪中进来一个人。这个人很瘦，白衣白裤白鞋子，头上戴了一顶高高的、尖尖的白色绒线帽，肩膀上斜挎着一个大书包，书包一直耷拉到屁股下面，一条白色的毛线长围巾拦腰捆住书包。他的眼睫毛和胡子上都挂满了雪花，一张脸上只能看见一对黑眼珠，像是一个雪人。

大厅里到处是人，来来往往，像是商场。"雪人"一进门，正在大厅里忙活的人们顿时呆住了，大家不约而同地停下手里的活儿，注视着这个奇怪的雪人，集体凝固。

雪人浑身散发着寒气站在大厅中央，一动不动地看着大家，几秒钟后，大家解冻，装作什么也没看见，又各自忙碌起来，一切恢复了正常，雪人一扭一扭地向C区走去。

"这人是谁呀？"我凑到桑德拉跟前小声地问。

"KKK。"桑德拉朝着雪人的背影瞥了一眼，阴阳怪气地说。

KKK？这个名字好奇怪，缩写？我有些云山雾罩。

哈！哈！哈！三K党呀！我突然恍然大悟，几乎笑喷了。

黛安过来了，她把嘴凑到我耳边小声而又神秘地说："我还以为基督复活了！"

听了黛安的话，我差点儿坐到地上。

KKK是老人克劳迪娅的儿子，这是我第一次看到他，不知道为什么我对他产生了浓厚的兴趣，很想找个机会和他聊聊，想知道他为什么这么奇怪。

推着邦尼太太我们继续往回走，路过娱乐大厅时，我习惯性地向大厅望去，咦，很奇怪，今天怎么没有了宾森太太和颐达的身影和歌声？

找到正在忙碌的柔斯，我问道："今天颐达她们怎么没唱歌呀？"

"宾森太太病了。"

"病了？什么病？"印象中老人一直很健康，怎么会生病，我着急地问道。

"你不知道呀？宾森太太得了一种皮肤病，已经被隔离了。哦，对了，现在任何人不得擅自进入她的房间，就是咱们进去也必须要遵守防护性措施规定。"

"哦，有那么严重？"我打心眼里不愿意相信这是真的。

"非常严重，多琳要求咱们必须每天给她洗澡。"

我将信将疑地哦了一声，不再问了。

大家还在继续忙着，可是我总觉得在这忙碌中好像少了点儿什么。对，是一年来已经习惯了的歌声，它像是晚餐中最后一道甜食，标志着晚餐的结束。可是现在，晚饭后没有了那熟悉的歌声和钢琴声，晚餐结束了吗？我似乎还在等待什么。

晚茶前，柔斯找到我，说该给宾森太太洗澡了。清洗好的澡盆放满了热水，柔斯又倒了一些专门给宾森太太洗澡用的药水，我们俩穿着防菌纸外套、戴着口罩和手套，全副武装，像是要去瘟疫禁区救人似的，一脸严肃地推着轮椅来到了宾森太太的房间。一进门我就傻了，宾森太太变得我简直认不出来了，要不是在她的房间里，我绝对不会相信我眼前的人就是乐观开朗的钢琴家宾森太太。

浑身上下长满了癣的宾森太太安安静静地躺在床上，因为那种癣奇痒无比，她把自己抓得浑身血糊糊的，由于身上涂了一层厚厚的白色药膏，宾森太太的身上红一道白一道的，看着好可怜。

看见我们进来，宾森太太抬起头，想说什么，但又放弃了，只是勉强对我们笑了笑。

"宾森太太，现在我们要给你洗澡了。"柔斯大声说。

"我不要洗澡！"都病成这样了，宾森太太的声音仍然洪亮干脆。

"不洗不行，今天我们不能由着你了，这是多琳给我们的命令，要是不给你洗澡，那我们就要有麻烦了，你不想让我们有麻烦对不对？"

说完，不管宾森太太是否同意，我和柔斯一人拽着宾森太太的一只胳膊，把她从床上拉了起来。

"我不要洗澡！我不要洗澡！"宾森太太挣扎着。

柔斯给我递了个眼色，我们俩毫不费力地把消瘦了许多的宾森太太给架到了轮椅上。扎好了安全带后，用一条大床单把宾森太太包了个严严实实，没等宾森太太反应过来，我们就已经把她推出了房间。

"来人呀！救命呀！我不要洗澡！"宾森太太开始挣扎。

宾森太太的两只胳膊挥舞着，一路大喊大叫地来到了洗澡间。我们不顾宾森太太的喊叫，努力把她送进了洗澡盆。也许是因为那热乎乎的药水又舒服又止痒吧，一进澡盆，宾森太太立即安静了下来，她不好意思地转过头看着我和柔斯，哈哈大笑起来。

虽然动员宾森太太洗澡费劲儿，但是开始洗之后宾森太太还是蛮高兴的。很快，我们给宾森太太洗完澡，按照规定把她床上的用品也全部换下来，装进了一个专用的红色尼龙袋里。洗衣房将单独洗涤宾森太太所有的衣物，以防止传染其他人。宾森太太上床后，我打开五斗橱的抽屉，想给她找一件纯棉的睡袍，但没有找到睡袍，却看到了满满一抽屉的钢琴谱。

"宾森太太，没想到你有这么多的钢琴谱呀，我也喜欢弹钢琴。"我拿起一本谱子翻看。

"哦，你也喜欢弹钢琴，那好，这些谱子你都拿走吧。"宾森太太慷慨地说。

"谢谢，我不能要。"我谢绝了宾森太太的好意。

这是纪律，老人们的东西就是一根针，我们也不能拿，当然，更不能接受老人和他们家属赠送的任何钱和物。

"拿去吧，反正我也没用了。"

"你还是自己留着吧，等你好了，没准儿还用得着呢。"

我安慰着宾森太太，但我知道，这些谱子就是宾森太太不生病，她也不会用的，除了那首"晚餐结束曲"，我从来没有听她弹过另外的曲目。

听了我的安慰，宾森太太又爽朗地笑起来。

正说着，宾森太太的女儿开门进来了，看见我在屋子里，她女儿说是来给母亲送止痒药的。

我不知道主管护士是不是知道她给宾森太太送药这件事，于是问道：

"你带来的这种药是口服的还是外用的？护士知道吗？"

"噢，你放心，多琳和护士都知道，而且这种药只是外用药，不会有问题的。"说着，宾森太太的女儿从她的包里拿出一个装着无色液体的大瓶子让我看。

"护士同意了就好，"我点了点头，然后又狐疑地问道："这药管用吗？"我心想，这药要是管用，为什么医生不给宾森太太使用呢？

"用处不大，但我想试试。"宾森太太的女儿说。

"据说大蒜汁对治疗皮肤病和止痒有很好的效果，你不妨试试。"我好心地介绍着我的土方子。

"这种药里也有大蒜的成分，谢谢你的好意。"

"噢，不客气。"

为了不影响母女俩，道了声晚安后，我离开了宾森太太的房间。

告别史蒂文

推着装满宾森太太床单和衣服的小车，我匆匆地向洗衣房走去。路过大厅时，坐在大轮椅上的托尼大声地叫住了我。我刚一走到他跟前，他就一把抓住我的胳膊，用恳求的语气说："求你了，你能不能帮帮我，我想上床睡觉了。"

"托尼，好像不行，你还没有吃晚茶呢。"

"我不吃了，求求你了，我想上床躺着。"

"对不起托尼，主管护士专门交代过，说不到十点钟谁也不能帮你上床。"

"为什么呀？"

"为什么？你说为什么？夜班的护士抱怨我们让你睡得太早了，半夜你醒了就捣乱，不停地按呼叫铃，闹得别人也没法睡觉。"

"求你了，求你了。"托尼继续恳求着。突然，他改变了口气，神秘兮兮地低声说道："你要是帮了我，我请你去Red Lobster（一家海鲜餐馆的名字）吃龙虾，我去订一张两个人的桌子，怎么样？"托尼挤眉弄眼的。

托尼以前是个生意人，开着一家搬家公司，商人就是商人，比一般人要圆滑得多，为了达到目的，居然想用做生意的那套拉拢我。

我哈哈大笑起来，开玩笑地对托尼说："海鲜，我最爱吃海鲜了，好吧，那你先去订好桌子，我再来帮你。"

"嘿，托尼，你们在说什么呢？去吃海鲜，我也要算一个。"

是露丝，不知道她是从什么地方冒出来的。

"好，好，好，那我就去订一张三人桌。"托尼反应很快，他二话不说立即把订一张两人桌改成了订一张三人桌，然后又夸张地四下看了看，故弄玄虚地把手指放在嘴唇上嘘了一声说："别让我老婆知道了。"

这时，托尼的女儿来了，她腰上围着一个餐馆招待装小费用的小黑围裙，手里端着一个饭盒。托尼的女儿在餐馆工作，所以每次来都要给托尼带上一大饭盒餐馆的蔬菜沙拉。有其母必有其女，托尼的这个女儿就是那个跳舞小丫头的妈妈。她可不是一盏省油的灯，老是抱怨老人院不让她爸爸吃饱，而且每次到老人院来，都是一副凶巴巴的样子，好像是专门来找茬的，所以我从来不敢搭理她。

看到托尼的女儿来了，我和露丝赶紧悄悄溜走了。托尼有严重的糖尿病，而且见了女儿就撒娇，老是告状说没吃饱。女儿心疼老爸，没事就给他带吃的，结果搞得托尼的血糖很不稳定，护士们很是不满。

在交接班报告时，主管护士经常提醒我们，要是看到托尼的女儿又来给托尼送吃的，请立即汇报值班室，所以，路过护士值班室时，我拐进去告诉布鲁斯，托尼的女儿又给托尼带吃的来了，布鲁斯放下手里正忙着的事，站起身来向托尼父女那边走去。

晚茶的时间到了，我推着茶点小车来到走廊上，在克劳迪娅的房门外，ＫＫＫ鬼头鬼脑地四处张望着，他看见我立即走了过来，说他发现母亲有些便血，希望我去看一下是怎么回事。跟着ＫＫＫ来到卫生间，我看到坐便器里的确有血迹，便告诉他这事我得去问一下护士。

我向布鲁斯报告了克劳迪娅便血的事，布鲁斯说他们已经知道了，医生明天就会过来给克劳迪娅检查。把布鲁斯的话转达给ＫＫＫ后，我说希望他能带着母亲一起到起居室去用晚点。

我发完茶点重新回到起居室，ＫＫＫ带着克劳迪娅已经来到了起居室，我把茶点递给ＫＫＫ后，拉了把椅子坐到他对面，一边给麦德琳喂点心，一边和他聊了起来。

"你住得不远吧？"我问道。

"不远。"ＫＫＫ回答。

"你好像很喜欢穿白颜色的衣服，你在医院工作？"

"我母亲以前在医院工作，我没有工作。"ＫＫＫ说得轻轻松松，好像没有工作是件值得骄傲的事。

"那你为什么不去找个工作？"

"我什么都干不了。"

"什么都干不了？怎么会？清洁工你总能干吧？"我不解地问。

"我没有证书。"

"清洁工也要证书？你要是真想干，可以和多琳说说，就在老人院当清洁工，我想她不会要你什么证书的。"

"我不能接触化学清洁剂。"

这倒是个理由，有的人是不能接触化学药物："那你可以去学电脑什么的，不是就用不着接触化学药物了。"

"我不能用电脑，时间长了手腕疼、背疼、脖子疼。"

说着，ＫＫＫ转了转他的手腕，又晃了晃他的脑袋。

"没有工作，那你怎么生活呀？"我的眼睛越睁越大。

"靠我母亲的养老金和父亲给母亲留下来的抚恤金。"

"那你住哪儿呀？"尽管我很吃惊，但还是想刨根问底。

"我住的是母亲的房子，我管不了钱，母亲把房子和钱都给了我哥哥。我哥哥在美国工作，不住在这里，所以房子我就住了，我哥哥每个月给我点儿钱，要不然我没法生活。"

行了，我对自己说，别问了，听着都替他堵得慌，整个一个寄生虫。我彻底失去了和ＫＫＫ聊天的兴趣，不再问了。

老人们吃过茶点后，我推着茶点小车向厨房走去，路过小图书室时，我看见朱莉娅从图书室里走了出来。她推着助行器旁若无人地匆匆向自己的房间走去，在她的助行器上挂着一个小兜，里面鼓鼓囊囊地装满了从图书室拿出来的图书。

迎面我遇到了正在分发茶点的露丝，露丝今天在Ａ区工作，朱莉娅是她管辖区内的老人。

"朱莉娅，你想要杯咖啡吗？"露丝叫住朱莉娅。

"不要，不要，什么都不要。"朱莉娅拼命地摇头。

"朱莉娅，"露丝继续叫着朱莉娅，"过来，过来，我给你点东西吃。"

"不要，不要，什么都不要。"

"别走，朱莉娅，你是不是又拿书了？"露丝跟着朱莉娅，笑嘻嘻地问。

朱莉娅不说话，走得更快了。

"你拿那么多书干什么？"露丝追着问。

站在一边的我不知道怎么回事，于是问道："怎么回事？"

"朱莉娅又开始搬书了，她老是把图书室的书搬到她房间里去。"

"拿那么多书，她看得完吗？"

"谁知道，估计不看，就是喜欢拿吧。"

"那图书室的书还不得让她拿光了？"

"大家都习惯了，也就不管她了，每天给她收拾一下就行了。"

有些老人的确有顺手拿东西的习惯，有时候我们会发现，有的老头儿穿着老太太的衣服，有的人把别人的衣服挂在了自己的衣橱里。除了拿公共财物、室友和邻居的东西，他们也拿工作人员的东西。有一天晚上，填完护理卡之后，一眨眼的工夫，我的眼镜和眼镜套就不见了，直到多年后一位老太太去世，在整理她柜子的时候，我才发现我丢失已久的眼镜套，而眼镜始终没有找到。

"别的东西她往家拿吗？"我问。

"别的东西她还真不拿，朱莉娅就喜欢拿书。"

"我们中国有句老话说偷书不算偷，朱莉娅上辈子一定是中国人，知道我们中国人的老话。"我用自己瞎编的中国式英语笑着对露丝说。

不知道是我的中国式英语好笑，还是中国人的老话幽默，听了我的话，露丝哈哈大笑着推着小车走了。

休息的时候，布鲁斯通知大家到会议室去。

一些生产护理产品的厂家经常会到老人院来介绍他们的新产品，或者了解一下产品的使用情况，例如尿不湿、血压计和其他医疗用品。来到会议室，一个陌生人已经在那里等我们了，在他的身边放着一台全新的起重机。这个人是起重机厂家的业务员，多琳请他来给我们介绍新型起重机的功能和使用方法，同时，多琳还希望我们听完介绍后，讨论一下老人院是不是应该买。

这台新型起重机制造精良，功能齐全，操作起来既轻松又简单，承重能力强，安全性能十分可靠，类似于我上护理课学习的那种电动起重机。经过业务员的一番介绍之后，我们大家一致认为，"金孔雀"的确应该更换起重机了。根据大家的建议，老人院决定不惜成本地给每个区都买一台，我们终于要告别老古董，鸟枪换炮了。

介绍会结束后，苏茜从B区过来找我。

"嗨，姝，你能不能过去看看史蒂文？他好像不行了。"苏茜小声说。

B区离护士值班室近一些，方便观察和护理，因此，史蒂文病重后，多琳把他换到了B区。

"好。"我答应着，和苏茜一起来到B区。

史蒂文的房间里灯光昏暗，只亮着一盏床头灯。床上的史蒂文脸色铁灰，一动不动。我拉过一把椅子，在床前坐了下来，屏住呼吸，静静地观察着史蒂文。

"他还有呼吸吗？"站在我身旁的苏茜搂着我的肩膀，紧紧地靠着我，我感觉到她在颤抖。

"嘘。"

自从史蒂文搬到B区后，我就很少有机会见到他，而每次抽空来看他，他都是闭着眼睛，大口地倒着气。今天，他显得更加安静，似乎连呼吸都没有了。我俯下身子，轻轻地在史蒂文的耳边叫了一声："嗨，史蒂文，我来看你了。"

史蒂文没有反应。

"哦，他已经死了。"苏茜在我耳边小声说。

一动不动的史蒂文真的像死了一样，可是我怎么都觉着史蒂文还没有死，或许因为我不希望史蒂文就这么走吧。

"嗨，史蒂文，是我，能听见我说话吗？别走啊，史蒂文，挺住呀。"我在史蒂文的耳边轻轻地说，声音有点儿哆嗦。

这个时候，我看见史蒂文的头动了一下，动作幅度很小，几乎看不出来。

"嗨！他动了！他听见你说的话了！"苏茜小声地叫了起来。

没错，我也觉得史蒂文好像听到我和他讲的话了。

"史蒂文，别走啊，我们以后再也不嫌你烦了，你想上床躺着，你就上床躺着，你要是想起来，我们就让你起来，要是你的腿不舒服了，我们就用很多护肤霜给你揉腿，别走啊，请不要走……"我前言不搭后语，希望能把史蒂文从死神那里叫回来。

房间里还是死一般的寂静，寂静得可以听见自己的呼吸声。不知道过了多久，我看见史蒂文睁开了眼睛，只是一点点，一条缝隙。他的视线是那样模糊和遥远，他的意识像是在踌躇，他的灵魂像是在游荡……

史蒂文轻轻吐了口气，像是从一种繁重中彻底解脱了。

"哦！他还活着！"苏茜无比激动，说完伸出手来要去摸史蒂文。

我拦住苏茜小声说："别动他，他已经走了。"

"你怎么知道的？他不是睁开眼睛看你了吗？"

"别问了，我就是知道，史蒂文已经走了，去通知布鲁斯吧。"

我什么也不想说，什么也不想解释，因为我觉得我什么都说不清。

我站起身看着史蒂文的脸，突然想起了玛丽小姐和塞尔玛。玛丽小姐睡着了，她的脸上充满了安详；塞尔玛解脱了，她的脸上带着满足。可是，在史蒂文的脸上，我看到的却是一团迷茫与疑惑，他仿佛站在一个生与死的十字路口上，犹豫不决，不知道是该留在这个尘世，还是该撒手一走了之。也许是我的呼唤打搅了史蒂文的安宁，让他迷失了方向，不知所措吧。

人，活在这个世上时已经听够了各种闲言与碎语，赞扬和污蔑，信任与欺诈……临走的时候都不让人耳根子清静清静，这实在是一种罪孽。想到这里，我感到非常抱歉，我暗自发誓，我以后再也不会去打搅那些已经踏上去往天国之路的人了。既然上帝已经为他们做了安排，那就让他们无牵无挂地走吧。

下班前，牧师来了，手里拿着本《圣经》匆匆向史蒂文的房间走去。我跟着牧师，再一次来到史蒂文的房间，站在牧师的身后，我低着头，双手紧紧地握在胸前，虔诚地聆听着牧师的祈祷，在心灵深处寻找着、感受着一个人的灵魂步入天堂时的神圣与庄严。

动物城

会计课就要结束了。人们总是说光阴似箭，可是我却觉得时间过得很慢，上不完的课，写不完的作业，考不完的试。不过总算是熬过来了，最后一个学期的期末考试到了。回想几年来的努力，春去秋来，日复一日，没有周末，没有假期，步履艰难，我挣扎着，我惆怅过，也彷徨过。多少次，站在红木头桥上，看着脚下滚滚的红河水，我真想一头扎下去，让所有的苦恼随着河水一起流向密西西比。

大考之前，我请了两周假，全力以赴应对考试。考试的前一天夜里，我在电脑前熬到半夜，第二天整整一天的考试考得我头昏脑涨。终于，考试结束了，我如释重负，尽管筋疲力尽，但我还是按捺不住地高兴。在学校空旷的停车场上，我打开车门，对着车厢大声说：考完了！解放了！我按响喇叭，呜……呜……让它痛痛快快地替我宣泄了半分钟。

下午考试一结束，我带着轻松的心情和疲惫的身体，驱车来到老人院。两周没有来上班，老人院似乎变得有些陌生，我想一定又有许多变化吧。走进前大厅，我环顾四周，一切还是老样子。娱乐大厅里，一些老人和家属正在电视机前紧张地观看冰球比赛,他们一会儿站起来欢呼,一会儿坐下去叹气,一会儿大声呼喊加油,一会儿低声咒骂"臭狗屎",激动的程度绝不亚于在球赛现场的观众。

我转过头去,看到以前那个挂满最佳护理照片的光荣榜上,不知何故已经换成了一群老太太镶着玻璃镜框的大头照,在这些彩色照片中有一张很大的告示。什么事这样隆重?会不会是"金孔雀"创始人——老雇主的治丧委员会名单?我赶紧凑到告示跟前读了起来。哦,原来是为了改善服务,了解住户们的意见,"金孔雀"刚刚成立了一个住户委员会,这些照片是住委会领导班子成员的正面标准像,每张照片下面还用红笔醒目地写着她们的头衔:住委会主席、副主席、秘书长、秘书、顾问及成员,一应俱全,非常正规。

这都是谁选的?我几乎笑岔了气。住委会主席名叫芭芭拉,先天二级脑萎缩,她的两只眼睛斜视得厉害,说话含糊不清,总是抱怨老人院的服务不够周到;副主席叫莉莉,人很随和,也很有礼貌,但基本丧失了自理能力,由于记忆力衰退,她总是不知道自己有没有吃过饭。

在这个住户委员会中,除了多琳,最明白的老人是陶瑞,可是不知道为什么她才是个秘书,连秘书长都不是。而最让我感到有意思的是,我们的大管家多琳在委员会里只是一个顾得上就问,顾不上就不问的顾问而已,不知道是她自己谦虚让贤还是被推选的。看完照片,我纳闷了,布朗太太和邓肯太太为什么没有被选进住委会?我认为她们俩是老人院里最明白的老人。看来民主选举有时候也会出差错。

在那些大照片底下,老人陶瑞手里拿了根胡萝卜,正在聚精会神地喂笼子里的小兔子"比利"。兔子"比利"是老人院的老住户了,它已经在这里生活了十五年。如今,"比利"的毛已经没有了光泽,它蹲在笼子里一动不动,小鼻子一扇一扇的,不再欢蹦乱跳了。不过,尽管如此,老人们还是把它当成宝贝,经常到厨房要胡萝卜喂它,和它说话。

陶瑞非常喜欢中国绘画，在她的房间里贴了几张中国年画，据说是那个来弹钢琴的上海姑娘送给她的。陶瑞喜欢叠纸蝴蝶，老人院的墙上、镜子上、玻璃上到处都能看到她叠的蝴蝶。除了叠蝴蝶，老人还喜欢画玫瑰花，在她房间里的垃圾桶上、小桌布上，甚至她的衣服上都有她画的玫瑰花。前些日子老人告诉我她的红颜色画笔用完了，问我是不是可以给她买几支。

"下午好，陶瑞，又来喂比利了？"来到陶瑞的身后，我打了个招呼。

"你好！你好！是你呀，好久没见你了。"看见是我，陶瑞立即转过身来，高兴地对我说。

当我把专门为陶瑞准备的画笔送给她时，她高兴极了，拉着我不停地说着谢谢，谢谢。

几声鸟叫声传了过来。鸟？那里来的鸟？我回过头去，吃惊地看到娱乐大厅里不知道什么时候添了一个一人多高、上下两层、还带着轮子的大鸟笼。鸟笼子里的那对鸟夫妇叽叽喳喳地叫着，上蹿下跳。笼子底下不远的地方，老猫"尼克"正煞有介事地摇着它的胖屁股，虎视眈眈地准备向鸟夫妇扑去。

"陶瑞，一会儿见。"

我走进娱乐大厅，对尼克说："尼克，这样做可不大好啊。"

看到我，"尼克"立即饶了鸟夫妇，跑了过来。我抱起"尼克"，来到鸟笼子跟前警告鸟夫妇说，如果它们俩不安静点儿，早晚"尼克"会把它们当晚餐。

"尼克"是一只又胖又笨又淘气的猫，有一次它跳到鱼缸上去捞小鱼，结果扑通一下掉进了鱼缸里，小鱼们撒了一地，不幸全部身亡。

老人经常会感到孤独，这是非常普遍的现象，在治疗老人孤独症的方法中有一种叫做宠物治疗法，效果很好。然而，对于我来讲也是如此，独在异乡为异客，孤独也是我常有的感觉。我经常会有一种莫名的失落感，孤独的时候，我会和"尼克"说说话，尽管他是一只胖猫猫，但在我看来它是一个懂感情的生灵。

"'尼克'，你是不是饿了？来，我给你弄点吃的去。"我喜欢"尼克"，所以经常喂它猫粮。

我一边说一边吻"尼克"的小耳朵，带着"尼克"来到放猫粮的会议室。没想到在会议室里我不但没有找到"尼克"的猫粮，反而看到一条黑色的老狗卧在那里，眨巴着眼睛盯着我，吓了我一跳。

抱着"尼克"，我来到活动部门办公室找缇娜。看见我带着"尼克"出现在门口，缇娜就猜到了我为什么来找她，没等我开口，她先说话了："我们刚给'尼克'做了检查，它现在有糖尿病，帕特说了，任何人不得擅自喂它，所以猫粮已经被锁起来了。"

"糖尿病？猫还会得糖尿病？"

"是的，糖尿病，尼克已经是13年的老猫了，相当于人类的八十多岁。"

八十多岁？！"尼克"有这么老吗？！我非常惊讶，惊讶得就像阿格妮丝听说她已经九十岁时候的样子。

"哦，可怜的尼克，受点委屈吧，别吃得太多了。"我对"尼克"说，接着又问："缇娜，你知道那只老狗是怎么回事吗？"

我不喜欢狗狗，更不喜欢这只又丑又老的黑狗。

"哦，它叫'翼'，是多琳带来的。"

"翼？这个名字怪怪的，多琳从哪儿弄来的？"

"'翼'是多琳的朋友在路上捡到的流浪狗，看着怪可怜的，她的朋友不养狗，多琳就给带到这里来了。"缇娜向我介绍说。

"流浪狗？脏不脏呀？会不会有什么传染病？"我有些不放心地问。

"送来之前已经带它去洗了澡，检查了身体，也打了预防针。"

没想的这只难看的老狗是一只流浪狗，不过它也算有福气，遇到了多琳这样一个善良的人类，还有一个愿意收养它的老人院。

"那就好，那就好。噢，还有那个大鸟笼子，又是哪儿来的？"

"也是多琳的朋友送给老人院的。"

多琳从来不拒绝任何人给老人院的任何捐赠。小鱼缸里的鱼死掉后不久，老人院里突然冒出来几个又大又漂亮的大鱼缸，里面养着许多我从来没有见过的，奇形怪状、花花绿绿的热带鱼。这些高级鱼缸，包括那些珍奇的鱼和里面的假山水草、灯光照明、加热器、测温仪等设备，哪一个价值都得万儿八千的。

鱼和鱼缸是一位爱好养鱼的先生送的。这位渔翁先生养的鱼太多了，家里到处都是大大小小的鱼缸，最后老婆跟他急了，威胁说如果他不把鱼缸搬走，就要离婚。于是，舍不得老婆也舍不得鱼的渔翁先生只好把他的宝贝鱼和鱼缸分别捐赠给了几个老人院，这样一来，既保住了老婆，又保住了他的宝贝鱼，同时还做了善事。周末，他就到这些老人院去伺候他的鱼，也落得个快活自在。

"这下子我们这里成动物城了：老猫'尼克'、老兔子'比利'、老狗'翼'，现在又有了几缸鱼和一对鸟夫妇，说不定哪天再来一只大老虎，两头大狮子……"我开着玩笑，抱着"尼克"离开了活动部门办公室，向自动售货机走去。

爱情鸟

由于平时上课紧张，我经常没时间吃午饭，所以每次下课来上班，我总是喜欢在自动售货机上买点儿吃的，例如巧克力、薯片之类的，这些东西虽然吃不饱，但压压饥总还是可以的。今天考试，更没有时间吃午饭了,我在自动售货机上买了一小袋我最爱吃的Cheezies,我叫它奶酪脆。奶酪脆黄黄的,脆脆的,外面裹了一层奶酪,吃起来嘎嘣脆,咸滋滋的,又香又脆。

放下"尼克",我打开包装,拿出一小条奶酪脆,想请"尼克"也尝尝,可是"尼克"没兴趣,它嗅了嗅后失望地看了看我,甩着大肚子转身走掉了。

我把奶酪脆放在工作服口袋里,一边时不时地往嘴里扔上几条,一边来到了走廊上。

我看见彼得推着已经坐在轮椅上的索菲娅向我这边走来。麦德琳的老公突然去世后,多琳害怕这样的事情再次发生,很快就安排彼得住进了老人院。老人院给彼得夫妇腾出了一间双人房,两张单人床分别放在窗户两边。老两口搬来了自己家的床头柜、五斗橱、沙发和摇椅等家具,还有一些老照片。从此老人院成了他们的家,两位老人又可以生活在一起了。

彼得和索菲娅从小是邻居,青梅竹马一起长大。夫妻俩有三个儿子,一个已经去世,一个在外省,只有一个儿子住在这个城市。住进老人院之后,彼得始终自己照顾着妻子:喂饭、擦身、穿衣,只要他能做的,他都会自己做。有时候,我们想替换一下彼得,可是索菲娅总是又吵又闹,非要彼得不行。

彼得无时无刻不陪在妻子身边,无论何时,只要彼得不在身边,索菲娅就会捏着嗓子不停地呼唤彼得,希望彼得能快点回到她身边。时间一长,有的时候我们会和老人开个玩笑,学着索菲娅,捏着嗓子拖着长音,对彼得说:"彼得,过来"。每当这时,彼得总是不好意思地对我们憨憨地一笑。

不久前,老人院为彼得夫妇举办了一个特别的晚会,庆祝他们结婚七十二周年。七十二年的不离不弃,七十二年的相亲相爱,七十二年的相濡以沫,令人惊奇,让人感动,大家都说他们是一对爱情鸟——Love

Birds。

走到我身边，彼得停下来，笑眯眯地看着我，问我在吃什么。我从兜里拿出那包奶酪脆让彼得看，我看到彼得的眼睛忽闪了一下。

"喜欢吗？"我问彼得。

"非常喜欢。"彼得两眼发亮地盯着我手中的奶酪脆。

"想来点儿吗？"

"好呀。"彼得高兴地说。

我让彼得伸出手，把剩下的全都倒给他了。捧着奶酪脆，彼得羞涩地谢过我后，推着索菲娅走了。

晚饭前的忙碌已经开始了，老人已经准备好吃晚饭了。我在餐厅门外给准备好就餐的老人带上了围嘴，和他们一起等待餐厅开门。突然，我觉得有人在我背后拽了我一下，回头一看，是彼得。

"亲爱的，你还有奶酪脆吗？"彼得小声问我。

没想到老头儿和我一样爱吃这东西，我忙说："有，有，等一下。"说完，我飞快地跑到自动售货机那里专门给彼得买了一包奶酪脆。

接过奶酪脆，彼得高兴极了，他的手微微地有些颤抖，还是那样不好意思地笑了笑，然后对我说了声谢谢。我喜欢彼得，老人无微不至地照顾着妻子，让我十分感动，其实他也感动着每一个人。

"不用客气，彼得，下次我来上班还给你买啊。"我像哄小孩一样对他说。彼得高兴，我也高兴。

晚饭开始了，餐厅里，一个嘶哑的声音传了过来："吃呀！吃呀！"那是彼得。瘦骨嶙峋的彼得欠着身子站在墙角里的一张桌子前，他一只手端着盘子，另一只手举着勺子，颤抖地把饭送到妻子的嘴边，一脸焦虑。不肯吃饭的索菲娅晃着头，左一下，右一下，躲避着送到嘴边的勺子。

"吃呀！吃呀！"彼得的声音由焦虑变成了焦急。

索菲娅不吃，她哼哼唧唧地非要彼得带她走，拗不过妻子的彼得最终无可奈何地放下盘子，推着妻子离开了餐厅。

晚点的时间，我推着小车来到起居室，准备给在那里看电视的老人们发茶点，这时，彼得推着妻子也过来了。自从索菲娅的助行器换成轮椅后，除了喂饭、擦身、穿衣，彼得又多了一件事，那就是推着妻子在老人院里到处走，一天又一天，从早到晚。

"嗨，彼得，过来坐一会儿吧，你们是想要咖啡，还是想要茶？"我招呼着彼得夫妇。

"咖啡就可以了。我觉得非常累，我已经走一天了。"说着，彼得深深地喘了口气，在我身边的一张椅子上沉重地坐了下来。

"彼得，彼得，走嘛，走嘛。"我刚把一杯咖啡放到彼得身边的茶几上，索菲娅又开始呼唤起来。

听到妻子又在呼唤了，刚刚坐稳的彼得立即站了起来。彼得已经这样走了一天，不要说一个已经九十七岁的老人，就是我，也早就趴下了。我生气了，一把将彼得拉回到椅子上，然后对索菲娅说："索菲娅，彼得也九十多岁了，你是坐着，他可是推着你走了一天，彼得要是累病了谁来照顾你呀？让他坐一会儿，喝杯咖啡，你安静一会儿好不好？"

索菲娅噘着嘴很不高兴地瞥了我一眼，低下头不作声了。彼得端起咖啡喝了一口，会心地抬头看了看我。

"索菲娅，你要不要也来杯咖啡？"我问索菲娅。

索菲娅不理我，看着正在喝咖啡的彼得，撒娇地又喊了起来："彼得，彼得……"

"好吧，好吧。"看了看我，彼得放下没有喝完的咖啡，站起身来推着妻子又上路了。

一路走去，一生过来，彼得的心里装着承诺，肩上扛着担当。望着老人那瘦瘦的，已经弯曲了的背和放下的咖啡，我的眼睛湿润了，我知道，彼得这一辈子没有什么事是不能为妻子放下的。我摇头感叹，想象着在他们长长的七十多年婚姻中，彼得一定付出了很多很多，虽然我说不清到底都是什么，但有一点我知道，那就是爱与忍让。

晚点后，我想再去看看累了一天的彼得是不是需要帮助。来到彼得夫妇的门口，我敲了敲门，里面传来彼得的声音："请进。"

我走进彼得夫妇的房间，看见索菲娅已经脱了衣服躺在自己的小床上。

"彼得，过来，彼得，过来。"身上只穿着一条三角纸尿裤的索菲娅颤抖地叫着。

"好的，好的，等一下。"彼得低着头假装不耐烦但又顺从地答应着。

彼得床头的灯还亮着。温柔的灯光下，彼得正在给自己擦身体。老人光着上身，下身穿了一条老式的、半长的短内裤，两条皮包骨头的长腿在暗暗的灯光下格外显眼。

看着只剩下一付骨头架子的彼得那虽已弯曲，但依旧是一个真正男人钢铁般的脊背，我不由得问自己，到底是什么力量支撑着彼得用这样一个已经枯竭的身体，任劳任怨地照顾着妻子：青梅竹马时的一句戏言？婚礼上的山盟海誓？七十多年一起生活的习惯？还是那天生具有的责任感？

"彼得，你需要帮助吗？"我轻声地问道。

"不用，不用，我自己可以的，谢谢你。"彼得客气地说。

接过彼得手里的毛巾，我默默地为老人擦洗着。

呼叫铃响了，我告诉彼得我去去就回来……

等我回来的时候，彼得已经上床躺在了妻子身旁，这对一起生活了七十多年的夫妻紧紧地靠在一起，闭着眼睛手拉手、肩并肩地躺在那张窄小的单人床上，好像只要能感受到对方的存在就已经足够了。

我亲眼目睹了这感人的一幕，内心顿时充满了羡慕，这对相伴一生的老人是如此幸福地分享着他们的依恋，这样的时刻，又有谁会忍心打搅他们呢？破坏一对爱人的甜蜜和美好时光不异是一种罪过。想到这里，我缩着脖子,惦着脚尖,蹑手蹑脚地关上了门,像所有我的同事们那样,悄悄地离开了那个充满了恩爱的小屋,让他们的世界只属于他们两个人。

十八相送

　　成绩下来了,尽管我通过了所有的考试,并且如愿以偿地收到了毕业证书,可是我却一点也激动不起来,心,似乎更加沉重了。学是上完了,但这并不意味着什么,生活依旧没有改变。毕业典礼我没有去,也许是太累了,也许是害怕重温那紧张和疲劳的感觉。

　　上学不容易,找工作比上学还要难。报纸上、网站上的招聘广告都要求应聘者必须具有一年以上的相关工作经历。怎样才能得到在加拿大的相关工作经历呢?想起在老人院做义工的成功经验,我决定再次从做义工开始。这一次,我找了政府帮助妇女就业的一个部门寻求帮助。

　　前台一位年轻的女顾问热情地接待了我。我说我的英语不好,也没有在加拿大办公室工作的相关经历,所以我并不急于找工作,只是希望找一个能在办公室做义工的地方。几天后我收到她发来的电子邮件,通知我已经联系好两个愿意接受我去做义工的地方,一个是政府帮助监狱释放犯人重返社会办公室,另一个是智障人慈善机构办公室。同时,顾问小姐还介绍我去参加成功技巧培训中心的学习,在那里,将为我们提供求职技能的培训,帮助我们修改简历、教授面试技巧和帮助寻找用人单位。在邮件的最后,她鼓励我,让我不要自卑,相信我一定能够成功。

　　女顾问的帮助和鼓励大大地激励了我,我一天都没敢耽搁地行动了。课不上了,可我更忙了。找到成功技巧培训中心,我报了名,培训的时间是每周两个晚上，另外两个组织每周各去两天。我东奔西跑，生活充实得不能再充实了。

这天又是去老人院上班的日子，在智障人机构做完义工后，我匆匆地来到了老人院。

在老人院工作的这些年里，我和柔斯一起干活的时间最多，其次是露丝。可今天我的搭档是丽莎。丽莎的丈夫是一个官职不小的军官，结婚后她一直跟着丈夫辗转于全国各地。她的丈夫换防到这个城市后，她就到金孔雀老人院来做护理了。由于丽莎来老人院的时间不长，所以我们很少在一起工作。不过尽管如此，我总是觉得她心事重重，而且情绪很不稳定，也很容易激动。

这天班上，丽莎始终沉默不语，我问她为什么不高兴，她说自己本来是被安排在B区干活的，可是本应该在C区干活的纳迪说她不舒服，要求换到B区去，主管护士波拉就把她俩调换了（据我所知这样的事已经不是第一次了）。为此，丽莎很不满意，她说波拉故意欺负她，每次行政上安排她在B区上班，波拉都要给她换到C区来。

B区的房间少，住户少，两个护理人员只需要照顾几位老人，而C区的住户不但比B区多，还都是比较重和比较难缠的老人，因此劳动强度和难度是三个工作区域中最大的。

我不计较在哪个区干活，那是因为我上班的次数比较少，不值得去计较，不过我很清楚，如果天天在C区干活，的确是非常辛苦的，因此我完全能够理解丽莎的不满。我不知道波拉和丽莎结了什么仇什么怨，但我们大家都知道波拉和纳迪是朋友，所以大家对波拉这样经常无故调换意见很大。另外，我们大家还知道，自从布鲁斯调走、新的主管护士波拉上任后，晚班就成了是非之地。打小报告的、互相伤害和互相报复的事情时有发生，同事之间矛盾重重，以前那个快乐的晚班随之不复存在了。

晚饭后我来到维特曼夫妇的房间，准备帮他们换洗。尽管有人说这两口子有种族歧视倾向，但我从来没有遇到过，而且我还挺喜欢到这里来，两口子对我都非常友好。像往常一样，我一进门，维特曼太太就热情地招呼我了。

"嗨，漂亮鬼，快过来，让我看看，很久没来了，我们都很想你呀。"说着，维特曼太太伸出手来。

"维特曼太太，我也很想你们呀。"我走过去拉住老人那双小手。

"我们还以为你找到新工作不来了呢，是不是呀，伯尼？"维特曼太太转过脸，面对着丈夫问道。

"是的，是的。"快睡着的老头儿勉强地敷衍着，也不知道太太说的是什么。不过无论是睡着还是醒着，有一点老头儿很清楚，那就是，只要太太说是，那就是，甭管什么。

"我还没有找到新工作呢，不过就是找到了，我也会来看望你们的。"

维特曼太太笑着说："等找到好工作，你就有时间找一个漂亮的男朋友了。"自打维特曼太太知道我没有男朋友后，老是热心地提醒我再不快点找就要老了，而我总是借口说上学没时间，或者说等找到了新工作再说。

"好的，维特曼太太，等我有了男朋友一定带来让你过目。"

"好的，好的，别忘了呀，一定要带来让我们看看。"维特曼太太高兴地说。

我和维特曼太太相互取悦正说得热闹，我突然想起老两口有三个儿子，为什么非要住到老人院来？

"维特曼太太，能不能问你一个问题？"

"问吧，问吧。"

"在我们中国，老人通常都在自己家里养老，和儿子或者女儿一起生活，由儿女们来照顾。你有三个儿子，为什么不和儿子一起生活，要住到老人院来呢？"

"哦，儿子们有他们自己的生活，而且他们应该照顾妻子和孩子而不是我们。再有，住到老人院来，会减少我们的药费负担。"

据我所知，加拿大的老人院是按照个人收入比例来收费的，住在老人院里的老人药费全免，因此，一些有病的老人很希望能住到老人院来。

我们正说着话，突然咣当一声巨响，把我和维特曼太太都吓了一跳，门开了，进来的是丽莎。

"今天是我的生日，你们知道吗？！"丽莎一进来就对我们大声喊道。

"哦，祝你生日快乐！"我祝贺道。我不明白，过生日为什么这么大的火气。

丽莎没有再说什么，扭头走了，在她的身后，门又是一声巨响关上了，把我和维特曼太太又吓了一跳。

"这个姑娘是怎么了？为什么这么生气？我们做错什么了吗？"维特曼太太不高兴地问道。

"我不知道她为什么生气，但我相信这跟你一点关系都没有。"我安慰维特曼太太。

本来挺友好的气氛让丽莎给搅和了，丽莎走后，我和维特曼太太也提不起兴致继续聊了。换洗好之后，我道了声晚安，离开了维特曼夫妇的房间。

晚点的时候，起居室里我正在给几个不能自理的老人喂茶点，丽莎找到我向我道歉。我说没关系，我没在意，谁都有心情不好的时候，说到这里，丽莎突然抽泣着哭了起来。我最害怕看到别人哭，甭管是电视还是电影，只要有人掉眼泪，我准跟着哭。这会儿，看到丽莎哭了，我吓坏了，劝她别为一点小事儿生气，想开点儿，大家都知道波拉有时候办事不太公平，我也有受委屈的时候。

听着我的唠叨，丽莎不说话只是摇头。不是为这个，那又是为什么？

在我的再三追问下，丽莎才一边抽泣一边说，她十六岁的大儿子有先天性心脏病，医生早就说孩子活不过十六岁，现在孩子住在医院里，不知道这次是不是能够躲过死神。她恨她的丈夫，这么多年来，他只顾他自己的事业，很少关心她和孩子，她恨上帝，偏偏让她的儿子先天不足，她恨整个世界，为什么就没有人能救救她的孩子。说到这里，可怜的丽莎坐了下来，捂着脸号啕大哭起来，那痛不欲生的哭声震撼着我，我能想象到，作为一个母亲，看到自己的孩子正在死亡线上挣扎，而她却无能为力时会是怎样的一种绝望。

走到丽莎身边，我轻轻地搂着她说："回去吧，去和孩子待在医院里，不要让他在这个时候感到孤独。"

我安慰着绝望中的丽莎，但我的心也同样被这不幸打得粉碎，终于也忍不住和她一起抱头痛哭起来。

多琳来了。

根据老人院的规章制度，在工作中要控制自己的情绪，而丽莎在维特曼夫妇房间咆哮显然是违背这一点的，因此，波拉立即向已经下班回家的多琳反映了此事。多琳迅速赶到老人院，在了解情况之后，可怜的丽莎当即被解雇了，从此，我再也没有见到过她。

多少年来，我一直很想知道她那个只有十六岁的儿子，是不是再一次闯过了鬼门关。

丽莎走了，老人们也都陆续睡下了。起居室里，我坐了下来，开始填写护理卡。不一会儿，静静的走廊上传来了脚步声和低低的私语声，我起身来到走廊上一看，哦，原来是靓姐梅丽和老帅哥祖图斯基。

祖图斯基是一位起居能够自理的老人，但他已经有些糊涂了，所以该做什么事需要我们提醒他：该起床了，去洗脸吧；该睡觉了，换换衣服吧；到点了，可以去吃饭了，等等。老头儿的记忆已经很差了，他很少讲话，但很听话，让干什么就干什么。老人没有什么爱好，整天伸着脑袋驼着背，两只手背在身后无聊地四处蹓跶，东瞧瞧西看看。

　　祖图斯基以前是个农民，但他自己没有地，只是给别人种地，不富裕但也可以生活。祖图斯基没有家人，是个孤老头儿，他的衣物大都是教堂捐来的，或者老人院里哪个老头儿去世以后，我们把尺寸适合他的留给他。祖图斯基有一个特点就是不习惯用室内厕所，一到尿急了，他就要到外面野地里去方便，我不知道这是不是农民兄弟们共同的习惯。在老头儿的五斗柜上有一张一尺五寸大的彩色全家福照片，男主人和两个十五六岁的女孩子，还有一位胖胖的、不是很漂亮的妇女。照片上的男主人长得非常帅，很像祖图斯基，但据说这张照片是他兄弟的全家福。

　　梅丽是一个漂亮的女人，不知道为什么她神通广大地一来就住进了A区的一个单人间，同时也带来了自己的一些家具，其中最扎眼的是一个漂亮的瓷器角柜。角柜里摆放了一些瓷器和一些玻璃小玩意儿，还有两张带镜框的，大约一尺左右的黑白老照片，一张是梅丽和丈夫的合影，另一张是梅丽自己的单身照。

　　梅丽年轻的时候非常漂亮，那张黑白照片上的梅丽有几分像玛丽莲·梦露，只是头发是黑的。据说老太太年轻时是做秘书工作的，由于人长得漂亮，所以挑来捡去，快四十岁的时候才嫁给了她的老板。现在的梅丽虽然已经七十多岁了，但仍然很漂亮。

　　梅丽也是一个起居能够自理的老人，她一生没有儿女，她的妹妹是她的监护人，每个周末都会来看望她。平日里，梅丽总是抱怨没有一件事让她称心如意，好像整个世界都欠她的。梅丽经常闯进职工休息室，不管我们是在开会，还是在吃饭，她都会在我们面前哭个没完没了，任凭我们怎么哄，怎么劝都没用，反正她是要哭个够才行。

　　梅丽和祖图斯基在同一张桌子上吃饭，别看梅丽老是缠着我们哭哭啼啼的，但餐厅里的梅丽可是另外一个模样，她彬彬有礼、优雅大方，吃饭前，她一定要穿戴整齐，头发卷一卷，再擦上些口红。

到底年轻时是做秘书的，梅丽很乖巧，而且对桌友祖图斯基关怀备至。吃饭前，她一定要去叫上祖图斯基一起去餐厅，老头儿比较憨，老是坐在那里发傻，不过好在有梅丽，她像是桌子上的女主人，不是帮老头儿要咖啡，就是帮老头儿要甜点，有时候还要替老头儿打抱不平。

吃完饭，两个人一起走出饭厅，找个地方挨着坐下来，你一句我一句的也不知道在说些什么。就这样，一来二去，两位老人成了伴儿。不知道从什么时候起，祖图斯基开始对外宣称梅丽是他的太太，可梅丽坚决不承认，说他们只是朋友关系。每次看到他们俩坐在一起聊天，我就想，一定是老了孤独吧，能有个人陪着说说话已经很不错了，所以梅丽也就不再挑三拣四了，要不然，如此不同的社会背景，怎么会有共同语言？

尽管梅丽不承认自己是祖图斯基的太太，但她像是得了职业病似的，祖图斯基所有的事她都要管。更可爱的是，每天晚上睡觉前，梅丽一定要把祖图斯基送到他的房间，道了晚安才肯离开。梅丽走后不一会儿，祖图斯基又会跑到梅丽的房间，向梅丽再道一次晚安，等到祖图斯基回去了，梅丽会再次来到他的房间，看看他是不是已经睡下了，临走时还要交代一下，不要再到她的房间去了，她要睡了。之后，祖图斯基会一直把梅丽送回到她的房间⋯⋯

就像是梅丽的抱怨一样，两个老朋友相互送起来没完没了的。有的时候，祖图斯基把梅丽送回去后干脆就不走了，老头儿喜欢坐在梅丽的房间里，像王子看着睡美人似的，欣赏着睡梦中的梅丽。晚上要是找不到祖图斯基了，去梅丽的房间一准儿能找到他，要是梅丽不见了，到祖图斯基的房间里也一定会找到。

这不，睡觉的时间到了，两个老朋友又开始了。只见靓姐梅丽推着助行器，拖拉拖拉地拖着步子，老帅哥祖图斯基背着手，像是一个忠于职守的保镖，忠诚地跟在一边，他们肩并肩向这边走来。我没有阻止他们，而是怀着美好的祝福，静静地看着这对沉浸在甜蜜之中的可爱的老人，一直到他们消失在祖图斯基的房间里。

天有不测风云，几分钟后，黛拉蕊来了，她挺着肚子，抱着胳膊来到我面前。

"梅丽是不是到这儿来了？"黛拉蕊没好气地问道。

"是的，是的，他们刚过去。"我回答。

"都几点了，还在这儿送呢，没完了，不睡觉了？！不行，我要把梅丽带回去。"听口气，黛拉蕊决心要把两个人拆散了。

正说着，走廊深处传来了梅丽娇滴滴的声音，"回去睡觉吧，晚安。"

当梅丽出现在我们面前的时候，我看到祖图斯基也跟了过来。一看到祖图斯基又跟来了，黛拉蕊急了，她挥了挥手对祖图斯基说："别送了，都给我回去睡觉！"

"你别管他们好不好，让他们送嘛，他们明天又不用去上班。"我不满地对黛拉蕊说。

"送？送到明天早上了！"

"你怎么知道的？"黛拉蕊的话把我给逗乐了，我想，一定是当年她和那个中国小伙子谈恋爱的时候就是这样，你送我一程，我送你一段，一直要送到第二天早上天大亮。

祖图斯基被告知必须回去睡觉，不许再去看望梅丽之后，黛拉蕊像是一个狠心的丈母娘，硬是棒打鸳鸯把梅丽从祖图斯基身边带走了。

目送着梅丽，祖图斯基一直站在走廊上不肯回去，而梅丽也是两步一回头，一脸的生离死别，两位老人梁山伯与祝英台十八相送一般，看得我鼻子酸酸的，直想掉眼泪。

休息的时候，我这个从来没有遛过狗的人，主动向缇娜提出要带"翼"出去遛遛。听说我要出去遛狗，缇娜把牵狗绳递给我后，对着会议室啪啪拍了两下手掌，大声喊了一声："翼！"

听到缇娜叫它，"翼"飞快地从会议室跑了出来。

在老人院住了些日子的"翼"已经今非昔比了，它不但毛发光亮了许多，胖了许多，精神了许多，也漂亮了许多。当"翼"看见拿着狗绳的是我时，停下脚步犹豫了起来，两只眼睛不停地眨巴着，像是在问：你是什么人？你有ID吗？岂有此理，它居然也跟我要ID！我心里嘀咕着摇了摇手里的牵狗绳，恶狠狠地对着"翼"说了声："走吧！"

出去自由的诱惑实在太大，"翼"不再犹豫了，它欢快地摇着尾巴跑了过来，围着我上蹿下跳地转了起来。

这是一个美丽的夜晚，一轮圆圆的明月挂在深蓝色的夜空，繁星点点。带着"翼"，我们来到秋风习习的月光下，"翼"撒开脚丫子朝老人院后院跑去。通往后院草坪的小路上，"翼"突然停住脚步，它屏住呼吸，猫下腰目不转睛地注视着前方。

"怎么了？有狐狸？"听人说曾经在这里见到过狐狸，所以我问道。

"翼"不理我，它轻轻地迈着脚步缓缓地向前移动着。我扫视着前方，远远的草地上，我看到一只又肥又大的野兔子。

"哇！兔子！"我激动不已。

说时迟那时快，"翼"蹭地一下蹿了出去，差点把我拽个跟头。我打了个趔趄站起身来，兔子已经无影无踪。"翼"不甘心，硬是拽着我搜遍了整个后院，最终还是没有找到那只肥兔子。

林婆婆

"翼"回到会议室后，我发现大门外好像有人影在晃动，过去一看，是两位警察先生。我为警察打开了大门，警察一进门就问我值班室在什地方。我把警察带到护士值班室后，波拉让我去A区通知黛拉蕊，把老头儿泰德带到值班室来。我来到A区，找到黛拉蕊，转达了波拉的指示，并告诉她不知道为什么来了两个警察，怪吓人的。

"妈的，母狗！"我的话音刚落，黛拉蕊就愤怒地骂了一句。

哟，看来事情不妙！"出什么事了？"我诚惶诚恐地问道。

"这个母狗硬说泰德性骚扰。"黛拉蕊的脸涨得通红。

性骚扰？这倒是新鲜事。五年了，还是第一次听说老人院里有性骚扰。

"这老头儿什么样的？多大岁数了？骚扰了谁？"我对泰德一点儿印象都没有。

晚茶的时候，坐在轮椅的泰德和同样坐在轮椅上的斯通太太一起在起居室里用晚点，不知道为什么，泰德抓着斯通太太的手放在了他插着尿管的私处，引发斯通太太一阵尖叫，正巧被到A区来给布朗太太打针的波拉撞了个正正着。给布朗太太打完针后，波拉立即将此事件电话通知了家属。电话里，家属非常气愤，老母亲被人"性骚扰"了，是可忍孰不可忍，他们要求立即处理此事，于是，警察来了。

气呼呼的黛拉蕊用轮椅把泰德推到了值班室，面对着连站都站不起来的泰德，警察先生一脸为难地开始调查事情的经过，对于警察先生提出的问题，一头乱发、几乎没有牙齿、神志不清的泰德，勉强睁着一双浑浊的眼睛，所答非所问地支支吾吾，像是在说梦话。最终，警察先生放弃调查，悻悻地走掉了。哈哈，不管了。

之后，此事件依照省《被护理人保护法》的规定，毫不含糊地上报到了政府有关部门。两周后，斯通太太搬到了别的老人院，两个月后，可怜的泰德因癌症去世，"性骚扰"事件不了了之。

下班前，我又来到中国老人林碧云的房间，老人是今天上午住进来的，我想看看老人是不是还没有睡。

下午一上班，我在图书室门口遇见了米歇尔。米歇尔一看见我，立即过来揪住我说："哦！妹，你可来了！"

"出什么事了？"我有点紧张地问。

"快来，快来，咱们这里来了个中国老太太，我们都听不懂中国话，她也听不懂英语，你快去看看吧。"说着拉着我就往C区走。

中国老人？！我有些惊讶，把老人送到老人院，这可和中国人的旧传统大不相同，我想，老人也许有病吧。

我们跟着米歇尔来到C区104号房间。这是一间双人房，靠窗户的一号床上坐着一位老人，怀里紧紧地抱着一个墨绿色小皮包，两眼无神地望着对面的墙壁。老人瘦瘦小小很秀气，一副典型的中国妇女形象，看上去七十来岁的样子，似乎也很健康。

看见我们进来，老人一下子站了起来，扑过来一把抓住我就叫："姑娘呀，乌拉乌拉……我有个女儿，乌拉乌拉……"

坏了，广东话，我也听不懂。老人拉着我越说越着急，我瞪着眼睛看着她，一头雾水。

米歇尔看看我，又看看老人，问我老人在说什么，我耸耸肩，咧咧嘴说老人讲的是广东话（Cantonese），我说的是国语（Mandarin），我也听不懂，不过有两个字我好像听懂了，一个是她叫我姑娘，还有，她好像说她有个女儿。

"她是不是有个女儿？"我问米歇尔。

"是的是的，她是有个女儿。"米歇尔说。

米歇尔说老人姓林，叫碧云，上午女儿和女婿把她送到老人院后就走了，说是去给老人买些东西，晚饭的时候他们会给老人带些中国饭（Chinese Food）、衣服和日用品来。听到这里，我四处看了一下，房间里除了老人院的用品，没有一样东西是从自家带来的，衣橱里、柜子里、抽屉里都是空空的，甚至连一件换洗的衣服都没有。老人的确需要一些个人用品。

"她吃午饭了吗？"我问米歇尔。

"没有，自从她女儿走后，她就一直这样坐着，我们给她饭她也不吃。"

因为我是老人院里唯一的中国人，米歇尔一定认为我可以帮这个中国老人做点什么，可是我一句广东话都听不懂，同样无能为力。看着这位中国老人，我想她可能还不知道这里是什么地方吧，语言不通，没有亲人，她一定非常着急，非常害怕。

"婆婆呀。"我模仿着广东人的腔调叫了一声，然后在她身边坐了下来。一听我还能跩一句类似的广东话，林婆婆立即又焦急地跟我伊里哇啦说了起来，尽管我不知道林婆婆在说什么，但从她脸上的表情上可以知道，她在找女儿。

我没有办法向老人解释，只能无奈地看着她，静静地听着。终于，林婆婆不说了，大概是看到我除了一脸的疑惑，也就会叫一声"婆婆呀"，似乎也帮不了她什么，老人生气了，一脸怒气地转过脸去，不理我了。

米歇尔下班了，我也不能老在这里陪着，我在出门前对一脸失望的林婆婆说一会儿再来看她。离开林婆婆的房间后，我希望最好能见一见林婆婆的女儿，她也许可以告诉我和老人交流的办法。

晚餐的时间到了，我把等在门外的老人们安排好后，直接到厨房去找黛安。

"嗨，你好，黛安。"

"哟，是你呀，好久不见了，考试考完了？"

"早就考完了，我没有告诉你吗？"

"没有，考得怎么样？"

"还行，算是毕业了。"

"祝贺你，你真行。"黛安总是非常友好。

找黛安是为了林婆婆，于是我问道："黛安，我是否可以把中国老太太的饭给她送过去？"

"噢，对了，你们都是中国人，你可以试一试把她带到餐厅来吃饭，怎么样？我们已经给她安排了座位。"黛安建议道。

为了给老人多创造一些社交机会，减少他们的孤独感，老人院不仅鼓励老人积极参加各种娱乐活动，而且鼓励老人尽可能到餐厅来吃饭。

"好吧，我去试一试，不过我们俩说话也是互相听不懂。"

"为什么？你们不都是中国人吗？"黛安不解地问。

"唉，一句半句的说不清，有时间再和你解释吧。"

来到林婆婆的房间，老人还坐在床上，一听见有人进来，老人激动地立即站了起来。看见进来的还是我，老人把脸一沉，扭过脸去，不打算和我过招儿。看来老太太和我结了怨。

"婆婆呀，"我一边叫着一边用手比划着做了个吃饭的动作，"吃饭了，我带你去吃饭好不好？"我南腔北调的。

林婆婆回头瞪了我一眼，转过头去继续看着窗外。行了，我想，我也别在这里耽误工夫了，直接把饭拿来得了。

我把林婆婆的晚饭端来后放在了床头柜上。

"婆婆呀，'呷苯'。"我外婆是闽南人，把吃饭叫"呷苯"，我也不知道我是怎么回事，突然冒出这一句。说完，我用手指了指床头柜上的饭，一只手做碗状，两根手指当筷子，往嘴里扒拉扒拉，用哑语告诉老人吃饭了。

林婆婆看了看盘子，又看了看我，然后摇了摇头。老人似乎有了反应，我挺激动，于是又用哑语做了一遍吃饭的动作。林婆婆站起身来，为难地又摇了摇头，两只手在裤兜上拍了一下，双手一摊，意思好像是说她没有钱。哦，明白了，也是啊，天底下哪有不给钱白吃白喝的，看来林婆婆还挺明白道理的。

"吃吧，不要钱，你女儿已经给你交过钱了。"我两只手也拍了拍大腿，摇摇头，摆摆手，费劲地解释着。

不知道是听懂了，还是真的饿了，老人歪着脸看着我，眼神好像是在问："真的吗？"我一看有戏，连忙把盘子递了过去。老人低下头看了看盘子里的饭，脸一耷拉又生气了。

晚饭是一坨土豆泥，一点儿煮绿豆，一些浇了汁儿的牛肉片，尽管闻着挺香，但我们中国人肯定是不会喜欢吃这些东西的。老人要住在这里，今后不光语言交流上会有困难，吃饭也是个很大的问题。

我正在发愁，门开了，一对亚洲人面孔的中年夫妇提着大包小包进来了。这是林婆婆的女儿和女婿，他们是给林婆婆送衣物用品的。看到女儿终于来了，林婆婆脸上的怒气顿时烟消云散，高兴的样子简直无法形容。

"我叫姝，见到你们很高兴，"我用英语首先自我介绍说，"你妈妈等了你们一天，现在好了，你们来了，她还没有吃饭。"我指了指盘子。

"我们给她带了一些吃的。"林婆婆的女儿说着把手里的塑料袋放在了床头柜上。

"哦，太好了，我想你妈妈一定不喜欢这里的饭。另外，我一直在想办法帮你妈妈，但我不会说广东话，也听不懂，不知道你们是否会讲国语？"

"我们能听懂一点点国语，但不会说。"林婆婆的女儿说。

林婆婆的女儿两口子是从香港来的，在城里开了家快餐店，孩子小的时候，忙不过来，就像大多数中国家庭那样，把老人从香港接来帮忙照顾小孩。孩子们长大上学后，老人就在快餐店里帮着干点儿活，现在老人干不动了，由于老人不会说英语，他们不放心她一个人在家，就把她送到老人院来了。

既然老人的女儿来了，那我也该忙我的去了，临出门时我好心地对他们说，我们都是中国人，以后我会尽量照顾林婆婆，可是没想到，还没等我把话说完，老人的女婿傲慢地说他们不是中国人，他们是香港人。

林婆婆女婿的话让我感到非常生气和失望。我没有兴趣，也没有时间和他们争论他们到底是中国人还是香港人，我把没说完的话咽了回去，什么也不想再说了，看了一眼林婆婆的女婿，我默默地离开了房间。晚饭后，当林婆婆的瘸女婿一脚高一脚低地离开老人院的时候，我没有上前去道别。他伤害了我的感情。

林婆婆的女儿晚茶后才离开老人院，之后，我曾几次试着帮助林婆婆换洗，希望她能上床休息，但都没有成功。不知道是听不懂还是不习惯，又或者是不高兴，老人拒绝一切帮助，始终坐在那里，就是不肯上床休息。

那天夜里，林婆婆在她的床沿上整整坐了一夜。就这样，香港老人林碧云开始了她在异国老人院的生活，这个时候，我想她也许还不知道，她将要在这里度过她人生最后的时光。

木兰辞

我参加成功技巧培训中心的学习后，在老师的帮助下，将简历像雪片似的撒了出去。做义工的经历大大地增强了我的自信，我把这些经历统统写在了简历中，希望在找工作时能起到一定的作用。功夫不负有心人，很快，我得到了一些面试机会，新年后，我接到了任聘电话，我成功了！

放下电话，我感慨万千，经过努力成功后的喜悦和骄傲是无法形容的。高兴之余，我没有忘记，也不会忘记由衷地感谢所有曾经帮助过我的人。

必须向老人院辞职了，一想到辞职，我的心就隐隐作痛。舍不得，是的，舍不得。五年了，我经历了从未有过的情感经历，金孔雀老人院似乎已经变成了我的牵挂。不过，无论我多么地牵肠挂肚，我都很难做到牺牲自己，永远留下来。

这天又是我在老人院上班的日子，我刻意提前来到多琳的办公室，正式向多琳提出了辞职。听说我要辞职，多琳半天一句话都不说。我不知道她这会儿在想什么，也许是不知道说什么好吧。我们两个人对视着，可以看出，尽管多琳感到很意外，但她似乎并没有劝我留下来的意思。当然，不管多琳同意还是不同意，我肯定是要辞职，辞职前我也是认真考虑过的。

我说，由于上班时间的冲突，我必须辞职，但我仍然希望能在周末到这里来做义工。听说我愿意周末来做义工，多琳立即给我安排了一个周末早班的工作，一个月只工作两个周末，并且仍然是老人院的职工，工资照发。听了多琳的安排，我喜出望外，这些年来，多琳对我一直很友好，所以我感谢她再次成全了我，并且毫不犹豫地接受了这个安排，继续留在了"金孔雀"。

晚饭前，我来到颐达的房间，通知她和罗纳德太太准备准备去餐厅吃晚饭。

宾森太太生病以后，颐达像丢了魂儿似的。晚饭后她习惯性地到娱乐大厅去，低着头在钢琴前默默地走来走去，像是在寻找丢失的东西。没有钢琴伴奏，颐达不唱歌了，有的时候，她坐在大厅里呆呆地望着窗外，两眼茫然。颐达的女儿经常傍晚到老人院来，陪着妈妈在大厅里坐一会儿或四处走走。颐达曾想去看望宾森太太，但我们害怕她会被传染上皮肤病，所以总是拦着她不让她进去。

不久前，颐达的房间来了一位新室友，罗纳德太太。罗纳德太太七十来岁，身材小巧玲珑，非常和蔼，非常安静，虽然她完全能够自理，但由于患有严重的心脏病，所以动作很慢，给人一种有气无力的感觉。老人从来不要我们帮她，或者说老人不习惯别人帮忙，她总是慢慢地照顾着自己。罗纳德太太的孩子们也很孝顺，自老人住进来后，每天都有人来看望她，不是给老人带点东西，就是帮她做点什么事。

颐达喜欢干净整齐，而罗纳德太太更是有过之而无不及，这两位老人的房间可不像林婆婆的房间那样，光秃秃的透着一种大兵宿舍的感觉。不知道是她们自己收拾的，还是女儿们的功劳，她们俩的房间里摆满了很有意思的小玩意儿和漂亮的装饰物，床上用品也都是自家带来的，舒适漂亮。孩子们还总是买来鲜花摆放在老人的床头柜上，整个房间不但收拾得干净整齐，而且气味芬芳，温馨极了。要是不知道的人进去，一定会以为是一间年轻姑娘的闺房，绝不会想到是两个老太太住在那里。

温柔善良的颐达非常关照她的室友，她经常默默地帮助罗纳德太太做些她力所能及的事，像铺床、挂衣服什么的，如果罗纳德太太不舒服需要叫护士，颐达也会帮忙去叫护士，很快，她们两个人便成了形影不离的好朋友。

离开饭还有一段时间，我没有催促两位老人，让她们慢慢去准备好了。从颐达和罗纳德太太的房间出来后，我来到了维特曼夫妇的房间。

"你好呀，维特曼太太。"一进门我就大声地说。

"啊哟，是你呀，漂亮鬼。"我特别喜欢维特曼太太叫我漂亮鬼。

"今天你好像很高兴，有什么好消息吗？"

"是的，维特曼太太，我是专门来告诉你的，我已经找到了一个会计工作。"我高兴地说。

"哇，这可是件好事呀，祝贺你，我们真为你骄傲。过来过来，漂亮鬼，给你一个拥抱。"说着维特曼太太张开双臂，迎接我的拥抱。

维特曼太太拉起我的手，轻轻地在我的脸颊上吻了一下。

"辞职吗？"维特曼太太问道。

"今天我已经辞职了。"

"哦,那我们以后就再也见不到你了。"维特曼太太惋惜地说。

"我还会来的,多琳给了我一个周末白天的班,所以我只是辞掉了晚班,过两周我还会来上班的。"我解释说。

"太好了,你真是一个有福气的姑娘,是不是伯尼?"维特曼太太转过脸,问了丈夫一声。

"是的,是的,当然了。"维特曼先生照旧迎合着,有气无力。

"哦,维特曼太太,你们今天是想去餐厅吃饭还是想留在房间里吃饭?"我问道。

"伯尼今天有点儿不舒服,我们就不去餐厅了。"维特曼太太看了看丈夫后说道。

"那好吧,我一会儿把你们的饭送过来。"

我告别维特曼夫妇,来到走廊上,看到颐达和罗纳德太太手拉着手走出了她们的房间,有说有笑地一起向餐厅走去。看到颐达又重新振作起精神,我由衷地为她高兴。

辞了晚班,无论如何也得通知一下晚班的主管护士波拉。来到值班室,波拉低着头正在忙着什么。

"有事吗?"看见我进来,波拉抬起头问我。

"我已经辞掉了晚班。"

"为什么?"波拉吃惊地看着我。

"我找到了一个会计的工作,所以我以后不能上晚班了,不过多琳已经给我安排了一个周末的早班。"

"哦,这是件好事呀,祝贺你。"波拉不冷不热,只是出于礼貌地祝贺道,然后略带责怪地说,"你为什么不早些告诉我们?"

"我也是今天才决定辞职的。"我解释说。

"哦,这样吧,我和苏茜说说,你们俩换一下,今天你就到B区干活吧。"波拉任何时候都忘不了使用她手里的权力，但不管怎么样，这毕竟是一个友好的表示，弄得我还挺不好意思。

"谢谢你，千万别这样，最后一个晚上了，我没有问题。这么多年来，我都习惯了。"

"好吧，我去通知大家，今天晚上我们叫个夜宵，休息的时候聚一下。"波拉做了决定。

谢绝波拉的好意倒不是我在装大头蒜，想表现自己喜欢做劳模，只不过是不想制造矛盾罢了。

几年来，尽管善良的塞尔玛、无儿无女的鲁芭、可怜的劳拉、爽快的艾米、画家邓肯太太、叽叽歪歪的史蒂文、比利、孤独的伊娃、身怀穿墙术的玛格丽特、神神叨叨的奥德丽，这些相处多年的老人都已经相继去世，但是在C区，我依然有许多牵挂：麦德琳、维特曼夫妇、宾森太太、颐达、彼得夫妇、梅波、拉迪莫迪尔夫妇、纽曼先生、邦尼太太、陶瑞，当然还有林婆婆。

自从林婆婆住到老人院后，无论我们怎样努力，老人始终是别别扭扭的，很难照顾，尤其是吃饭。给她饭，她不吃，可是，一旦房间里没有人了，她就会用手抓着饭吃一阵，狼吞虎咽，像是怕被看见似的。我想，林婆婆这样做，一定是由于不习惯使用刀叉和担心没钱付账。不同的语言和不同的生活习惯，是林婆婆生活在这里的最大障碍。

一天，晚茶的时间，无精打采的林婆婆坐在起居室里，东看看，西看看地打发着时间。

"婆婆呀，你好吗？"走到老人面前，我递给她一杯茶和一些饼干。

老人看一眼茶和点心，没有理我，然后站起身来朝自己的房间走去。路过梅波的轮椅时，梅波友好地和她打了个招呼。没想到林婆婆突然黑着脸对着梅波凶巴巴地就是一顿嚷嚷，然后顺手拖了把大椅子回到自己的房间，砰的一声，关上了门。

莫名其妙地被林婆婆呛了一顿，梅波惊得目瞪口呆。梅波不知道林婆婆都说了些什么，但从林婆婆的表情和语气，梅波明显地感到林婆婆很不友好。

"这个老太太为什么对我这么凶呀？"梅波哆哆嗦嗦地问我。

"她听不懂英语，所以她不知道你在说什么。"我告诉梅波。

"听不懂英语？为什么？"梅波挑了挑眉毛，不解地问道，我想梅波一定很难理解怎么会有人听不懂英语。

我不想在别人面前讨论有关林婆婆的行为举止，她已经很可怜，很不容易了。我没有回答梅波的问题，因为我相信，在这里，没有人能够真正地体会到林婆婆的真实感受。

与世隔绝般的生活和内心的孤独，使得林婆婆觉得四处都是敌意，因此，她开始无缘无故地攻击他人，非常暴躁。

由于经常攻击室友，在艾米去世后，林婆婆就搬进了艾米的那间单人房。林婆婆有了自己的房间，但房间里还是空空如也，墙上没有挂画，柜子上也没有摆设，到处光秃秃的，除了衣服鞋袜，几乎没有一件东西是属于她自己的。房间里唯一的装饰物是放在五斗柜上的一个小镜框，里面是一个年轻姑娘的照片。我想那一定是她女儿的照片吧。

林婆婆的女婿曾经拿来过一件礼物——一本广东话英文字典，可能是希望我们大家都能学点广东话吧。不过，后来字典又被那个抠门女婿拿走了。

也不知道从什么时候开始，就像朱莉娅拿书一样，林婆婆经常把起居室和走廊上的椅子搬到自己的房间里去。为了不激怒老人，大家从来不拦着，只是趁她不在房间的时候，再悄悄地把椅子搬出来。不过，要是让她看见了，她就会奋不顾身地扑上来连抓带挠，抢走椅子不说，弄不好还会给你一顿拳头吃。

一天晚上，老人们已经上床休息了，我独自坐在起居室填写护理卡，四处静悄悄的。突然，我觉着好像有人来到了我的身后，还没有等我转过脸去，我的屁股就像被什么东西狠狠咬了一口似的，我大叫一声跳了起来，回头一看，是林婆婆。为了抢走了我的椅子，她竟然狠狠地掐了我一把，还没等我回过神儿来，椅子已经被林婆婆迅速地拖进了她的房间。

为了保护职工的安全与利益，同时又能够尽快掌握老人们的精神状况，根据规定，老人攻击工作人员的事情发生后，我们应该立即向主管护士汇报，还要记录在案。虽然我并不觉得这件事值得大惊小怪，但我还是要遵守规定，必须向喜欢小题大做的"事妈"波拉汇报一下。

填写完护理卡后，我来到护士值班室，波拉正在一脸严肃地打电话，等她放下电话，我说，林碧云刚刚对我进行了"攻击"，掐了我的屁股。

波拉拿出一个本子，一边听我叙述一边详细地记录下了我被"攻击"的全过程。之后，波拉要求我把裤子脱下来让她看看，以证实确有其事。我犹豫了一下，还是拉下工作裤的半边。波拉查看的时候，我也扭过身子低头看了一眼，啊哟！我的屁股上一大片紫红，难怪火辣辣的。不看吧，觉着没什么，这一看，我还觉得挺委屈的。

今天是我最后一个晚班。晚饭后，我看见林婆婆独自一人坐在起居室的窗前，手里拿了张杂货店的广告，正在用广东话大声地念着上面的价格。林婆婆今天的心情好像不错。难得看到老人有个好心情，我走了过去。

"婆婆呀，你识字呀？"坐在老人身边，我微笑着，连说带比划。

林婆婆抬起头，腼腆地笑了笑，难得地打开了话匣子，和我说起话来。尽管我听不大懂，但我还是静静地听着，努力琢磨着。听着听着，我似乎听懂了点什么，林婆婆好像在说，她小的时候，她爸爸送她去读书……

读书？！等等！也许林婆婆识字呢！我有点不敢相信，但我还是决定试一下。

我拿来一张纸巾递给林婆婆，我想看看她是否会写自己的名字。

"婆婆呀，"我说，然后用圆珠笔在纸上点了点又说，"林碧云，林碧云。"

林婆婆明白了我的意思，她有些害羞地看了我一眼，接过笔，然后低着头，认认真真地在那张粗糙的褐色纸巾上端端正正地写了三个大大的繁体汉字——林碧雲。

看着那三个漂亮的方块字，我如同发现新大陆一样激动不已，几乎跳了起来。林婆婆居然识字！我为什么没有想到呢？这下子好了，我总算是找到了和林婆婆交流的办法。

不知道是我一脸的高兴鼓舞了林婆婆，还是那几个汉字勾起了她对家乡，对童年，对父亲的思念，林婆婆突然拍着手用广东方言唱了起来：

唧唧复唧唧，木兰当户织
不闻机杼声，唯闻女叹息
……

《木兰辞》！林婆婆居然会唱《木兰辞》！我完全惊呆了。我瞪大双眼，看着眼前这位远离故土的中国老人，听着她满怀深情地唱着这首我们中国人千百年来世代传唱的《木兰辞》，对祖国，对亲人的思念刹那间涌上我的心头。不知道是在同情林婆婆，还是在怜惜我自己，我的鼻子一酸，眼泪扑簌簌地掉了下来。

看见我泪流满面，林婆婆的歌声戛然而止。老人不唱了，但她并没有试图来安慰我，而是转过身去，面对窗外一动不动。看着老人那孤零零的身影，我仿佛听到林婆婆的心底似乎还在沉吟着：

原驰千里足，送儿还故乡……

当林婆婆被送到老人院来到时候，我想，她的女儿也许以为母亲能在这里幸福地度过晚年。可是，林婆婆到老人院以后，我看到的她却一点儿也不幸福，甚至可以说是非常孤独、非常可怜。

没有不散的宴席

休息室里，大家正等着夜宵，缇娜推门进来时满脸通红，只见她双手捂着胸口，好像吓了一跳，一进门，她就激动地说："上帝呀，这怎么让人受得了？！"

"出什么事了？"我不安地问道。

"哦，天呀，太帅了！"缇娜故意虚张声势地说。

"谁太帅了？"

"哦，大厅里来了个小伙子，简直帅呆了！"缇娜闭着眼睛，一副要晕过去的样子。

"你的偶像基诺（Keanu，好莱坞电影明星）来了？"我打趣地问道。

缇娜装模作样地慢慢睁开眼睛凑到我面前，两眼直直地盯着我，一本正经地说："不是，猜猜看。"

"不知道，我猜不着。"缇娜的小秘密我可猜不出来。

"那是西班牙老太太罗美莉娅的一个外孙子，太精神了！"缇娜说完，又是一副死去活来的样子。

"那你准备怎么办？"我笑着问缇娜。

"能怎么办？我已经结婚了。"缇娜耸了耸肩，哈哈大笑起来。

缇娜是个很可爱的姑娘，她胖乎乎、圆圆的脸上有两个小酒窝，甜甜的。她不但人随和，而且八面玲珑能说会道，又很热心，因此被大家推选为职工工会代表。

缇娜坐下来后，我突然想起来，我刚收到职工工会开会的通知，于是问缇娜，工会为什么开会。

"我们准备罢工了，你不知道吗？"

中国工会的功能和活动对于我来讲一点也不陌生，像组织职工的文体活动啦，过年过节发油、发米、发带鱼啦，收集和办理救灾捐款、捐衣物事项啦，可是加拿大的工会都干些什么，我可就一无所知了，更不要说罢工了。

"我不知道，为什么？"我问道。

"改善福利，提高工资。"缇娜自豪地说。

"真的？那我们开会干什么呢？"我还是不懂。

"投票呀。"

缇娜向我介绍说，老人院职工工会属于省政府职工工会，工会每三年都要和雇主重新签订一次雇佣合同，如果雇主不答应工会新合同的条件，工会全体成员就要开会投票，决定是否罢工。如果半数同意罢工，那么工会则通过罢工的提议，迫使雇主再次协商，最终接受工会提出的新条件。如雇主还是拒绝接受新合同的条款，那么工会将组织工会成员全体罢工。

缇娜云遮雾罩地说着，我好像在听历史课或者政治课。不知道为什么，罢工这个词对于我来讲很神秘，也很可怕，因为它意味着"造反"，我很难想象像我这样胆小如鼠的良民居然要去参加"造反"。

我嘀咕着，心说真的假的？我不信，但又不能不信。虽然我最恨开会，但好奇心又促使我必须去，也许我为了自己的利益，要去参加有生以来第一次罢工。

想到这里，我又问缇娜："要是我们半数同意罢工了，我们真的罢工吗？"我很难想象，如果我们这些护士、护理都上街闹罢工去了，这些老头儿老太太怎么办？

看着我皱着眉头的苦瓜脸，缇娜把身子向我这边靠了靠，眯着眼睛小声对我说：“你是不是觉得，要是我们大家都去闹罢工，一个星期不来，这里还不臭死了？”看来缇娜很理解我的想法。

缇娜说得没错，这情景简直不敢想象，"哪里就只是臭死了，一个星期没有人照顾这些老头儿老太太，他们还不都得饿死了。"我眨巴着眼睛，危言耸听地说。

"别担心，要是真的罢工，也不是全体人员都上街去游行，大家轮着去，还是要有一两个人留下来照顾他们的。"

一两个人？！说得轻松。照顾百十个老人，我们就是全都来上班，都累得半死，要是只有两个人干活，就是把这两个人累趴下，也照顾不过来。

我还是不能想象罢工后的情景，于是又问："这里以前罢过工吗？"

"有过一次，不过刚一宣布罢工，雇主就妥协了，然后工会和雇主又重新回到谈判桌上进行协商，最终以雇主接受工会提出的新条件的百分之八十结束了这场雇佣之战，从那儿以后，就再也没有罢过工了。"

"罢工到底怎么个罢法呢？大家都到大街上去举着牌子大喊着转悠？有警察来干涉吗？那一定非常刺激吧？"我来劲了，想问个清楚。

"哪有什么警察呀，你是不是从来没有见过罢工？"缇娜瞥了我一眼说。

"是的，我从来没有见过真正的罢工，只在一些老电影上见过。"

缇娜向我介绍说："罢工时，大家还是要来上班的，有些人留下来干活，有些人到大门外去转悠。"

"那要在外面转悠多长时间呢？"

"八个小时，就像上班一样。"

"要是真的罢工了，我留下来干活，你们出去转吧。八个小时在外面走来走去的，我受不了。"

缇娜笑着安慰我说要是真的罢工，大家轮着出去转悠。最后缇娜提醒我开会的时候一定要去参加投票，这是大家的事，一定要支持工会的工作。

"好，我一定去投票。"我毫不犹豫地回答道。

外卖终于来了，除了比萨饼，还有几样中餐。我们在叫什么中餐这个问题上争论了一番，最后，多数压倒少数，我们要了炒面条、炸春卷、柠檬鸡球和炒大虾。菜不算多，但也满满地摆了一桌子，休息室里弥漫着香喷喷的气味。波拉已经和大家解释了聚餐的原因，所以在聚餐的时候，大家也没有对我特别祝贺。期间桑德拉匆匆来到休息室，装了满满一纸盘的食物后，又匆匆地离开，回值班室值班去了。临出门，桑德拉回过头来对我挤了挤眼，说哪天一定要带我去看脱衣舞男表演，那个时候再好好庆祝一番。这么多年了，桑德拉还惦记着要拉我"下水"呢。

缇娜和苏茜两个年轻姑娘兴致勃勃，她们一边吃着，一边叽叽喳喳地和我说开了。缇娜说她丈夫大学毕业已经一年多了，但始终找不到工作，不过她计划一旦丈夫找到工作，她就去上大学。苏茜则不以为然，她对自己的现状很满意，对上学换工作毫无兴趣，她只想赶快结婚，生孩子，做妈妈。

纳迪这天不在，她已经有好几天没有上班了。据说，和她住在一起的妹妹和妹妹的男朋友在家吸毒让她给撞上了，为了孩子们的安全，纳迪不由分说把妹妹赶了出去。妹妹是滚蛋了，可是她上班的时候没人照顾孩子了，没办法，纳迪只能求助于住在外省的母亲，因此她请了几天假在家看孩子，等着母亲从外省赶来。

纳迪到晚班后，同事们都不喜欢她，觉得她干活的时候偷懒耍滑，不过我和纳迪却很要好。纳迪一个人照顾三个孩子，很不容易，她的处境也是挺让人同情的。我不会忘记，在我上学的时候，只有纳迪经常鼓励我，说我一定可以成功，而且每每看见我抓耳挠腮地写不出演讲稿的时候，纳迪总是热情地帮我出主意，提建议。今天，身在异国他乡的我，在事业上又向前迈进了一步，我很想向她道一声感谢，也希望她能和我一起分享成功之后的喜悦。

柔斯这几天休假，所以也没能参加这个聚会，这是我觉得最遗憾的事情。尽管我是一个羞于表达感情的人，但是在离开晚班之前，我还是希望能在这个聚会上告诉她，在晚班的这些年，我一直都对她怀着深深的感激。

不知道什么缘故，平日里最爱开玩笑的露丝一反常态，只见她气呼呼地来到休息室，一直绷着脸，谁跟她打招呼她都不搭理。稍后进来的科拉也是一脸的不高兴，两个人只是闷头吃饭，好像在和谁怄气。坐在一旁的黛拉蕊似乎知道点什么，她一会儿看看露丝，一会儿又瞥一眼科拉，几次欲言又止，最终还是什么也没说。

聚餐后我找到露丝，"你们今天为什么不高兴呀？"我问道。

"科拉叫我黑鬼！"露丝看着我愤怒地吼道。

"真的假的？你敢肯定她确实这样叫你了吗？"我不相信科拉会这样无礼。

"当然了。"露丝十分肯定地回答。

"那她说的是英语还是菲律宾语呀？"

"她说的是菲律宾语。"

"哇，你还能听懂菲律宾语呀？"我嘿嘿地笑了起来。

"我能听懂菲律宾语的'黑'字，有人告诉过我。"露丝好像是在强词夺理。

"那你能听懂中国话的黑字吗？要是听不懂就好了。"我嬉皮笑脸地说。

"中国人都很友好，所以你不会这样说的。"露丝说。

没想到露丝居然这样评价中国人，这让我非常开心。

"露丝，算了吧，不要太敏感了，我相信科拉不会这样叫你的。"我和稀泥地劝着露丝。

"你要是用中国话叫我黑鬼，我也能听懂的！"露丝用手点了点我的鼻子，然后甩着两只又长又粗，像猿猴一样的胳膊走了。

看着露丝，我叹了口气。

晚班的最后一天，露丝和科拉都不高兴，我有点扫兴。几年来，大家在一起像姐妹一样，我多希望她们能像我刚来的那天，再混闹一次，开开心心的呀。

还是中国人的那句老话说得好：没有不散的宴席。

第二天我不上学，上午我去参加了工会的罢工投票。

在会场上我遇到了柔斯，她也来投票了。第一次参加这样的投票，我简直不知道如何是好，还是担心罢工后没有人照顾那些老人。总工会代表们的讲话结束之后，我坐在柔斯身边，轻声问她是否支持罢工，柔斯小声对我说，按规定她不应该告诉我她要投什么票，不过她还是希望我能够支持罢工。

投票开始了，当我把支持罢工的选票郑重其事地投进投票箱后，我突然感到一种从未有过的自豪。长这么大，除了在学校举手选过班干部，我还从来没有参加过任何为自己切身利益举行的投票活动，这是我有生以来第一次庄严地为自己的权益投上的一票。

在工会成员投票后不久，雇佣双方又重新回到谈判桌上，并且很顺利地达成了协议，我们没有罢工，一切和平解决了。协议之后，雇主不但给老人院全体职工提高了工资，还补发了两个月的薪水。

下午老人院有一个颁奖典礼，为在金孔雀老人院工作满五年的职工颁发奖状和纪念品。在颁奖典礼上，多琳给我颁发了一张很大的奖状，奖励我在金孔雀老人院五年的奉献，另外，我还得到了一件纪念品，那是一件印有金孔雀老人院字样的、大得能当睡袍的T恤衫，我好不珍惜，从来没舍得穿过，一直珍藏至今。

　　颁奖典礼结束后，我站在落地窗前，凝视着窗外飞舞的雪花，回想着五年来的生活：老人们的来去匆匆，同事们的恩恩怨怨，上学上班的辛苦，找工作的无奈与苦恼等等，这一切就要成为过去了。今后的生活将会是什么样子呢？我期待着，憧憬着，我已经准备好去迎接一种新的生活，就像塞尔玛给我的绰号那样——"崭新"。

第三章

起床号

  这是一个北美异常寒冷的冬天,清晨醒来,我闭着眼睛躺在热乎乎的被窝里,一动不动。昨天天气预报说今天最低温度要到零下36°,想到这里,我悻悻地想:这么冷,还让不让人活了!

  窗外,风呼呼地刮着,我对自己说,起来了,起来了,伸了个懒腰,我勉强睁开眼睛,看了看表,然后又对自己说,再躺两分钟,再躺两分钟。不知道又躺了几个两分钟,不行,必须起来了,今天是我第一天上早班,再不起来就要迟到了,我猛地掀开被子跳了起来。

  自从开始新工作以后,每天八小时坐班,也挺熬人的,好不容易到了周末,还要这么一大早爬起来冒着严寒去老人院上班,我一边穿衣服一边开始责怪自己,当初真不应该答应多琳上这个早班,我有些后悔了。可后悔也来不及了,今天肯定是不能不去的,即便是编谎告病假也要提前四小时才行,这会儿已经太晚了。我匆匆地洗漱了一下,老大不情愿地出了家门。

停在外面的车冻得结结实实的怎么也打不着火，急得我直跳脚。经过一番努力，车子总算是发动了，发动机发出的嘎嘣嘣嘎啦刺耳的声音像是粉碎机在碎石，令人心惊肉跳。铲掉车窗上面的积雪，坐在冻得像冰窖一样的车子里，我哆哆嗦嗦地等了几分钟后，终于碾压着厚厚的积雪上路了。

　　天，依旧黑压压的，道路两旁的灯光朦朦胧胧，像是蒙上了一层薄薄的面纱。车子开到M街，远远的，我看到前面好像有一堆东西挡在大路中央。曾经有人告诉我，因为M大街上有一些酒吧，所以周末的清晨经常会有醉鬼躺在马路中间。我放慢车速，当车子开到跟前时，我发现那一堆东西的确是一个醉汉。绕过醉汉，我一面庆幸自己没有轧着他，一面想着要不要叫警察，这么冷的天气，这个醉鬼会不会已经冻死了？我正在想着，一辆警车呼啸着从我身边急速驶过，后面紧跟着的是一辆闪着红灯，嘟呀嘟呀叫得令人毛骨悚然的救护车，他们是冲着醉汉去的，我放心了。

　　雪，还在不停地下着，大街上一片惨白，世界末日一般地看不见一个人影。我继续赶路，车子像是花样滑冰似的，不停地摇摆着屁股，艰难地向老人院驶去。终于，我按时赶到了老人院。

　　对于老人院，我不陌生，可这么早到老人院来还是很不习惯。我以前上晚班，一进门，老人院里总是热热闹闹的，到处都是老人和他们的家属，可是这会儿，整个老人院似乎还在睡梦之中。娱乐大厅里没有灯光，黑暗中，那个大鸟笼子被一个大床单罩着，鸟夫妇不声不响地还在睡觉。落地窗前，一位老人面对着窗外正在伸胳膊伸腿地晨练。前大厅灯光昏暗，维拉和另外几位老人已经被夜班同事提溜起来了，他们两眼无神地坐在那里，好像还没有醒过来。

　　尼克和尤金比我们这些上班的来得还要早，他们坐在图书室里，一边喝着咖啡，一边翻看着报纸。尼克和尤金是在陪各自的母亲们住医院时认识的，并成为了好朋友。两位母亲出院后，他们又一起把母亲送到同一个老人院来做伴。看见我后，尼克和尤金放下手里的咖啡向我招了招手。

不知道是哪个区域的呼叫铃突然响了起来，像是起床号般地回荡在老人院里，打破了清晨的寂静。

我来到休息室，里面还没有人。我查看了一下墙上的工作安排表，确认我被分在了A区，搭档是杰克和洛克珊娜。A区和C区一模一样，所以我不需要去了解它的地理状况和住户人数，不过，在上晚班的时候，我几乎从来没有在这个区工作过，所以我对住在那里的老人知之甚少。虽然对早班的同事们我不是很熟，但也不是十分陌生，至于杰克，因为他曾经在晚班干过些日子，所以我们算是早就认识了。

A区的走廊上，208房间外面的呼叫灯闪烁着，"起床号"是从那里发出的。我来到房门前，看了看门上的名字，两位好像都是新来的。门半掩着，我敲了敲门，推门进去，看到二号床上的老太太正在呜呜地哭。

"亲爱的，一大早你为什么哭呀？"我走过去关掉呼叫铃后问道。

这一问不要紧，老太太像是一个受了多大委屈的小女孩，哭得更加伤心了。

"你是薇妮，对吗？"我不敢肯定地问道。

"就算是吧。"

"怎么'就算是吧'，那你就是薇妮了。"这老太太说话真有意思，我笑了起来。

"有什么好笑的，我都要死了，你还笑。"薇妮不哭了，她生气地说。

"要死了？怎么会？你这不是好好的吗？"一大清早就遇上这么一个宝贝老太太，倒也蛮有意思。

"我要死了！呜呜呜，我不睡觉就要死的。"薇妮一边说一边又哭了起来。

"那你为什么不睡觉呢？"

我的话音刚落，就听见睡在一号床上的老太太使劲儿地干咳了两声。

"你听见了吗？！你听见了吗？！她这样故意咳嗽了一夜，让我怎么睡觉？！"薇妮说完，用被单蒙着脸放声大哭起来。

听见薇妮号啕大哭，1号床上的老太太抓着床的栏杆探起身来，冲着薇妮又大声地咳嗽了两声，然后挑衅般地嘿嘿笑着躺下了。

薇妮哗地一下子掀开蒙在脸上的被单，指着1号床愤怒地对我说："你看！你看！"

哦，原来是这么回事，我想昨天夜里两个老太太一定已经有过一场战争了。在老人院里，不是所有的室友们都能像颐达和罗纳德太太那样友好相处的。

"亲爱的，这样吧，现在起居室里还没有人，拿上你的毯子和枕头，到起居室的沙发上睡一会儿怎么样？"我想了想，建议道。

"那好吧。"薇妮抹了把眼泪从床上爬了起来，气呼呼地把她的毯子摔在了她的助行器上。

"自从住到这里来，我就没有睡过觉，我都要死了，我必须要一个单人房。"薇妮嘟着嘴说。

"这事你得去和多琳说，这会儿她不在，等她来上班了，你去找她。"

"我已经和多琳说过了，她让我等着，说有了单人房一定先给我，可是我不能等了，我要死了。"薇妮一句一个她要死了地吓唬我。

"看来你必须等了，多琳总不能把别人扔到大街上去吧。"

薇妮不作声了，我抱起她的枕头和她一起离开了房间。

来到起居室，我在长沙发上铺了条床单，薇妮躺下了，闭上哭得有些红肿的眼睛后，薇妮深深地喘了口气。

"哦，你在这儿呀，我到处找你。"是杰克的声音。

"嗨，早上好，杰克，"我和杰克打过招呼后说，"我一来就去了薇妮的房间，她在哭。"

"哦，她每天早上起来都要哭上一阵子的。"杰克笑着说。

颜值不高的杰克个子倒是不低，身材也算匀称，稀疏的黄头发剪得短短的，看着也还算精神。四十来岁的杰克依然单身一人，我问他为什么连个女朋友都没有，他就说现在的女孩子只认钱，没劲。估计他一定是有过恋爱失败史，女友嫌他穷吧。杰克在这个老人院里算是一个老职工了，最初他是帮厨，后来他觉得帮厨在老人院里地位最低，连洗衣房的洗衣工都比他牛，再加上每次涨工资时也只是象征性地涨一点儿，不堪永远"地位"低下，杰克去考了个护理证书，改做护理了。

第一次遇见杰克是在晚班，据他说早班的女同事们老是挑他的毛病，告他的刁状，气得他要死，他一个大男人又没法儿老和妇女们计较，所以他就换到晚班来了。干了没几天，他说上晚班公共汽车不好坐，自己又没车，很不方便，于是辞了晚班去了夜班。可是，没上几个夜班，他又说上一个夜班下来困得他几天都缓不过来，一天到晚老是没精打采地想睡觉，什么也干不成，所以他又连滚带爬地回到了早班。自从杰克回到早班后我就再也没有见过他，没想到第一天上早班就和杰克分在了一个组。

"你怎么也到早班来了？"杰克问我。

"我只周末来，我上完学了，找了个全职的会计工作，所以……"我假装不以为然地说，尽量掩饰自己的得意。

"真的？祝贺你呀。上晚班的时候，看你学得那么苦，想着你一定学不下来，没想到你居然学完了，你们中国人就是聪明。"杰克很诚恳地恭维我。

我哈哈大笑起来，心说：得了吧，我上学的时候怎么没有人夸我们中国人聪明，这会儿好像都明白了，我就是要让你们知道，我们的英语没有你们的好，我们的脑子可不比你们的差。

"哦，给你看张照片，"说着，杰克从裤兜里掏出钱包，打开来让我看，"我妹妹两口子没孩子，刚从中国领养了一个又聪明又漂亮的小姑娘，简直像个布娃娃，尤其是那两个羊角小辫子，太可爱了，我爸爸妈妈和全家人都爱死这个中国小姑娘了。"

我伸着脑袋一看，嘿，还真是。照片上是一个小眼睛的中国小姑娘，一两岁的样子，笑眯眯的，头上扎着两根细细的小刷子，的确很可爱。杰克把钱包塞回裤兜后，继续绘声绘色地唠叨着他们家那个可爱的中国小姑娘。就这样，我和杰克一边聊着天儿一边开始干活了。

为了让老人都能赶上吃早饭的时间，我和杰克推着小起重机，一个房间接着一个房间地忙活起来，用最快的迅速帮助那些需要用起重机的老人起床。实际上对于杰克来讲，那台起重机根本就是一个装饰，他不需要这东西，嫌麻烦。只见他把行动不便的老人像抱新娘子似的，毫不费力地给抱到了轮椅上，接下来梳头整理衣服等琐碎的事情，就由我来干了。我记得，中国有句俏皮话是这样说的：男女搭配，干活不累。必须承认，和杰克一起干活的确不累。

繁忙的早晨

八点钟，是老人们的早饭时间，老人们被陆陆续续地带到餐厅，老人院彻底苏醒了。走廊上、前大厅、娱乐大厅，还有餐厅里的灯全都亮了，外面的天也亮了，到处一片通明。鸟笼子上的大床单不知道被谁摘掉了，鸟夫妇上蹿下跳，叽叽喳喳地唱了起来，新的一天生机勃勃地开始了。

餐厅里永远都是最热闹的地方。黛安端着咖啡壶一会儿厨房一会儿餐厅地忙着，尼克、尤金和其他几位家属已经来到餐厅，他们各就各位，一边聊着天，一边开始给自家的老人喂饭。那些能够自食其力的老人都在埋头苦干，享受着那热乎乎、香喷喷的早饭。人们的谈笑声、刀叉碰撞的叮当声交织在一起，演奏着一首欢快的早餐进行曲。

嗅着咖啡、贝肯、鸡蛋、麦片粥和烤面包片的香味，我的肚子开始疯狂地叫了起来，我突然觉得已经饿得要晕过去了似的。早上匆匆忙忙出门，什么也没有顾上吃，而且一想到离中午饭的时间还那么长，我就越发觉得饥饿难当。

诱人的早餐结束后，我在走廊上遇到了洛克珊娜。洛克珊娜性格开朗，长得也很漂亮，她大大的眼睛，深色的皮肤，头上总是包着个花头巾。尽管我和洛克珊娜不是很熟，但洛克珊娜在老人院里可是大名鼎鼎。她不仅和同事关系好，而且干活干脆利索，年年都被评选为老人院的年度最佳护理。我今天是第一次见到她，她给我的第一印象也是精明强干，很像我们中国的"三八红旗手"、生产队"妇女队长"、"车间女主任"这样的女强人和女劳模。

"嗨，我是洛克珊娜，认识你很高兴。"她先自我介绍。

"我知道。"我笑着回答。

"你知道？你怎么知道的？"洛克珊娜闪着大眼睛看着我。

"你不是总得最佳护理奖吗？从照片上早就认识了。"

听到我提她的光荣史，洛克珊娜笑了，她挥了挥手说："别提了，那都是她们瞎选的。哦，现在是我们休息的时间，你是想先去休息，还是等我们回来后你再去？"

其实我快要饿死了，恨不得马上去吃点东西。可是尽管我不是新职工，但对于早班来讲我依然是个新面孔，所以我还是谦让地说："你们先去吧，等你们回来我再去。"

"那好，我和杰克先去休息，你现在可以给老人整理床铺了，一会儿见。"说完，洛克珊娜走了。

老人院里有一间私人开的小理发室，需要理发的都可以预约，但要自己付费。早饭后，约好做头发的薇妮直接去了理发室，所以我决定先去收拾薇妮的房间。抱起薇妮留在长沙发上的毯子和枕头，我来到她的房间，1号床上的老太太还在床上躺着，看来是不需要收拾了，我转过身去，看着属于薇妮的那半个房间，忍不住笑了。

在薇妮的那半边，无论是墙上、床上还是柜子上，到处都是半人高的，穿得漂漂亮亮的大布娃娃：有人身兔头，穿着牛仔布背带裤，带着小草帽翘着红鼻子的小男孩；有猫脸人身，穿着缀有花边的花布连衣裙，梳着小辫子涂着红脸蛋的小姑娘，个个都非常可爱、非常有趣。真没有想到，这个哭哭啼啼的薇妮依旧怀有这般烂漫的童心，这倒很合我的口味儿。

在收拾薇妮的床铺的时候，我还发现，老人的私人物品，从小梳子、小镜子、相框首饰盒，到鞋子、袜子、上衣、裤子以及枕套、被单，每一件都非常讲究和精致。老人甚至还搬来了几件巴洛克风格的豪华家具，那雕刻精美的梳妆台和单人沙发椅，把她那半个房间堵得满满的，连轮椅都不得不折起来。看着薇妮那琳琅满目的半边天，我心想，看来薇妮是要死心塌地在老人院住下去了，估计她老人家是不会吵着闹着要回家的。

收拾好薇妮的床铺，我来到老人鲍勃的房间。刚刚吃过早饭的鲍勃正坐在轮椅上打瞌睡，同屋的托马斯不在，估计是在起居室晒太阳呢。我关掉灯，打开窗帘，房间里立刻亮堂了许多。托马斯的床上有一片尿渍，显然老头儿昨天夜里又尿床了，我去拿了套干净的床单和床罩，给托马斯换上了。

鲍勃的双腿红肿得厉害，并且已经开始溃烂，在为他整理床铺之前，我建议他最好躺一会儿，这样对他的腿有好处。鲍勃说他刚起来，坐着休息休息挺好，无论我怎么劝，他就是不肯躺下。看着鲍勃，我想到了史蒂文，这些老人真够固执的，一个非要躺着，一个非要坐着。

在鲍勃的五斗柜上有一张黑白照片，照片上是一位非常英俊的年轻人，那长相，那气质简直就像是个电影演员。

"鲍勃，这照片上的人是你吗？"我问。

"是的。"老人低着头看都没看就回答。

哇，没想到这秃老头儿年轻的时候这么帅，简直让人晕菜！

"你年轻的时候真够精神的呀！"我一边夸赞着一边把照片拿起来凑到眼前。咦，不对，这照片上的名字不是鲍勃，而是维克多。

"鲍勃，这是你吗？"我转过头去，眯着眼睛怀疑地看着鲍勃。

"是的。"

"可照片上面的名字怎么是维克多？这是不是你儿子呀？"

听我这么一说，鲍勃抬起头看了看我，又看了看照片，头一低，闭上眼睛不再搭理我了。

因为刚刚吃过早饭没多久，所以很少有老人想吃早茶，他们大都是要上一根或者半截香蕉和一杯茶。很快，早茶结束了，我推着小车向厨房走去，路过前大厅时，维拉叫住我，说她还想要根香蕉，虽然刚才已经给她了一根大香蕉，但我想了想后，还是又给了她一根，不过我告诉她这是最后一根了。

职工午饭时间，我在休息室里遇到了米歇尔。

"哦，怎么样？比你们晚班忙吧？"米歇尔问道。

我笑了，我知道每个班上的人都认为自己班上的事情最多，最累人。

"差不多。"我谁也不想得罪。

虽然嘴上这么说，但我还是觉得晚班要忙累得多，不过，不管怎么说，无论是早班、晚班还是夜班，要照顾这些老人，都不容易。

"哦，明天午饭咱们准备'Pot Luck'（百味餐），你带点什么？"米歇尔问我。

在北美很流行这种百味餐。周末、节假日、生日、亲戚、朋友、邻居、同事同学，大家每人拿上一个菜一起聚餐，这种参与者各带菜肴分享的聚餐就叫做百味餐。至于为什么要叫Pot Luck，我听到过几个不同版本的解释，但我的理解就是穷人凑在一起吃一顿，热闹热闹。

"百味餐？我不知道我能带点什么，你们希望我带点什么？"我说。

米歇尔把整个早班所有的人都唠叨了一遍：张三带饮料，李四带甜点，王五带凉菜。最后，米歇尔想了想说："你就带炒面吧，我们都特别爱吃你们中国人做的炒面条。"

又是炒面条，这些家伙怎么就认准了炒面条呀？在缝纫厂打工时，也有过百味餐的活动，那时我做的是炒粉条，没想到居然大受好评，所以，我想这次我再给他们来一个炒粉条吧，反正面条粉条看着差不多。

"那我就带炒面条好了。"我同意了。

午饭开始前，我逐屋检查是否还有老人滞留在房间里，没有去餐厅。据说布朗太太不喜欢别人早上打搅她，所以一直到现在我还没有见到她，这会儿，我想看看她是不是已经去了餐厅，不吃早饭，总该去吃午饭吧。我敲了敲布朗太太的房门后推门走进去，一进门，一股浓浓的方便面味道便扑鼻而来，我们的女领导布朗太太正坐在床上一边看电视一边吃方便面呢。

"布朗太太，午饭的时间就要到了，你为什么不去餐厅吃饭在这里吃方便面呀？"我惊讶地问道。

"今天我就不去餐厅吃午饭了，我喜欢吃方便面。"

"你真的不想去餐厅了吗？今天有三文鱼。"说完我咂巴咂巴嘴。

大厨做的三文鱼可是一绝，特别好吃，有的时候看到是三文鱼，我也会花五块钱在厨房给自己买上一份。

"不去了，我懒得动，谢谢你。"

查遍了所有的房间后，我来到前大厅，维拉还坐在原地没有去餐厅，看见我过来，她又喊着让我再给她拿一根香蕉。

"维拉，现在是吃午饭的时间，没有香蕉了，去吃午饭。"

"我不要吃饭,我要吃香蕉!"

"维拉,你不能吃太多的香蕉,要生病的。"

"见你的鬼去,该死的德国人。"维拉生气地骂道。维拉一生气就骂德国人,也不知道德国人怎么招惹她了,也许是二战时留下的仇恨吧。

正说着,丹尼尔抱着一大堆刚从洗衣房取来的、洗得干干净净、烘得热乎乎的围嘴走了过来。

"给我一根香蕉!"看我不给她香蕉,维拉冲着丹尼尔喊道。

"好,你等一下。"丹尼尔和气地说。

"丹尼尔,维拉已经吃了两根大香蕉了。"我提醒丹尼尔。

"是吗?再给她一根吧。"丹尼尔腼腆地一笑。

丹尼尔去厨房又拿了根很大的香蕉递给了维拉。接过香蕉,维拉高兴得哈哈大笑,连声谢谢都没顾上说就吃了起来。看着维拉得意的样子,我心说,有香蕉吃,就不骂德国人了。

在餐厅里,林婆婆不知道什么时候已经坐在了她的餐桌前,我吃了一惊,心想老人终于适应了,不需要再费劲地劝说吃饭了,可没想到,一转眼的工夫老人又不见了。

"黛安,林碧云刚刚还在这里,怎么没吃饭又不见了?"我问刚从厨房出来的黛安。

"她就是来了也不吃,这个林碧云吃饭可难了,一会儿我们会把她的饭拿过去。"

我叹了口气,不知道要到什么时候,林婆婆才能够适应老人院的生活。

不知道为什么维特曼夫妇今天没有来餐厅,虽然今天不是我负责他们,但我还是向C区维特曼夫妇的房间走去。

"是你呀,漂亮鬼,新工作怎么样?过来过来,让我看看。"我一进门,维特曼太太就热情地伸出手来。

我拉着维特曼太太的手问道:"亲爱的,我没有看见你们去餐厅吃饭，所以就过来看看你们，你们都好吗？"

"哦，这些日子伯尼感觉不大好，我想多陪陪他，所以没去餐厅吃饭。"说完，维特曼太太指了指躺在床上的维特曼先生，皱着眉头，一脸的担忧。

我走到维特曼先生的床边，看着老人的脸，有一种不好的预感，恐怕老人在世的时间不多了。

"亲爱的，你感觉怎么样啊？"我弯下腰来问道。

维特曼先生慢慢睁开眼睛，勉强地笑了笑。

"怎么样啊？你看怎么样啊？"维特曼太太焦急地问我。

"亲爱的，别担心，维特曼先生很快就会好起来的，咱们平时不也经常头疼脑热吗？"我安慰着维特曼太太。

"是的，是的，我希望他能快点好起来。"

"会的，会的，别担心，"我知道我又在撒谎了，"维特曼太太，今天我在那边上班，你们要是都挺好，我就回去了，有时间我还会再来看你们的。"贴了贴维特曼太太的小脸后，我离开了他们的房间。

下午茶的时候，前大厅和娱乐大厅里坐满了老人院的老人和他们的家属，在人群中我看到了林婆婆，她和那两个她一手抱大的外孙子坐在一起，孩子们来看望外婆了。这个时候的林婆婆笑容满面，和蔼可亲，脸上的肌肉松弛着，全然没有了掐我时那个狼外婆的凶狠样子。

下班之前，老人院的大门突然敞开了，一群只有十来岁的小朋友卷着寒气拥了进来，他们说着、笑着、喧嚣着，使本来已经很热闹的老人院沸腾了起来。这些可爱的孩子是钢琴老师特意带来为老人们表演的。

就这样，我的第一个白班在一片稚嫩的钢琴声和稀稀拉拉的掌声中，愉快地结束了。

儿媳妇

　　第二天早上起床，似乎没有昨天那么苦不堪言。鉴于前一天没吃早饭的教训，我起床后给自己煎了个鸡蛋，热了杯豆浆，吃罢简单的早餐，我动身去老人院上班了。

　　一天一夜的暴风雪已经停息，人们还在甜甜的睡梦中，一轮明月悬挂在天空，清晰得似乎近在咫尺。我驱车来到M大街，立即被眼前的景象惊呆了。哇！大街上一片通明，几辆深黄色的巨型铲雪车排成一字形的车队，像电影中苏联红军的坦克车队似的，在大街上轰隆隆地行驶着，蔚为壮观。经过铲雪车一夜的辛苦，大路两旁堆起了半人高的雪墙，道路上的积雪已经被彻底铲除了，马路上干干净净，看来今天的车子不会再扭屁股打滑了。尽管这个时候的大街上空无一人，但我知道，几个小时后，人们就会为周日的弥撒而赶往教堂。

　　天虽然还没有放亮，但我已经感觉到今天会是好天气。温柔的月光下，汽车收音机里的古典音乐台正在播放着肖邦那如同月光一般皎洁的钢琴曲，宁静而又恬美，让人的心情也跟着美好起来，我觉得整个世界仿佛都是透明的。

　　来到老人院，我一进大门就看见"尼克"在门口等着我。知道"尼克"得了糖尿病后，我专门去宠物店给它买了一小袋糖尿病猫吃的猫粮，每次来上班我都给它带点儿。

　　"尼克"淘气，但也非常招人喜欢，老人院里的职工、老人以及他们的家属都非常宠爱它，把它视为这个大家庭里的一个重要成员。记得有一次，白班的同事带着老人们出去晒太阳，忘了关通往后院的大门，淘气的"尼克"溜了出去。晚班的时候，大家发现"尼克"不见了，就像是丢了一位老人似的，整个晚班的护士和护理都被动员了起来，兴师动众地一间房一间房挨着寻找，直到在后院把它找着，大家才放下心来。

由于给糖尿病猫吃的猫粮比较贵，所以，在检查出"尼克"有了糖尿病后，老人院的前台立即放了一个专为"尼克"捐款的大罐子，以便大家为"尼克"捐款。

"'尼克'，过来，我今天没有忘记你的豆豆。"

我从包里掏出一把猫粮放在手心里，蹲下来招呼"尼克"。听见我在叫它，"尼克"一扭一扭地走了过来，看了看我手心里的猫粮，又抬头看了看我，然后用它的小舌头舔着豆豆大小的猫粮，吃了起来，一粒一粒地直添得我的手心湿湿的、痒痒的。

不知道是还想再来一点还是为了表示感谢，"尼克"吃完了给它的猫粮后，仍然像一个缠人的小孩子似的跟着我。

来到前大厅，我看到维拉已经起来了，她缩着脖子，坐在靠墙的一张椅子上无聊地东瞧瞧西看看，把她的义齿吐出来吸进去地玩耍着，也许是因为不合适硌得慌吧。看见我过来，维拉笑眯眯地对我嚷嚷道："嘿，姑娘，过来，过来，给我一根香蕉。"

"早上好，维拉，我没有香蕉，厨房还没开门呢。"我笑着回答。

"见你的鬼去，该死的德国人！"一听说没有香蕉，维拉的脸一变，习惯性地又骂了一句德国人。

交接班报告很快开始了。这天交接班报告中的第一件事就是：夜班的同事们强烈抗议，说不知道早班和晚班的人到底给维拉吃了多少根香蕉，害得维拉闹了一夜的肚子，把夜班的人给累惨了。爱吃香蕉不爱吃饭的维拉整天坐在人来人往的大厅里，见人就要香蕉。昨天的早班，光我就看到维拉吃了至少七根香蕉，还不知道晚班的人给了她多少呢，所以，维拉昨天到底吃了多少根香蕉，没有人知道准确的数字。

闹肚子腹泻不是什么大不了的事，但让夜班同事恼火的是，维拉把弄脏了的衣服和床单一股脑地全都塞进了抽水马桶里，然后不停地用水冲，结果走廊里到处都是溢出的水，夜班又没有清洁工，谁来打扫呢？只能是夜班的护士护理亲自打扫了。可是，大家辛辛苦苦刚给她收拾完，她又把弄脏的床单和衣服塞进了马桶里，继续用水冲。就这样，一夜下来，夜班的同事们个个筋疲力尽，怨声载道。在交接班报告的最后，主管护士特别强调，今天任何人不许擅自给维拉吃香蕉，至于维拉应该吃什么，只有主管护士有权决定。

这天我还是和洛克珊娜一组。听完交接班报告，我们推着起重机开始干活了。一个房间接着一个房间，我们俩手脚不停，配合默契，一切顺利，我发现，和洛克珊娜一起干活像和柔丝、露丝还有杰克干活一样也是很爽快的。今天的洛克珊娜有点蔫儿，她始终一句话都不说，眼睛肿肿的，鼻子也是红红的，好像哭了一夜似的，我忍不住打破了这沉闷。

"珊娜，你怎么了，昨天晚上是不是哭了？"我小心翼翼地问。

"没什么，我就是有点不舒服。"洛克珊娜一边给老人梳头，一边低着头喃喃地说。

"珊娜，我看得出来，你没有生病，你要是不舒服干活哪能这么麻利，"我犹豫了一下，接着又说，"你一定是有什么事憋在心里吧，能不能告诉我，要是有什么难处，也许我可以帮帮你。"

洛克珊娜叹了口气，大滴的眼泪吧嗒吧嗒地掉了下来。

"呀，珊娜，别哭，别哭！"把洛克珊娜问哭了，我立刻慌了手脚。我突然想起了丽莎，天呀，别又是孩子的事，我担心起来，"要是有什么难事，说出来，这样你会好受些的。"

听我这么一说，洛克珊娜更加委屈了，她一边干活儿一边流着眼泪给我讲起她的委屈与愤怒。

几年前，洛克珊娜和丈夫带着两个女儿从哥伦比亚移民到加拿大。在家乡时，她和丈夫开着一家小诊所，丈夫是医生她是护士。到加拿大来后，她就到老人院来当护理，一边维持全家人的生活，一边支持丈夫考医生执照。她的丈夫考下来医生执照之后，在一家诊所当医生了。在加拿大，医生的收入是很高的，她本想着这下子熬出头了，日子好过了，她想开一家咖啡店。可哪想到，她含辛茹苦地帮丈夫熬出头以后，丈夫不但不支持她，反而嫌弃她干护理工作不体面，嫌弃她想开咖啡店没出息，为此两个人经常吵闹。后来，丈夫在外面偷情，买了个房子居然没有告诉她，和他的情妇——一个年轻的护士在那里同居。再后来，丈夫干脆彻底不回家了，她独自一个人带着女儿住在公寓里，等着离婚，日子倒也过得清静。前些日子，丈夫突然回来了，他不停地给洛克珊娜打电话，又是赔礼又是道歉，一腔的追悔莫及，想破镜重圆，可怜兮兮地恳求洛克珊娜和孩子们搬去和他一起生活。可是他越这样洛克珊娜就越是生气，她说，一定是和情妇掰了，要不然怎么会回来找她，洛克珊娜说她死都不会回去。

　　看着伤心的洛克珊娜，我简直不知道怎样劝她才好，唉，真是家家有本难念的经呀。洛克珊娜的丈夫真是个白眼狼，这么一个又漂亮又能干，打着灯笼都难找的媳妇，他居然还嫌弃！真是昏了头。

　　"两个女儿都多大了？"我问洛克珊娜。

　　"老大十五，老二也十三了。"

　　"哦，大姑娘了，那你问过孩子们是怎么想的吗？"

　　"我问过，一问，她们就低着头抹眼泪，什么也不说。"

　　"看来她们还是想回去的，对吧？"

　　"我想是吧，可是我就是咽不下这口气，"沉默了一会儿，洛克珊娜小声地问我，"你说我该不该回去？"

　　"我看你还是回去吧，就当为了女儿，"中国有句老话说劝合不劝分，我想了想又说，"你辛辛苦苦地帮了他，怎么说好日子也应该是你和女儿享受，让给别人这多不公平。再说了，如果那个坏蛋是真心悔过，就给他一次机会吧，我认为你应该好好想想。"

洛克珊娜不说话了，我看见她的泪水还在眼里打转。

尽管我们的嘴不停，但我们的手也没停，很快，该起来的老人都起来了，只有西班牙老人罗美莉娅还在床上躺着。罗美莉娅已经九十八岁了，我们大家都亲切地叫她妈妈。老人瘦瘦小小，总是穿着一件小碎花布的连衣裙，看上去像只有八九岁的样子，非常可爱。

照顾罗美莉娅，一个洛克珊娜足够了，所以为了节省时间，我和洛克珊娜决定分头行动，她留下来照顾罗美莉娅，我先把脏衣服送到洗衣房，然后就可以把老人们陆续带到餐厅去吃早饭了。

推着装满脏衣服的小车，我把一直在门外等着我的"尼克"抱到了小车上。"尼克"端端正正地坐在小车上，两只小胖爪子规规矩矩地并在一起，挺着胸抬着头一动不动，两只又圆又大的眼睛放着绿光。看着神气活现的"尼克"，伤心落泪的洛克珊娜破涕为笑，她说刚才一直不明白为什么"尼克"老是跟着我们，原来"尼克"是在跟着我，她没有想到"尼克"居然和我这么要好。

我推着小车，带着"尼克"，向洗衣房走去。在大厅里的维拉看见我们过来，笑得前仰后合，义齿都掉到了腿上。维拉捡起义齿塞回到嘴里，一边笑一边拍着手说我们是从马戏团里来的，大厅里和走廊上的人也都被"尼克"萌萌哒的样子给逗笑了。

快到洗衣房的时候，"尼克"跳下车，拐进了安娜的房间。安娜是乌克兰犹太人，也是一位没有儿女的孤寡老人，她的侄子是她的监护人。虽然安娜起居能够自理，不需要太多的帮助，但她老是忘记把义齿、鞋子和袜子等小东西藏到了什么地方。鞋子袜子找不到问题不大，可义齿要是丢了，不光吃饭不方便了，要是再配一副的话，夸张一点儿说，对于像安娜这样的老人来讲，其费用可以说是天文数字，所以我们经常要在她的房间里翻天覆地为她找义齿。

安娜住的是双人房,她的室友是印度老太太帕泰尔,帕泰尔双目失明,已经一百岁了。

记得帕泰尔太太住进来那天,正巧我路过这里,看见帕泰尔太太的儿媳妇正在找护士,我询问她是否需要帮助。她说婆婆刚住进来,也不知道带来的东西是否合适,问我是不是可以帮她看一下。我来到房间里,看到一头银发的帕泰尔太太坐在轮椅上,两只眼睛睁得大大的,看上去像是蒙上了一层白膜,老人嘴里不停地小声念叨着"噶密特"。

一位六十来岁、身穿纱丽的印度妇女一边答应着一边不停地忙碌着。帕泰尔太太的儿媳妇告诉我,婆婆嘴里念叨的"噶密特"是这位印度妇女的名字。噶密特是请来照顾老人的,已经几十年了,所以,只要老人有需要,就会呼唤噶密特。儿媳妇还骄傲地夸赞说,婆婆是一位非常了不起的人,一生养育了十一个高学历的儿子,分别生活在美国、英国、法国、加拿大、澳大利亚等地。他们中间有医生、律师、工程师、会计师、教授等,而她认为自己的丈夫混得最差,只是一名药剂师而已。

她还说,自从她嫁进门来,就和婆婆一起生活,她和婆婆的感情很好,所以她从来没有想过会把婆婆送到老人院来,她觉得把婆婆送到老人院来简直就是罪过。可是她没有办法,噶密特年纪大了,不干了,坚决要求退休回多伦多自己的家,怎么都留不住。她的丈夫得了喉癌,现在还住在医院里,她自己已经七十多岁,也是老人了,而且身体也不好,孩子们又都在外地,她一个人实在是照顾不过来,要不然,她是绝对不会把婆婆送到老人院来的,尽管众兄弟和妯娌都劝她把老人送到老人院,但她还是感到十分内疚。

"你是中国人,对吗?"她问我。

"是的,我是中国人。"我点了点头。

"你知道的,咱们亚洲人是不会把老人送到老人院的,我实在是没别的办法。"她拉着我的手，有些哽咽。看着这位印度儿媳妇，我觉得她真是很不容易，要面对全世界十对兄弟妯娌的监督与责问，其压力可想而知。

"我懂，我懂，别难过，其实老人在这里也挺好的，有吃有喝的，二十四小时都有护士照顾，你只要经常来看看她就行了。再有，要是方便，你可以给老人送些你们习惯吃的饭，我觉得帕泰尔太太不一定会喜欢这里的伙食。"想到吃饭难的林婆婆，我这样建议她。

"好，好，好，没问题，我去和主管护士说一下，我婆婆的饭我给送，老人院就给她吃点酸奶和饮料就行。"

说到这里，她拉开衣橱让我看，说来之前她给婆婆做了十条裙子，但不知道是不是适用，因为老人不能穿化纤的东西，所以她用的全都是纯棉的料子，看着有些廉价。

我看了看壁橱里挂着的那一溜崭新的花布裙子，说："老人的这种裙子最好是后背开衩的，这样好穿好脱，老人不受委屈。"

"哎哟，我不知道应该这样，那怎么办？那怎么办？"一听我这样说，儿媳妇又开始着急了。

"没关系，别着急，这样吧，我现在就帮你简单改两件，让帕泰尔太太先用着，剩下的你拿回家改好了再拿过来。"

"我有糖尿病，"儿媳妇一脸为难地说，"所以我的眼睛实在是糟糕得做不了一点儿针线活，你能不能帮我做了，我给你钱。"说着她立即从口袋里掏出一沓钞票。

"不行，不行，拿了你的钱我会有麻烦的，"看着她手里的那沓二十元一张崭新的票子我笑了，"这样吧，等我有时间了，慢慢帮你改好就行，不过，你可千万不要给我钱，我可不想有麻烦。"

那天，我帮她给帕泰尔太太简单地改了两条裙子，剩下的我是拿回家帮她做的。做这点活对在缝纫厂打过工的我来讲实在是小菜一碟。从那儿以后，帕泰尔太太的儿媳妇见了我不是拥抱就是拉着手亲热地问候，结果把露丝和柔丝给搞糊涂了，她们还以为我和帕泰尔太太的儿媳妇不是沾亲带故就是邻居呢。

倒掉脏衣服后，我想去看一看"尼克"在干什么，另外，我也想去看看帕泰尔太太，有些日子没有见到老人了，不知道她现在怎么样。前些日子老人过百岁生日，她的儿孙们从世界各地打来电话，祝贺老人生日快乐，帕泰尔太太在护士值班室几乎接听了一天的电话。那天正好我上晚班，晚饭后，我路过值班室的时候，发现老太太扛着电话已经睡着了，任凭我怎么叫都叫不醒，吓得我还以为她出事了呢。我赶紧叫来波拉，费了好大的劲儿才把老太太摇醒。波拉说，如果老人发生这样昏睡的情况，应该及时把他们叫醒，如果不及时叫醒，有时候老人很可能就永远睡过去了。

走进安娜和帕泰尔太太的房间，我看见"尼克"坐在安娜的床上，又是洗脸又是舔脚，准备洗好了去睡大觉，安娜侧着身子坐在床沿上，啊，啊地不知道在和"尼克"说着什么，好像是在和自己的小孙子说话似的。

房间的另一边，帕泰尔太太闭着眼睛坐在轮椅上，不知道是不是在睡觉，整个房间里回荡着那让人一听就想跟着跳舞的印度音乐。百岁生日之后，帕泰尔太太床头的墙上新添了一张很大的彩色照片。照片上是一大群印度姑娘和妇女，她们不但人人都身着色彩绚丽的莎丽，额头上点着一个俏皮的朱砂红色圆点，而且个个珠光宝气。她们身上的纯金装饰，带着浓郁的印度民族特点，又粗又大的耳环、项链和手镯雕刻精美、金光灿灿，透着辉煌与富裕。

我走到帕泰尔太太跟前，用手摸了摸老人的手臂，老人没有反应。想起波拉的话，我不确定是否应该把老人叫醒，想了一下，我还是弯下腰来，对着帕泰尔太太的耳朵轻轻地叫了声"噶密特"。听到有人叫噶密特，老人机灵了一下，闭着眼睛，嘴里哼了一声，像是回音似的也轻轻地叫了一声"噶密特"。

几十年来，帕泰尔太太总是和噶密特说话，可是现在噶密特走了，法语和西班牙语老人院里好歹还有人会说能懂，这印度语老人院里可是没有一个人能听得懂。为了不让老人觉得太寂寞，前些日子她的儿媳妇给婆婆拿来了几张印度音乐光盘，并嘱咐工作人员一定要保证一天二十四小时播放。看到老人有反应后，我站起身来，走到五斗橱前，拿起印度光盘，想看看上面的歌词是英语的还是印度语的。

"给我关了！一遍又一遍的，我都会唱啦！"我正在翻看，身后突然传来了安娜生气的声音。

她都会唱了？！我猛地转过身去，吃惊地看着安娜，心想，要是乌克兰人会唱印度歌了，那该多有意思，我愣了一下之后忍不住哈哈大笑起来。安娜真是个好脾气的人，一个多月了，每天二十四小时自动反复一遍遍地唱着，要是我，早急了，不等我会唱就会把那个唱机扔出去。想到这里，我对帕泰尔太太说了声对不起，然后关掉了音乐。

无味的百味餐

离开安娜和帕泰尔太太的房间，我来到罗美莉娅的房间，可是房间里既没有洛克珊娜也没有罗美莉娅，我听见走廊上好像有人在呕吐。我顺着声音找去，是洛克珊娜正对着洗墩布的池子哇哇地呕吐。

"珊娜，珊娜，你这是怎么了？"我吓坏了，几分钟的时间，洛克珊娜怎么就病成了这个样子，怨恨丈夫花心也不至于吐成这个样子吧？

听见我的声音，洛克珊娜眼泪汪汪地抬起头看着我。我的天呀，本来已经哭得红眼睛红鼻子的洛克珊娜这下子脸都紫了。

"妈……妈！妈……妈！"洛克珊娜指着洗澡间断断续续地说。

"妈妈？妈妈怎么了？"这没头没脑的话把我搞得更糊涂了。

"洗澡间……妈妈……快去。"说完，洛克珊娜又吐起来。

我不再追问，丢下洛克珊娜转身来到洗澡间。

罗美莉娅除了会说谢谢之外，一句英语也不会说，所以她总是和我们讲西班牙语。记得英国作家毛姆曾说，西班牙语高贵从容，每一个字都有意义，每一个音节都有价值，所以，我一直都想找机会学几句西班牙语，既高贵从容一把，也有利于做好护理。早班的护理智利人路易会说西班牙语，他自告奋勇地教了大家几句，我也跟着学了一下，所以每次见到罗美莉娅，我都会兴致勃勃地练习一番。

我匆匆来到洗澡间，推开门，像以往一样热情洋溢地大喊了一声："Hola！妈妈。"话音未落，我立即用手捂住了鼻子和嘴。

洗澡间里热烘烘的，天花板上那两只用来临时取暖的大荧光灯照得我睁不开眼睛。在强烈的灯光下，可爱的西班牙女郎罗美莉娅坐在大澡盆里，两只手不停地在指天画地，哇里哇啦地用西班牙语骂人呢。只见她老人家从头到脚都是大便，整个洗澡间臭气熏天，一进门我差点晕过去。

"Señorita（西班牙语对未婚女子的称呼）。"看见我进来，老人立即像小孩子见到了救星一样，委屈地嘤嘤地哭了起来，两只脏手还在脸上抹来抹去地擦眼泪。

我捂着嘴和鼻子，屏住呼吸站在澡盆旁愣愣地看着老人，嘴里嘟囔着"我的妈呀！"简直不知道该从哪儿下手。突然，一阵恶心，我觉得我也要吐出来了，我强忍着冲出洗澡间，在走廊上大口大口地喘着气。

我从医药柜里找出口罩、手套和一次性防菌纸外套，迅速穿戴好，像要去潜水似的憋了一大口气，再一次冲进洗澡间。一进洗澡间，我二话不说抓起水龙头上的橡皮管子，就开始给罗美莉娅冲洗起来，这个时候我感觉我不是在给人洗澡,而是在救火。聪明伶俐的罗美莉娅看到劈头盖脸的水来了,她一边抓耳挠腮地又是洗头又是洗脸,一边高兴地用英语对我说着谢谢。

罗美莉娅洗好澡了,洛克珊娜也回来了,不过她还是鼻涕眼泪一大把,像是得了重感冒。我问洛克珊娜到底怎么回事,洛克珊娜说,罗美莉娅三天没有大便了,夜班的护士在下班之前给她塞了通便的开塞露。洛克珊娜本想上厕所回来后先让罗美莉娅先排泄干净再去餐厅吃饭,可没想到,等她上厕所回来,罗美莉娅已经拉到床上了。老人自己起不来,就在床上拱来拱去,结果拱得到处都是大便,连头发上都是,简直没法儿下手给她收拾。洛克珊娜把老人送进洗澡盆,想干脆给她洗个澡算了,这样既简单也容易得多,可还没有开始给罗美莉娅洗澡,自己就忍不住吐了起来。

罗美莉娅被彻底洗干净了,我和洛克珊娜用一个大床单把她包了个严严实实,推出了洗澡间,这个时候,不知道为什么,我突然莫名地有一种从未有过的成就感。

洛克珊娜找来空气清新剂,把洗澡间、走廊和罗美莉娅的房间都狠狠地喷洒了一遍。路过布朗太太的房间,我敲门进去,希望能从布朗太太那儿"借"点香水。听说我要"借"香水,布朗太太笑着问我"借"几滴、怎么还?然后慷慨大方地递给我一小瓶香水,让我别客气,拿去用吧。我用"借"来的香水给罗美莉娅两个耳根子底下都抹了点,然后给洛克珊娜和我自己的身上也都洒了点,没想到这下子更糟了,三种不同的味道混合在一起,产生了一种很浓的、非常怪异的味道,简直令人窒息。

罗美莉娅的意外事件使得我和洛克珊娜整个上午都手忙脚乱的,终于挨到午饭时间,这时我们才突然想起来,今天我们还有百味餐呢。带着一身的怪味,我和洛克珊娜一起来到休息室。一进门我就愣住了,休息室那张长长的餐桌上已经摆满了食物:鸡、鸭、鱼、肉、饮料、糕点,还有人贡献了一只龙虾,真是应有尽有。不知道谁把我放在冰箱里的炒粉条也拿出来了，看着那寒碜的炒粉条，我真恨不得立即倒进垃圾桶里去。

午饭开始后，同事们兴高采烈地挑选着自己喜欢的食物，一边吃着，一边还叽叽喳喳地评论着。看着一桌子好吃的，我和洛克珊娜远远地坐一边，我不知道我的脸是什么颜色，但是我看到洛克珊娜的脸色已经从红变成了黄。在我们身上以及呼吸道里的那种无法形容的怪味让我们俩毫无食欲，最后，我们俩随便吃了点，算是用过了午饭。

这是我见到过的最丰盛的百味餐，也是我吃过的最无味的一次百味餐。

离开休息室的时候，我不无遗憾地想着今天真是不走运，可惜了这一桌的山珍海味。不过，午饭结束后，大家居然抢着要把剩下的炒粉条带回家去，而且还赞不绝口，这倒让我感到十分的得意。最后，霸道的米歇尔抱着装粉条的饭盒不许别人再动一叉子，她宣布剩下的全都归她，因为她的女儿最爱吃这个。

中午时间，阳光明媚，太阳从起居室的大玻璃窗照了进来，暖洋洋的。为了能让老人们都晒晒太阳，洛克珊娜把吃过饭的老人一个接一个地推到了阳关充足的起居室。

陆陆续续被洛克珊娜送来的老人们，被我安置在了落地窗前的阳光下，吃饱喝足的老人们低着头不声不响地打起了瞌睡，只有薇妮还在有一声没一声地抽泣着，好像只有哭才能赶走她心中的不快。

下午，从一大早马不停蹄忙到这会儿的我们总算是可以稍微喘口气了。洛克珊娜和米歇尔休息去了，我拿出护理卡片，找了个有阳光的地方坐了下来，开始慢慢地填写护理卡片。我听见远处传来了钢琴声，哦，想起来了，今天下午娱乐活动部门安排了一个小小的音乐会，看来音乐会已经开始热身了。

洛克珊娜和米歇尔回来了，她们把在小客厅里打盹的老人都推到了娱乐大厅去听音乐会，并招呼我可以去休息了。离开小客厅，我没有去休息室而是直接来到娱乐大厅。娱乐大厅里散乱地坐着一些还在小憩的老人，娱乐部门的帕特弹着钢琴，另一个从外面请来的老头儿闭着眼睛、摇头晃脑地弹着电子合声器，一脸的陶醉。我坐下来，听着他们的演奏，这个时候，我突然产生了一个难以抑制的冲动，希望能和他们一起演奏。

一首曲子结束了，我问帕特，我可不可以参加他们的乐队，我会拉小提琴。

没想到一个护理工还会拉小提琴，这可是帕特没有想到的，她愣了一下，但还是礼貌地说："是吗？太好了，没问题，欢迎你参加我们的演奏。"

"谢谢你，你能不能给我一些你们演奏的谱子，我拿回去复印一下，下次来我一定还给你。"

"好，好，我先给你准备一下，下班后你到我办公室来拿好了。"

终于下班了，可是帕特他们的演奏还没有结束，于是我趁等待的时候，去看望了一下维特曼太太。维特曼先生昨天夜里被送进了医院，我十分惦念维特曼太太，不知道老人现在怎么样了，想到这里，我向C区走去。

维特曼夫妇的房门是关着的，我轻轻地敲了敲门，习惯性地等待着维特曼太太那娇滴滴的声音，可是半天没有人回答。我推门进去，房间里暗暗的，窗帘没有拉开，维特曼太太脸色苍白地躺在床上。看见我进来，维特曼太太忘记了一贯的客套，伸出手抽泣了起来，我快步来到维特曼太太的床边，扶着老人坐了起来。

"伯尼住院了。"维特曼太太弱弱地说。

"我已经知道了，所以我来看看你。"

"谢谢你来看我，你真是个好姑娘。你说伯尼还能回来吗？"

"能，一定能的，你知道他是很结实的。"

"他年轻的时候的确很结实，可是近几个月他似乎很虚弱，我真担心他回不来了，要是伯尼回不来了，我可怎么办呀？"维特曼太太十分伤心。

陪维特曼太太说了一会儿话，娱乐大厅的音乐停止了，我该走了。我起身告辞说:"维特曼太太,我该走了,请照顾好你自己,伯尼会回来的,别担心,有时间我还会来看你的。"

维特曼太太紧紧地拉着我,依依不舍,久久不肯放手。我怕维特曼太太看见我就要掉下来的眼泪,赶紧抽出手来,一扭头离开了房间。

百灵鸟的呻吟

在中国,三四月的春天应该是最美丽的,但是在这个城市,积雪才刚刚开始融化,空气中弥漫着水气,树枝依旧光秃秃的。星期二的下午,在办公室里整整煎熬了一天的我百无聊赖,望着窗外湿漉漉的街道,如坐针毡。还有一个钟头才下班,可我真恨不得立即像一股烟似的从办公室里悄悄溜走,我不时地看一眼电脑上的时间,一分钟、一分钟,时间好像故意和我作对。

一个月前索菲娅卧床不起了,餐厅里再也听不见叫彼得焦急的呼喊,走廊上再也没有彼得推轮椅的身影。还是那张小床,虚弱的索菲娅独自静静地躺在那里,她已经没有气力再呼唤她的爱人彼得了。一脸焦虑的彼得,整日坐在对面的小床上,目不转睛地望着妻子,好像还在等待妻子撒娇地呼唤:"彼得,过来,彼得,过来……"

两周前索菲娅去世了。妻子去世后,可怜的彼得像丢了魂似的,他不吃也不喝,一句话也不说,懵懵懂懂,终日神情恍惚,我们大家劝他注意身体不要太伤心,可是彼得就是无法摆脱对索菲娅的思念。

没几天,彼得也病倒了,躺在床上的彼得简直就像是一具木乃伊。看到彼得这个样子,我不知道下次上班的时候是否还能再见到他,所以我决定今天下班后无论如何一定要去看看彼得。

终于下班了，我提着包匆匆离开了办公室。下班高峰路上堵车，等我赶到老人院的时候，晚饭已经结束了。今天我没有心思和"尼克"玩闹，也没有心思看老人们在做什么娱乐活动，而是径直来到彼得夫妇的房间。

房门半掩着，我没有敲门，轻轻推开房门走了进去。房间里，形单影只的彼得躺在床上，一动不动地仰面凝视着屋顶，仿佛是在迎接死神的降临。对面索菲娅的床已经被收拾得整整齐齐，人走床空。傍晚的残阳透过玻璃窗照在彼得身上，老人那张凸显一个大鼻子的脸显得格外的苍白。

来到彼得床前，我拽了把椅子坐下来，俯下身子拉起彼得一只僵硬冰凉的手。

"亲爱的彼得，你好吗？我来看看你。"我轻轻地说。

彼得的视线迟钝地从远处缓缓地移到我的脸上。老人勉强笑了笑，慢慢地伸出另外一只手捧着我的脸，喃喃地说："谢谢你来看我，你真是一个善良的姑娘。"

"吃饭了吗亲爱的？你应该吃点东西。"我真想再跑去给彼得买一包奶酪脆。

"我不想活了，我想死，妈妈……"彼得的声音颤抖了起来，难以抑制的悲痛使他突然间老泪纵横。

"亲爱的彼得，别这样说，别这样说……"我轻声劝慰着彼得，不由得自己也泪如雨下。

"妈妈，妈妈……"彼得说着，放下捧着我的脸的手，转过头去，面对墙壁继续喃喃地说："妈妈……妈妈……"这时候，我才发现墙上贴着一张大大的照片，那是并不漂亮的索菲娅的照片。

看着悲痛欲绝的彼得，我知道这个时候说什么都无法帮助他摆脱思念与孤独，无声的陪伴也许是最好的安慰。我不再说话了，拉着彼得的手默默地坐了很久很久，而彼得始终望着墙上索菲娅的照片在流泪，直到我走他都没有回头。

我离开彼得的房间，听见走廊上传来一阵嘈杂声，我回头望去，看见晚班同事们正挤在林婆婆的门前，她们一边轻轻地敲门，一边对着里面焦急地呼唤："开门呀，林碧云，快开门。"

不知道林婆婆又惹了什么祸，迟疑了一下后，我还是走了过去。大家一看我来了，立即围了上来。

"太好了，你来了，快快快，快叫林碧云把门打开。"领导波拉发话了。

"这是怎么了？"我问道。

"林碧云把自己反锁在房间里了，怎么叫都不开门，她要是晕倒在里面可怎么办。"波拉着急地说。

"反锁？这门没有锁呀？"

我这么一说，大家才突然想起来，为了防止老人把自己反锁在房间里，老人院所有的房门都是没有锁的。当年，风风火火的艾米不喜欢夜里有人查房打搅她睡觉，睡觉时总是要把房门反锁上。那天夜里，没有人知道她到底发生了什么，第二天早上夜班的同事查房时叫不开门，撬门进去后发现艾米已经去世了。从那儿以后，多琳下令把所有房门上的锁都拆掉了，而我们对老人把自己关在屋子里也是非常紧张和敏感的。

"那她一定是用什么东西把门顶上了。"黛拉蕊说。

也许是门上没有锁，一个人在里面害怕，林婆婆的确喜欢用五斗柜把门顶上。

"这倒是有可能，林碧云总是这样做，不过五斗柜不重，我一个人都可以把门推开的。"我说。

"行了，别啰嗦了，快让林碧云把门打开吧。"柔斯插话进来。

"林碧云听不懂我说话，你们怎么忘了？"我解释着，心里感到好不沮丧，好不容易发现可以用文字和林婆婆交流了，可这会儿硬是用不上，隔着门，写纸条她也看不见呀。

一听说我也没法和林婆婆说话，老同事们立即放弃了我，一窝蜂地又回到了林婆婆的门前，继续用林婆婆听不懂的英语动员老人快点把门打开。可是，无论外面的人多么着急，里面依旧是"我自岿然不动"，一点动静都没有。

"来来来，看看门上面的窗户是不是能打开。"露丝说完叉着两条粗腿半蹲了下来。

似乎是个好主意，柔斯和科拉立即上来一人拉着我的一只胳膊准备把我架到露丝的背上。

"你轻巧，你来。"科拉说。

我低头看了看我身上的西装短裙和脚上那双鞋跟细得像锥子一样的高跟鞋，犹豫起来。

"你真没用。"黛拉蕊上下打量了我一下笑着说。

"我来吧。"柔斯自告奋勇。

"你上去了，能下去吗？"我问。

"能，没问题。"

我不再说话了，看着柔斯在几个人的帮助下往露丝身上爬。突然，我想到，单人房里是没有洗手间的，但在两个房间中间有一个共用的洗手间，所以，每个房间都有一扇去洗手间的门，那么我们为什么不从林婆婆邻居的房间先进到洗手间，再从洗手间进到林婆婆的房间呢？

想到这里，我上前拦住柔斯说："别爬了，你们都跟我来。"说完我挥了挥手，也不管她们是不是跟着，径直朝林婆婆隔壁的房间走去。

大家似乎明白了我的意思，于是又一窝蜂地跟着我来到林婆婆邻居的房间。来到洗手间，波拉把手指放在嘴上轻轻地嘘了一声，提醒大家小声点儿，不要打草惊蛇让林婆婆听到了。我回头看了看大家，算是再次征求大家的意见后，轻轻地推了一下那扇通往林婆婆房间的门。门，出乎意料地被推开了。

当洗手间的门被推开后，我们大家顿时目瞪口呆，在林婆婆的房间里，十二把带扶手的大椅子从房门一直顶到对面的窗户下，满满地堵了一屋子，而林婆婆，则安然无恙、端端正正地坐在窗户下的一张椅子上。

就在洗手间的门被打开的一瞬间，我看到林婆婆脸上那因为戏弄了我们而洋洋得意的神情，像川戏中的变脸一样，刷的一下变成了惊讶。我们这群刚才还在门外央求她开门的"坏蛋"，居然魔术般地从地底下钻了出来，一下子涌进了她的房间。

我们突然的"冒犯"着实让林婆婆大吃一惊，她大张着嘴巴，瞪着洗手间的门，脸上的表情好像是在说：哎哟，我怎么忘了把这扇门给顶上了！看到林婆婆既没有中风也没有心梗，我们大家都松了口气。波拉走到林婆婆面前，问她是否OK，并且让她不要害怕。问题解决了，波拉打开房门，大家开始动手搬椅子。

看到自己辛辛苦苦收集来的椅子被我们搬走了，林婆婆怒不可遏，她冲了过来，奋力地想从我们手中把椅子抢回去，但终因寡不敌众，只好又回到椅子上坐了下来，嘴唇哆嗦着脸都气歪了。看着愤怒之极的林婆婆，我真担心把她气出个好歹来。

"嘿！别把椅子都拿光了呀，留两把好不好？"为了给林婆婆伸张正义，我冲出房间，对着同事们大声地喊道，并为林婆婆搬回了两把大椅子。我把两把椅子搬回来后，林婆婆两只手一边按着一把，咬牙切齿地瞪着我，恨不得把我吃了。

离开林婆婆的房间后，我听到走廊上有人在痛苦地呻吟，这是百灵鸟颐达。自从有了新室友罗纳德太太，颐达又重新振作起精神，可是没想到一天夜里，罗纳德太太突然心脏病发作，颐达为她按响了急救铃，罗纳德太太被迅速送进了医院，令人遗憾的是罗纳德太太当天就去世了。好朋友去世后，可怜的颐达也一蹶不振，她的头发似乎一夜之间全白了，明显衰老了许多，背也驼了，走起路来跌跌撞撞的，像是变了一个人。

前些日子，颐达摔了一跤，不幸摔断了胯骨和腿骨。这会儿，老人的脸色蜡黄，躺在一张可以像躺椅一样放倒的大轮椅上，腿上裹着硬硬的白色的石膏，而她的每一个微小的动作，甚至连呼吸都会给她带来难以忍受的疼痛。当我悄悄地走进颐达的房间时，我们的百灵鸟正强忍着痛苦低声呻吟着。我在她身边的床沿上坐下来，轻轻地呼唤了一声颐达。颐达勉强睁开眼睛看了看我，皱着眉头对着我咧了咧嘴后又闭上了眼睛。看着眉头紧锁的颐达，我有一种不祥的预感，我觉得颐达可能永远都站不起来了。

是的，颐达的确再也没能站起来，在轮椅上痛苦地挣扎了几个月后，"百灵鸟"带着她那美妙的歌声飞走了，飞出了这片她曾经生活过的老人谷。我不知道是不是还有人记得颐达和宾森太太，但我无论如何也不能忘记我第一次听到她们演唱时的情景。

离开颐达的房间后，我没有立即回家，而是鬼使神差地朝着维特曼夫妇的房间走去。维特曼先生住院一周后去世了，正像维特曼太太担心的那样，她的伯尼没有回来。几周后，伤心欲绝的维特曼太太也跟着离开了人世。站在门前，我看到门上面的名牌已经换了。坐在门外的椅子上，我闭上眼睛，等待着维特曼太太那细细的、温柔的声音：进来，进来，漂亮鬼。

没有了，不再有了，所有的这一切都已经化为了记忆。

老乔治

这个周末我休息，但星期五下班后多琳打来电话，说夜班有人突然生病了，不能上班，问我是否能去替个夜班。

夜班？这么多年，我还一直没上过夜班呢，总听杰克说夜班不能上，我倒很想知道这夜班到底是不是像杰克说的那样令人难以忍受。反正这个周末我也没安排别的事，夜班下来，完全可以睡大觉。想了想，我一口答应下来。

十一点半，我来到老人院，老人们都已经睡了，老人院里暗暗的灯光让我又想起那些年上晚班的情景，那感觉是那么的远，又是这么的近。我在前大厅遇见了准备回家的老同事们，看见我进来，她们热情地围了上来。

"嗨，怎么来上夜班了？"露丝憨声憨气地问我。

"缺人，多琳叫我来替班。"

"嗨，听我说，我是从夜班下来的，夜班有个搅水女人叫爱维伦，她喜欢盯别人是不是在偷偷地睡觉，而且总是到多琳那儿去告状，你呀，小心着点。"科拉善意地提醒我，估计她当年一定是备受折磨。

"我听说了，杰克恨死她了，给她起了个绰号叫'夜班的女皇'，说她折磨所有来上夜班的新同事和替班的，但没人敢惹她。不过她要是去告我，简单，下次她们缺人，我就不来替班了，让她们一个人干两个人的活儿。"我回答道，心说我现在怕谁呀，这些年摔摔打打的，我也学会了斗争。

"真有你的！去收拾她。"说完，科拉拍了拍我的肩膀。

"嗨，上次见到你都没来得及和你聊聊，你那个办公室的工作怎么样？喜欢吗？"黛拉蕊过来问道。

"别提了，真的像苏茜说的那样，无聊死了。"

"回来得了。"黛拉蕊说。

"就是，回来得了。"科拉赞同道。

"我还没彻底走呢，上周末的早班、晚班太累太忙，我要是有露丝这体力，就回来和你们一起待在晚班。"说着，我捏了捏露丝的粗胳膊。

"没错，你太瘦，看我的，"露丝一边说一边攥起拳头得意地挥了挥她的粗胳膊，然后接着又说，"嗨，我先走了，"她把拳头放在小肚子上，嬉皮笑脸地往上拱了拱她的大肚子，"老公等着我睡觉呢。"

"又来了，又来了，快走吧你，别耽误了你们做爱。"黛拉蕊笑着推了露丝一把。

"露丝，多大岁数了你？小心别把腰闪了，悠着点。"我也笑着和露丝调侃。

"别担心，干这种事我永远也不会把腰闪了的。"露丝哈哈大笑，挥了挥手道了声晚安，吧嗒吧嗒地拖着两只大脚走了。

目送着露丝到门口，我才发现不知道什么时候，她那个也是又粗又壮，黑亮黑亮的老公已经站在门口等着了。

露丝走后，我问黛拉蕊："嗨，柔斯怎么没有来上班？"

"哦，她扭伤了腿，刚刚做了手术，在家歇工伤呢。"

"天呀！会不会残废了呀？"我担心地脱口而出。

"不会吧？不过，'金孔雀'刚刚给职工都买了工伤保险，我们不需要缴纳费用，工会为我们交一半，行政上交一半，这倒真是做了件好事。"

"那就好，不过最好还是不受工伤为好，对不对？"

"那是，工伤保险只有工资的百分之九十，到底不如上班。"

"没错，"我点了点头同意道，"哦，看见柔斯替我问声好。"

和大家互道晚安后，我的这些老同事带着疲惫的身体和欢乐的笑声消失在了夜幕里，这让我想起在缝纫厂打工时，巴西姑娘安吉常说的一句话：This is life。是的，这就是劳动妇女们的生活：酸甜苦辣咸，五味俱全。

送走了老同事，回过头来，我看到护士值班室里波拉还在和夜班的护士简交代工作，而纳迪则站在一旁等着搭波拉的车回家。看到大家都走了，纳迪高兴地从护士值班室里走了出来。

"嗨，姝，好久没有见到你了，会计工作干得怎么样？"纳迪拉着我问道。

"无聊，上班也不能说话，一天到晚哑巴一样地对着电脑，眼睛都快要瞎了。"我假模假式地抱怨说。

"我就干不了办公室的工作，一坐就是一天，背疼。"接着纳迪凑近我问道："嗨，你现在在早班干，是吗？"

"是的，一个月来四天，两个周末。"

"嗨，早班怎么样，忙吗？累吗？"纳迪小声地问。

"说实话，我觉得早班没有咱们晚班这么忙这么累。"

尽管已经不上晚班了，但我还是习惯于把自己当成晚班的人。

"是吗？我也想换到早班去。"

"那好呀。"

"别告诉别人啊。"纳迪神秘兮兮地嘱咐我。

"不会的，不会的，早班见？"

"早班见。"

这时，交代完工作的波拉出来了，道了声晚安后，她们也匆匆地离开了老人院。

第一次上夜班，我算走运，没有和传说中的女皇陛下分到一个组，我的搭档是看上去像男人一样的黑人谢丽。谢丽已经六十多岁了，但身体依然很健壮。她灰白色的小卷发剪得短短的，两只永远带着血丝的眼睛鼓鼓的（长期上夜班后遗症），像是快要掉出来似的。在老人院里，"女皇"爱维伦工龄最长，有三十五年，其次就是谢丽，她在这里工作也已经三十年出头了。

不知道为什么上夜班的人都是中老年妇女，但最让我惊讶的是夜班的主管护士简。

简个子不高，身材不胖不瘦，一头银白色的头发被打理得很妥帖，一套半新的护士工作服洗得干干净净，非常合身，让人看着很舒服。简已经八十岁了，她比许多住在老人院里的老人的年龄还要大，尽管如此，简仍然不可思议地上着夜班。

在休息室，简用最快的速度给我们读着交接班报告。当我听说星期四晚间彼得去世的消息时，我知道，我不应该吃惊，但我还是像当头挨了一闷棍似的有点晕，也许是因为我不希望彼得这么快走吧。接下来，我不知道简都念了些什么，报告一结束，我急急忙忙来到彼得的房间。

房门上的名牌还没有被换掉，但房间里的东西已经被他们的家人取走了，剩下的两张单人床按照标准整整齐齐、规规矩矩地铺着老人院的床单和毯子，房间里显得空荡荡的，透着一股寒气。想到和彼得最后见面时的情景，我想，一个人如果在这个世界上已经没有了心的依托，没有了生命的留恋，即便这个世界有再多的人，有再多的诱惑，他／她也一定会感到这个世界是荒凉的。心空了，世界便也空了。

我没有为彼得的去世感到特别的悲伤，因为彼得最终如愿以偿地去找他的索菲娅了，我无论如何也应该为他感到欣慰才是。站在屋子中央，我默默地祝福这对爱情鸟来世有缘再做夫妻。人间连理缠绕，天上比翼双飞。

谢丽推着小车，说要去洗衣房拿些夜里用的毛巾，嘱咐我留在起居室里盯摊儿。谢丽走后，四处静得让人头皮有点发紧。我拿了本书刚刚坐下来，突然听见一声炸铃，差点儿把我的魂给吓出来。按铃的是进老人院不久的老头儿乔治。

我来到乔治的房间，坐在床沿上的乔治看见我进来劈头就问："几点了？"

已经有人告诉我了，这个新来的老头儿乔治无论白天还是深夜，总是不停地按急救铃叫人，而他按铃之后的问题只有一个：几点了。为了能让他知道时间，他的儿子在他床对面的墙上挂了一个指针式挂钟，那挂钟大得就像是火车站月台上的挂钟，二里地以外都能看清楚。

关掉乔治床头的急救铃，我回头看了看墙上那个巨大的挂钟后说："现在是夜里十二点半。"

"哦，早上七点了，不坏吗。"乔治好像听不懂我的话。

"乔治，不是早上七点，是夜里十二点半。"我又强调了一遍。

"哦，早上七点钟了，不坏吗。"

"乔治，你为什么老是说早上七点呢？"

"哦，我，哦，我，我想起床。"乔治吞吞吐吐地说。

这老头儿可真够逗的，想起床，就直接说想起床，干吗老是弯弯绕地说是早上七点了，大概他每天都是早上七点钟起床吧。

"乔治，现在是睡觉的时间，不是起床的时间，你必须躺下来。"我口气坚定地说。

"我要起床。"乔治也不示弱。

"为什么？"

"我不能躺着，躺着我喘不过气来。"

原来如此。我把床头摇高了一些后，扶着乔治躺下，又在他背后垫了两个枕头。

"这回怎么样？是不是舒服些了？"我问乔治。

"还行。"

"好了，乔治，这样你就不会觉得呼吸困难了，好好躺着，不许再起来了啊。"

乔治不作声了，看到他安静下来，我说了声晚安后离开了房间。可是我刚刚迈出房门，身后的急救铃就又响了起来，乔治又坐了起来。

"乔治，又怎么了？"我回到乔治的床边问道。

"几点了？我要起床。"乔治还是那个问题和要求。

"不行，这大半夜的你不能起床。"

"我就是要起床，你要是不帮我起床，我就去和我的律师谈，让他把你送到监狱里关二十年。"

我觉得非常好笑，心说这老头儿还真把律师当作万能的了，居然搬出来吓唬我，而且一张嘴就判我二十年，真够狠的啊。

"关我二十年？看来我也有必要找我的律师谈谈了。"我假装认真地说。

"那，那，那你要是帮我起床，我就不和我的律师谈了。"一听说我也要找律师，乔治支支吾吾地改口妥协了。看来这老头儿挺怕律师的。

"你就是不和你的律师谈了，我还是要和我的律师谈。"我故意逗他，看他怎么对付我。

乔治看我执意要和我的律师谈，蔫了，垂下头不吭声了。

"乔治，你以前是干什么的？"这老头儿蛮有意思，我很想知道他的背景。

"我是个农民。"

"农民？农民都干些什么？"我好奇地问。

"干些什么？什么都干，种地、打猎……"

"哟，你还会打猎呀？"我引起了话头。

乔治一看我对打猎感兴趣，立即来了兴致。他说："是的，当我还是个小男孩的时候，我爸爸就经常带我去打猎，我是跟我爸爸学会打猎的，我非常喜欢打猎。"

"乔治，你们农民挣钱吗？"我又问道。

"挣，"老头儿开始吹牛了，"我有很多钱，不过我已经捐给教堂很多，我现在还给教堂捐钱呢。"乔治说着，十分得意。看来老头儿不光是个爱打猎的农民，还是个爱捐钱的虔诚教民。

乔治是不是真的有钱我不知道，但他那突然发亮的眼睛，说到给教堂捐钱时骄傲的表情，和他津津有味地回忆打猎当农民的快乐，我觉得这个老农民真是淳朴可爱。

乔治死活要坐在床沿上，我真担心他睡着了会从床上掉下来，所以我劝乔治最好还是躺下来，可乔治就是不肯躺下。我千叮咛万嘱咐地告诉乔治千万不要睡着了，老头儿向我保证不会睡着的。

回到起居室，我对谢丽说我不放心乔治，有一种要出事的预感。谢丽说乔治每天晚上都是这样折腾的。我坐下来，拿起书，可是心里就是不踏实，一个字也看不进去。墙上的挂钟不紧不慢地走着，滴答、滴答。突然，咕咚一声闷响传来，我腾地一下跳了起来，没多想撒腿就往乔治的房间跑去，边跑边嘟囔着："我就知道，我就知道，一定是乔治摔倒了。"

果然是乔治摔倒了，他趴在地上不停地哼哼。谢丽也跟来了，一看这情形，转身就去叫护士，并顺手拉响了呼叫铃。

"乔治！乔治！"我不停地呼唤着，伸手从他的床上抽了条床单盖在他身上，又在他的头下垫了一个枕头。乔治闭着眼睛一句话也不说，只是不停地呻吟着。

我吓哭了，一边哭一边用手摸着老人的光脑袋，重复对乔治说："乔治，挺住，护士这就过来，挺住，深呼吸，乔治……"

很快，简推着血压计，迈着矫健的步子赶来了，她动作麻利地做了初步检查，确定乔治不但血压很高而且有轻微的脑震荡。很快，救护车那恐怖的呼啸声划破了寂静的夜空，乔治被紧急送去了医院。

护士奶奶

　　送走了乔治，我在走廊上看见乔治的邻居茜茜莉娅，她低着头抱着一个小皮包坐在她的门外。茜茜莉娅是一位起居完全能够自理的老人，住到老人院已经有些日子了，但是不知道为什么，她总是独来独往，不和任何人交往，像有什么心事似的。缇娜和陶瑞等几位老人曾劝她一起参加绘画和手工小组的活动，但她就是没有兴趣。

　　"茜茜莉娅，你为什么坐在这里不去睡觉呀？"我弯下腰来问道。

　　"我的钱丢了。"老人伤心地说。

　　"钱丢了？"听到这话，我很吃惊，住在老人院的老人们是不允许带钱的，她怎么会有钱可丢呢？我觉得很奇怪，"不会吧？你丢到哪里了？"我接着问。

　　"她偷了我的钱。"茜茜莉娅指了指对面布朗太太的房间。

　　布朗太太？不要说这里没有人有钱可偷，就是有钱可偷，布朗太太也不是偷钱的人呀，我感到更加奇怪了。

　　"不会吧，茜茜莉娅，这里没有人身上有钱的，布朗太太也不会偷你的钱。"我解释道。

　　"我有钱！我有二十块钱，就在我的包里，现在没有了！"茜茜莉娅打开她的小皮包让我看。

　　我们正说着，布朗太太开门出来了，她一出门就气愤地对我说："我没有拿她的钱！她到我这里来说要用我的厕所，我同意了，等她从厕所出来后就说钱丢了，还硬说是我偷了她的钱，我没有拿她的钱！"

"亲爱的，不要着急，我相信你不会拿她的钱。"我劝布朗太太。

"就是你拿的，我进厕所的时候把包放在你的房间里，出来钱就没有了。"茜茜莉娅反驳道。

"我没有拿你的钱！"布朗太太大声抗议道。

"放心回去睡觉吧，没有人相信你拿了她的钱，回去睡觉。"我继续劝解布朗太太。

我把布朗太太推回了房间，刚刚关上门，布朗太太又伸出脑袋来想要说什么，我立即又把门给关上了。平息了两位老太太的争执，我拉起茜茜莉娅的手，把她送回了房间，并嘱咐她先好好睡觉，不要再想丢钱的事了，等多琳来上班了再说。

回到自己的房间不久，茜茜莉娅又出现在了走廊上。她伸着头东张西望地好像在找东西，我害怕她又去找布朗太太的麻烦，赶紧过去问道："茜茜莉娅，你在这里干什么呢？"

"有人在弹钢琴，吵得我睡不着。"茜茜莉娅很生气地说。

"弹钢琴？没有人弹钢琴呀？"我感到十分惊讶。

"有，有人在弹钢琴，你听！"

这是幻觉。在老人院里，我经常看见有些老人莫名其妙地弯下身子在地上抓一把，问他们干什么呢，他们说地上有东西，要捡起来，其实地上什么都没有。茜茜莉娅也有了幻觉，难怪她硬说钱丢了。陪着茜茜莉娅回房间后，我和老人在床上坐了下来。

"茜茜莉娅，你以前是做什么工作的？"我拉着老人的手问道。

"我以前是个军人。"老人骄傲地说，口气里带着掩饰不住的自豪。

居然曾是军人？真看不出来，我心里嘀咕着。

"是吗？那你在军队里干什么呢？护士？"我想，妇女在军队里一般来讲都是做护士的。

"我是做饭的。"茜茜莉娅依然很骄傲,她指着墙上的一张黑白老照片接着说:"那是我年轻的时候。"

我抬起头,看到墙上有一张已经有些发黄的老照片,照片上是一位穿着军装的年轻姑娘,这是年轻时的茜茜莉娅。尽管照片上的茜茜莉娅不像维特曼太太那样是个美人胚子,但一身军装也让她看着英姿飒爽。

岁月如歌,一首又一首,唱老了人的容颜,又苏醒在这些老照片中。我非常羡慕一身戎装的茜茜莉娅,心想说不定她还是一位经历过二战的女英雄呢。

"你参加过第二次世界大战吗?"

"没有,我是二战后参军的。"

老人说着打开床头柜的抽屉,拿出一个鞋盒子,里面装的全都是老照片。茜茜莉娅把那些老照片哗的一下倒在了床上,然后一张一张地捡起来,边指给我看,边讲着照片上的故事。在茜茜莉娅还很年轻的时候,她的丈夫就去世了,之后,她就一个人带着儿子生活。她指着一张照片上一幢非常漂亮的房子说,这就是她辛苦工作一辈子的全部。可是,住到老人院之后,她的房子被儿子卖掉了。茜茜莉娅突然变得伤心起来,"我不是舍不得我的房子,我生气的是我儿子很少到这里来看我。"

说到这里她突然不说了,慢慢地把照片一张一张地捡起来放进了鞋盒子里,盖上盒盖,她深深地叹了口气,然后轻轻说道:"我想,只有到我死的时候他才会来看我一眼。"

老人突然间对我敞开了心扉,这倒令我不知所措,我想老人一天到晚总闷闷不乐,也许就是因为这个,她的心全在儿子身上。我不知道怎么安慰她,担心哪句话没说好,再惹得她更加伤心,所以我不再问了。

我帮茜茜莉娅把鞋盒子放回抽屉后说:"茜茜莉娅,不早了,睡一会儿吧,你一定很累了。"看着老人换上睡袍之后,我离开了茜茜莉娅的房间。

夜里查房的时间到了，我和谢丽推着装满纸尿裤、毛巾和床单的小车，一间房一间房地查看。该翻身的老人一定要翻翻身，该换尿布的老人一定要换换尿布，还有行动能够自理，但脑子有些糊涂的老人，也要把他们叫醒，让他们自己去上个厕所，以免尿床。如果有人尿床了，按照规定，必须立即换掉。

薇妮被我们叫醒扶起来上了厕所，布朗太太的灯已经关掉了，茜茜莉娅刚刚睡下，我们没有去打搅她们。我们来到乔治的房间，乔治的床是空的，我又为他担起心来，不知他在医院里怎么样了。

下一个是格尔格夫妇的房间，一进门我就听见走在我前面的谢丽惊讶地问道："你在那儿干什么呢？"

前些日子，老人院买了几张新床。这种床非常先进，除了床头、床尾以及床的中间都可以任意升降外，甚至连床的侧面也可以滚动，好像整个床可以翻跟斗似的。这种床还有一个特别的功能，那就是它可以一直降到地面上，然后稳稳的自动锁定，这个功能对于保护像乔治这样的老人的安全是非常有用的。

另外，为了使用者的方便，这种床还有一个遥控器，使用者可以舒舒服服地躺在床上，手里拿着遥控器，根据自己的需要任意改变床的状态。这种床是我见到过的最高级的床了。

我走进屋子，看到格尔格先生一只胳膊举得高高的，手里死死地攥着那个遥控器，整个床高高地悬在半空中，好像一伸手就可以摸到天花板似的。

看着高高在上的格尔格先生，我心里咯噔了一下：妈呀！这要是掉下来，那还不摔死了。

"你在那儿干什么呢？！"谢丽生气地又问了一遍。

还能干什么，我想一定是半夜醒来没事干，玩遥控器呗。

"我不知道。"格尔格先生哆哆嗦嗦地回答。

他是不知道，他要是知道还能把自己送得那么高？看着窗外满天的星斗，老头儿似乎唾手可得，我笑着开玩笑地说，格尔格先生一定是想去摘星星。谢丽回头瞪了我一眼。

这个时候，从我们身后传来了一个很微弱的声音："我一直担心他会掉下来。"

说话的是睡在门旁边的格尔格太太，她的床倒是安安全全地紧贴着地面。只见她两眼瞪得圆圆的，惊恐地看着躺在"天上"的丈夫。我们放下格尔格先生的床，给两位老人翻了身，两张床又紧紧地贴在了地面上。临走时，谢丽没有忘记把格尔格先生手里的遥控器没收，免得他再做出什么危险的事情来。

走出格尔格夫妇的房间，我对谢丽说，应该跟多琳建议一下，乔治也应该有这么一张床，谢丽说等查完房她去跟简反映一下。

维拉的房间也是夜班必须检查的房间之一，走进维拉的房间我又愣住了，只见维拉穿着一件大大的睡袍，卷曲着身子睡在光秃秃的床垫子上，床上所有的东西，包括床单、毯子，还有枕头又都被她塞进了马桶里。看见我们进来，维拉二话不说腾地一下立刻站到了地上，像小孩犯了错误似的低着头，直到看着我们把她的床重新铺好后，才一声不吭地又躺下了。

轮到我休息的时候，谢丽告诉我，休息室有厨房专门给职工留的奶油蘑菇汤，如果饿了，可以去吃。第一次上夜班，除了觉着困，一点胃口都没有。起居室里，我面对着一个漂亮的大鱼缸，在长沙发上懒懒地躺了下来。

虽然我不喜欢养鱼，但在这夜深人静的时刻，独自躺在沙发上，欣赏着鱼缸里那些摇头摆尾、自由自在的小鱼，在美丽而奇异的水草假山中游来游去，是一件十分惬意的事。我看着，想着，好像自己也变成了一条美人鱼，畅游在海龙王的水下世界里。迷迷瞪瞪，我的眼皮子越来越沉，挡不住的睡意如同洪水般向我袭来，我挣扎着，努力不让自己睡着，但我还是睡着了。

不知道过了多长时间,我突然觉得好像有个人站在我面前,我猛地醒了过来,定睛一看,是简站在我身边,正低头看着我。我一下子坐了起来,心慌意乱地等着简质问我为什么上班时间睡大觉,可是没想到,简一张嘴说出来的却是"尼克"被关在多琳的办公室里了。

这没头没脑的话给我搞糊涂了,我晃了晃脑袋,想看看我是不是在做梦,我不知道简什么意思。看我坐着不动,简急了,她一把把我揪起来,"快点,快点,'尼克'被锁在多琳的办公室里。"

我跟着简来到多琳办公室的门前。简上去敲了敲门,轻声地叫了起来:"'尼克','尼克'。"

办公室里传来一声微弱的喵声,我赶快把耳朵贴到门上听,然后也叫了一声"尼克"。哦,我听清楚了,的确是"尼克"在里面!这个小东西在大管家的办公室里干什么?!

"快点想办法把门打开,还不知道'尼克'被关在里面多长时间了,从下午多琳下班到现在也快十个钟头了,'尼克'有糖尿病,这么长时间不吃不喝会有危险的。"简着急地说。

到底是护士,一上来就拿糖尿病吓唬我。我这人又胆小,一听这个也急了。我玩命地晃着门,门锁得死死的,根本就没有晃开的可能。我四下看了看,这个时候我这才注意到,多琳的这办公室连个窗户都没有,想翻窗户都没得翻。

"快点!快点!你听,'尼克'不叫了,坏了,一定是晕过去了!"说完,简又把嘴贴在门上焦急地叫了起来:"尼克!尼克!"

尽管我也非常着急,很担心"尼克"有生命危险,但我又不是个贼,怎么会知道如何溜门撬锁呢?!这可难死我了。我不停地搓着手,焦急地在办公室门前走来走去,上下打量着多琳办公室的门,希望能想到办法把门打开。转着转着,我发现门上有一个塞报纸用的报槽,报槽上面的金属框上的螺丝是从外面拧上的，可以拆卸下来。

我用手丈量了一下报槽和门把手的距离后对简说："给我找把螺丝刀来。"

"哎哟，工具房的门已经锁上了，我又没有钥匙。"简焦急地说。

"那你就去给我拿把餐刀来吧，餐刀也可以当螺丝刀用的，"我解释说，"这个报槽外面的金属框是可以拆掉的，我的手应该可以从这里伸进去把门打开。"

简立即转身走了，很快就拿了把餐刀来。动手之前，我突然又犹豫了，问简是不是应该先给多琳打个电话，请示一下，最好不要先斩后奏，因为毕竟是撬她办公室的门。简说大半夜的，不要打搅多琳睡觉，出了事她兜着。尽管简愿意承担责任，但因为厨房曾经丢过一只鸡，所以我还是不放心地说今后如果"金孔雀"丢了东西，跟我可没关系。

看我还在啰嗦，护士奶奶急得直想踢我的屁股，她让我快点救"尼克"。在简的再三催促下，餐刀当作螺丝刀，我三下五除二地把报槽的金属框给卸掉了。手伸了进去，门打开了。

调皮鬼"尼克"安然无恙。看见我们，它立即委屈地喵喵叫了起来，"尼克"这么一喵，把我的心都给喵酥了。

"你这个傻小子，你在里面干什么？多琳下班了你也不知道出来，这个多琳也是，走之前也不看一下。快来'尼克'，我去给你拿点东西吃，饿了吧？"简絮絮叨叨地说着，看都不看我一眼就带着"尼克"去吃东西了，而这个时候，我的胳膊还卡在报槽里。我拉出胳膊，揉着被粗糙的报槽刮破了的地方，看着护士奶奶和"尼克"走远的身影，我被这老护士的行为感动了。

天放亮了，新的一天开始了，该帮老人们起床了。在我的清晨护理名单中除了维拉，还有茜茜莉娅。昨夜茜茜莉娅睡得很晚，为了让她多睡一会儿，我先来到了维拉的房间。一进门我又愣住了，夜里刚给她铺上的床单、毯子和枕头又被她塞进了马桶里。

"维拉，起来，你这样睡要着凉的。"我摇着头，看着什么也没有盖的维拉，关心地说道。

"见你的鬼去，该死的德国人！"维拉骂道。

奇怪，刚才我们查夜的时候她挺乖的，怎么这会儿又骂德国人了。我没有理她，打来一脸盆热水后又说："维拉，起来洗洗脸吧，天亮了。"说着，我把毛巾递了过去。

维拉坐了起来。她伸出手，一巴掌就把我手里的毛巾打飞了，然后面对墙壁又躺下了，任凭我怎么叫她，她都不理我。

护理报告中说，维拉经常动手打人。在一次清晨护理的时候，她一巴掌搧在夜班同事米娜的脸上，把米娜的眼镜都打折了。所以，我还真有点害怕老太太爬起来搧我。她可以打我，可我绝对不能还手，也不能还嘴，这都属于虐待老人，是不被允许的。老人们的性格各不相同，有的时候遇到性格特别的，如果不了解其特点是很难护理的。由于是第一次护理维拉，我想了想，最终决定去找谢丽，看看她是怎么解决维拉不听话的问题的。

谢丽来了，她站在门口，双手叉在腰上，一脸严肃，冷冷地对维拉说："起来！维拉。"

维拉撑起身子刚要骂人，一看是谢丽，什么也没说，立即从床上爬了起来，乖乖地站在床边，怯生生地看着谢丽。

"维拉，去洗脸。"说完，谢丽从衣橱里拿出一套衣裤放在床上，看着维拉自己洗好脸，换上了衣服。

真是一物降一物啊。站在一边的我惊讶地眨着眼睛看着她们，简直搞不懂谢丽到底有什么威慑力，能让维拉这样立即俯首帖耳。给维拉重新铺好床后，我跟着谢丽离开了维拉的房间。在走廊上，我先感谢谢丽帮我解难，然后又开玩笑地说，下次来护理维拉之前，我一定先把脸给涂成黑的再进去。说完这话，我立即后悔了，心说，这要是露丝，一定要说我歧视黑人了。听了我的玩笑话，谢丽倒是没有生气，只是没好气地瞪了我一眼。

不知道什么时候，茜茜莉娅已经站在走廊上了，她自己换掉了睡袍，并且穿戴整齐。

"茜茜莉娅，你为什么起这么早呀？"我走过去问道。

"哦，我要去上学，再不起来要迟到了。"茜茜莉娅说着，急匆匆地向前大厅走去。

看着茜茜莉娅，我不知道该说什么好，只是觉得心沉甸甸的好无奈。

清晨护理结束后，我在起居室里填写护理卡。突然，有人紧紧地掐住了我的脖子，我挣扎着转过脸去，原来是老人伊莎贝拉。为了不吓着她，我没有反抗，也没有惊慌失措地呼喊，而是任凭她掐着我的脖子，像绑架一样地把我从起居室一直拖到了走廊上。

伊莎贝拉有点精神病，她的儿女们担心她在精神病院受委屈，就把她送到老人院来了。伊莎贝拉经常暴躁不安，每当这个时候，她就会用力推桌子、摔椅子、砸墙，无缘无故地揪自己的头发，大喊大叫，有的时候还会把自己脱得精光，一丝不挂地到处乱跑。

伊莎贝拉烦躁起来突然攻击他人这还是第一次。为了不让伊莎贝拉真的把我掐死，我抓着她的手，尽可能地跟随着她，并且希望她能尽快松手。走廊上没有人，伊莎贝拉继续拖着我，这个时候，西西莉娅正好从前大厅回来了，看到这种情况，她不顾一切地冲了上来。她一只手使劲地推着伊莎贝拉，另一只手使劲把我往外拽，嘴里还不停地喊："松手！松手！你要掐死她了！快松手！"

帮着我挣脱了伊莎贝拉的"劫持"之后，茜茜莉娅把我拉到了她的房间里。一进门，比我矮一头的茜茜莉娅急忙仰起脸来，一边检查我的脖子，一边担心地问我伤着没有。看着茜茜莉娅那布满皱纹的脸，我情不自禁地把老人搂在了怀里，一句话也说不出来。尽管我知道我不至于被活活掐死，但茜茜莉娅的勇敢和善良还是深深地感动了我。

警报器撕心裂肺地响了起来，在这寂静的清晨，这铃声响得似乎能把死人吵醒。哦，我想起来了，今天早上我们有火警练习。听到警报后，我交代茜茜莉娅待在房间里不要出去，然后逐个把我们这个区域里所有的房门都关上了。谢丽不知道从哪个房间里冲了出来，她抱起消防器快步向培训部办公室赶去。培训部主任伊瑞卡掐着表，正在那里等着我们去报道呢。

下班了，我带着极度的困倦和对老乔治的担忧走出了"金孔雀"。

夜班之后，我等着多琳找我谈话，给我一个行政警告或者干脆把我解雇。但是出乎我的意料，行政上并没有找我的麻烦，看来简没有食言，一定是她把事情兜着了。尽管没有遇到麻烦，但大管家办公室门上的报槽第二天就被封上了，而且无论是晚班还是白班的同事，只要见了我都要笑着捅捅我，问我怎么回事。

几天后，在休息室的信息栏上、更衣间的门背后，甚至是卫生间的墙上，都贴着一条让我哭笑不得的新规定：未经允许，任何人不得擅自破坏公共财物。

事后，作为当事人的简和我，每次相遇，我们俩都心照不宣地绝口不提那件事，就好像那件事从来没有发生过。我想，我们都不后悔做了那件让行政部门很不愉快的事。我不知道那天夜里简为什么要找我去救"尼克"，但是我知道，如果一个人对动物的生命都能够如此有爱心的话，那么这个人一定是个非常善良的人。

也许是因为我也爱猫的原因吧，救猫之后，简给我留下了很好的印象。我曾经问过简，为什么这个年纪还在工作，简说，她结婚有了孩子后就辞掉了工作，直到五十多岁的时候，孩子们都成了家，她才回学校培训并重新开始工作。由于她工作的时间不长，到六十五岁退休时拿到的退休金很少。她的丈夫患有严重的糖尿病，药费很贵，可她又舍不得把丈夫送到老人院去，因此，她决定留下来继续工作，这样就可以减轻家庭开支的压力。

不管是什么原因使简依然工作着，对于工作，简始终一丝不苟，兢兢业业。已经八十岁的人了，身心依然如此健康，这一定和她热爱工作，而且始终愉快地工作有很大的关系。然而，在简的身上，最让我难忘的是她那坚强的性格、敬业的精神和一颗善良的心。我钦佩这位老护士，我也相信，善良一定是人健康长寿的原因之一。

我要回家

春天到了。这天又是我要去老人院上班的日子，一大早，我就被窗外叽叽喳喳的小鸟吵醒了。街头公园里，养狗的人们端着咖啡，在草地上优哉游哉地遛着狗，并不时弯下腰，捡起狗狗们留下的排泄物。我抬起头，举目远望，橘红色的朝阳把半边天染成了淡淡的红色，一架飞机时隐时现，无声地在湛蓝的天空中画出了一道乳白色的抛物线，像是一条飘舞的绸带，美得令人心旷神怡。

迎着初升的太阳，我驱车来到老人院。

我一进大门就看到了上夜班的简，她拉着"翼"刚从会议室出来，看样子是要带"翼"出去遛遛，方便一下。看见我进来，简把狗绳递给了我说，昨天夜里没人愿意带"翼"出去，她现在还有点事要忙，希望我能带"翼"出去转转。

匆匆遛完"翼"回来后，交接班报告已经结束，今天我的伙伴是洛克珊娜和米歇尔，这会儿不知道她们在哪一个老人的房间里忙着呢。

我在走廊上听到薇妮又在哭。不久前薇妮终于得到了一间梦寐以求的单人房间，但实际上这间单人房间并不比半个双人房大多少，所以，小小的单人房间被薇妮的那些宝贝塞得满满的，连个转身的地方都没有。我来到薇妮的小房间，夜班的同事已经帮她换洗好了，但她仍然躺在床上。

　　"早上好，薇妮，你为什么哭呀？"我问道。

　　"我的裤子穿反了。"薇妮哭着说。

　　薇妮说出来的话总是令我意想不到。我掀开薇妮的衣角，看了看薇妮的裤子，裤子的腰间是松紧带的，所以很难分出前后来。

　　"裤子穿反了？你怎么知道穿反了？"我奇怪地问道。

　　薇妮用手摸了摸屁股说："你看，裤兜在后面。"

　　我把手插进薇妮的裤兜，的确，是给薇妮穿反裤子了。

　　"哈哈，"我忍不住地笑了两声后接着又问，"谁给你穿的？"

　　"那个大猴子！那个丑八怪！"薇妮恶狠狠地说。

　　夜班有一位老护理，已经六十二岁了，维拉给她起了个外号叫"大猴子"。"大猴子"的个人生活有些狼狈，小她五岁的丈夫是个游手好闲的懒汉，已经很多年没有工作了，整日待在家里，吃得肥头大耳的。他们唯一的女儿离了婚，带着三个孩子回了娘家，但因为没有一技之长，一直都找不到工作，现在正在职业培训学校培训。为了支撑全家人的生活，她不得不白天黑夜地工作，简直没有时间和精力来照顾自己。她那张布满皱纹的脸总是显得疲惫不堪，干枯的头发乱蓬蓬的，样子十分可怜。

　　"薇妮，你这样叫她可不好。"我一边帮薇妮换裤子，一边说道。

　　"她就是个大猴子。"薇妮噘着嘴不满地说。

　　"薇妮！"尽管我心里觉得有些好笑，但还是制止了薇妮的无礼。

　　薇妮的裤子换过来后，我扶她坐上了轮椅。

　　薇妮的单人沙发上放着一堆照片，我顺手拿起一张。薇妮告诉我，在住到老人院来之前，她把房子卖掉了，但是，她怎么都舍不得卖掉她那些漂亮的高级家具，所以每月花二百加元租了一间小仓库，把家具都堆在那里。为了防止孩子们偷偷把家具卖掉，她要求孩子们每隔一个多月必须给她照一张仓库里家具的照片，以确认家具还在，这些照片就是小仓库里那些家具的照片。

真看不出来，一天到晚哭哭啼啼的薇妮还挺聪明，居然能想到这么个办法来遥控她的宝贝。这让我想起了我的母亲，于是我对她说，我亲爱的老妈也和她一样，什么东西都不让扔。听我说在这个世界上另外一个地方，有一位和她一样什么东西都留着的老太太，薇妮高兴极了，从那儿以后，每次见到我都要问一问我老妈的情况，然后还要请我代她问个好。

呼叫铃响了，是乔治。看到乔治在呼叫，我又想起了那个倒霉的夜晚。乔治被送到医院几天后我来上班，我进门的第一件事就是打听乔治的情况，同事们告诉我乔治已经从医院回来了。听说乔治回来了，我高兴极了，立即跑去看望他。来到乔治的房间，我看到乔治闭着眼睛躺在床上，尽管他的身体没有太大的问题，但他的半个脸依旧是青紫的，头肿得像个大南瓜，眼睛只剩下两条缝，像是两个大核桃。

"嗨，乔治，疼吗？你看你，就是不听话，让你躺着，你就是不肯。"我摇着头，双手轻轻地捧起乔治的脸，又是心疼又是责怪地接着问他："你小时候跟你爸爸去打猎，要是不听话，你爸爸踢不踢你的屁股？"

乔治没有回答，只是摸着光脑袋不好意思嘿嘿地憨笑。都摔成了这个样子，乔治还是不长记性，回到老人院来后照样不停地按铃，问几点了。尽管乔治回来后多琳立即给他换了一张高级的床，以确保他不会再摔了，但是，每当看到乔治呼叫，我还是下意识地非常紧张。我把薇妮推到走廊上，让她乖乖地等着我，说我一会儿来带她去吃早饭。

我快步来到乔治的房间，问了声早安："早上好，乔治。"

"早上好，几点了？"

"七点了，你可以起床了。"我没好气地回答。

"哦，七点了，不坏吗？"乔治像是在说梦话。

在护理的过程中，护理人员的安全是第一位的，因此，安全操作非常重要，为了不伤着自己，我把乔治的床升到我用不着弯腰的高度后，开始帮乔治换洗。乔治的睡衣是一种老式样的睡衣，我在美国三十年代的西部电影里见到过这种睡衣。它的上身和下身是连在一起的，一排小扣子从下巴一直扣到裤裆。人老了，硬胳膊硬腿，这种老睡衣又难穿又难脱，光解那排小扣子就费了我半天的工夫。

终于给乔治换洗好了，我推着坐在轮椅上的乔治，来到走廊上。薇妮还在等着我，但不知道为什么她又哭了。

来到薇妮身边，我用手拢了拢薇妮的头发问道："薇妮，你怎么又哭了？裤子不是已经换过来了吗，这会儿又有什么事不顺心了？"

"衣服和裤子的颜色、式样搭配得都不对。"薇妮委屈地说。

薇妮很讲究，要是不按照她的要求搭配颜色和式样，她会一直不舒服，而且会哭个不停。为了减少脱来换去的麻烦，每次轮到我给她换衣服，我都会先问问她，或者让她自己挑选，这样就不会浪费时间了。

"薇妮，我现在很忙，等吃过了早饭，咱们再来慢慢地搭配衣服好不好？"

薇妮没有说话，拽着袖子擦起了眼泪。

乔治探过身子来，友好地对薇妮说："好了，薇妮，别哭了。"说完，伸手从薇妮放在腿上的纸巾盒里抽出几张纸巾，塞到了薇妮的手里。

"薇妮一天到晚都在哭。"乔治回头对我挤了挤眼，小声地说。

我告诉薇妮，我把乔治送到餐厅就回来带她，说完推着乔治向餐厅走去。我在餐厅前遇到了米歇尔，米歇尔告诉我老人萨拉莉很虚弱，已经几天没有起床了，让我把厨房专门给萨拉莉准备的病号饭拿到她的房间去，并且想办法让她多少吃一点。我把薇妮送到餐厅后，端起病号饭——一小碗果冻和一小碗鸡汤来到萨拉莉的房间。

对于萨拉莉我一点儿也不陌生。记得第一次见到萨拉莉时是我到白班后不久的一个工作日，那天早饭后，萨拉莉一个人静静地坐在起居室里，看到我，她叫住了我："嗨，姑娘，你能不能告诉我这里是什么地方？"

"亲爱的，你是新来的？"因为我从来没有见过她，所以我问道。

"应该是吧。"老人没好气地回答我。

"你叫什么名字？"

"萨拉莉。"老人的口气有点不耐烦了。

"哦，萨拉莉，你的名字真好听，你是什么时候来的？"

"我已经来两天了，这里到底是什么地方？"

已经来两天了，怎么还不知道这里是什么地方？我感到有些惊讶，"亲爱的，这里是老人院。"

"老人院？怎么是老人院？！我还以为这里是医院呢！"老人突然生气了，"他们为什么没有告诉我要把我送到老人院来？！"

"他们？他们是谁呀？"

"我的孩子们，我是住在医院里的，为什么把我送到这里来了？！"

看到萨拉莉生气了，我觉得我不该问她，本来想安慰安慰她，可没想到反倒惹得老人家不高兴了。为了缓和一下她的情绪，我赶快转移话题又问道："你吃过早饭了吗？你喜欢这里的饭吗？"

萨拉莉不回答我的问题，她用命令的口吻说："我不喜欢这里，我要回家，你能不能给我的孩子们打个电话，让他们来接我，我都来两天了，还没有一个人来看望过我！"老人越说越生气。

我想了想说："那好吧，我去问问护士，看有没有他们的电话号码，你不要着急，他们有时间一定会来看望你的。"看着一脸怒气的萨拉莉，我开始后悔告诉她这里是老人院了，看来是我多嘴，惹了祸。

不久前，早班的主管护士调走了，波拉又成了我的主管护士，纳迪也调到早班来了。找到波拉，我把萨拉莉的事说了说，她告诉我，老人院是没有权力要求家属必须来看望老人的。吃过午饭，萨拉莉还没有忘记打电话的茬儿，看见我后，她又叫住我，问是否已经给她的孩子们打了电话。我回答不了她的问题，因此觉得挺对不住老人的，整个上午，老人一定都在盼着我给她的孩子们打电话，可我似乎是在故意躲着她，这一定令她非常失望。

"亲爱的，这里多好呀，这么多护士护理照顾你的生活，过些日子你习惯了就好了，以后这里就是你的家了。"我回避着老人的问题，希望她能忘掉这件事。

"得了吧你！说得好听，什么我的家！老人院就是为了给你们工作，不把我们送到这里来，你们怎么会有工作？！要不是你们需要工作，我也不会被送到这里来的！"

萨拉莉的这番话让我非常诧异，没想到这位老人是这样看待老人院，看待这里的工作人员的，不过我倒觉着应该把这个因果关系倒过来才对。

我同情萨拉莉，却不知道怎样才能帮助她。我没有责怪老人的偏见，而是责怪自己为什么要这样事不关己地摆出一副令人讨厌的高姿态，说出这些不痛不痒的漂亮话。在老人院生活的好与不好，老人们自有他们的看法，用不着我来告诉他们。一个人的晚年生活，吃好住好固然重要，但对于很多在感情上要求比较高的老人来讲，孤独感和被遗弃感是最致命的，有些老人会因此而轻生，因为他们希望能够更多地得到感情上的慰藉和亲情上的关怀。

这次交谈之后我再也没有劝过萨拉莉，我知道，劝也是白劝，有时候劝多了，反而会让她更加生气，因为毕竟是她上了年纪，住在这里，而不是我。

几周后，我发现萨拉莉明显消瘦了，变得很烦躁，并且开始恶狠狠地对待每一个人和每一件事，因为她认定了自己的逻辑：要不是我们需要工作，就不会有什么老人院，如果没有老人院，她就不会被送到老人院来。从失望到绝望，萨拉莉大概也知道她什么也改变不了，而且永远也回不了家了，她开始绝食，我不知道她的"绝食"是因为太想回家，还是因为生病。

我来到萨拉莉的房间，看到虚弱的萨拉莉背后垫着一个枕头，面对着房门侧身躺着，两眼无神，一动不动。我把鸡汤和果冻放在她的床头柜上，弯下腰来问她是否想喝点鸡汤。萨拉莉没有回答，眼睛眨都没有眨一下，像是一个木偶。我把床头摇高一些，老人坐了起来，但脸上始终没有任何表情。喝了几勺鸡汤后，萨拉莉就再也不肯张嘴了，我本想劝她多喝一点儿，但想了想什么也没说，我知道，多喝几口鸡汤救不了她的命，但我不知道，如果回家了，是不是就可以让她重新获得对生命的期望。

难忘的夏日

老人们的午饭是烧烤。早茶结束后，我们把老人们带到了后院天井里，在那里他们可以一边晒太阳，一边等着烧烤开始。

后院的天井是一片修剪得很平整的草地，天井两边是老人院的房子，另外两边是网状的铁丝栅栏。透过栅栏可以看到街上来往的行人和车辆。栅栏里面是一溜花坛和一个小菜园子，帕特和缇娜在那里种了一些花草和蔬菜。西红柿成熟了，我们就会摘下来给坐在外面晒太阳的老人当水果吃。

当我们来到天井时，两个烧烤炉已经架好了，负责烧烤的是尼克和尤金。尼克和尤金不仅是帮助烧烤的固定人选，他们还经常被请来帮老人院义务地做些别的事情。快到中午了，大腹便便、胖嘟嘟的尼克和尤金挂上了围裙，并且把炉火点燃了。在炉子的旁边，放着两张大桌子，上面摆放着汉堡和热狗，两个小冰柜装满了冰块和饮料，天井中央有一个大大的帆布凉棚，下面摆着几张野餐桌和一些塑料椅子。已经来到天井的老人们有的坐在凉棚中，有的坐在房子的阴影下，一个个激动不已地等着汉堡和热狗端上桌。

烧烤开始前，我看到多琳也来了，大管家是专门来和老人们一起烧烤的，以表示隆重吧。两个冒着烟的烧烤炉，一个烤着牛肉饼一个烤着猪肉香肠，闻着那诱人的香味，所有人都眼巴巴地张望着。尼克和尤金一边说笑着，一边翻动着被烤得滋滋流油的肉饼和香肠，馋得大家直咽口水。一批又一批肉饼和香肠烤好了，老人们开始吃了起来。由于要帮老人们烧烤，我们没有了午饭时间，所以我们一边招呼老人们吃，一边也顺手咬上一口。享受不了烧烤的老人也被我们推出来晒太阳，厨房给他们准备了他们能吃的老三样——菜泥、肉泥、土豆泥。

汉堡热狗吃完了，接下来是甜食冰淇淋。老人们饭后的甜食经常是冰淇淋，吃冰淇淋没什么值得大惊小怪的，不过在蓝天、白云、太阳底下吃饱了汉堡和热狗之后的冰淇淋，那可是另有一番滋味与情趣了。一看是冰淇淋的时间，老人们开始起哄催促快点。为了让心急的老人们能尽快得到一份冰淇淋，我端着一个很大的盘子来到老人们中间，盘子上面放着一碗碗各式冰淇淋。由于装得太多，我一不小心连盘子带冰淇淋全都扣在了草地上，看着一地的冰淇淋，老人们乐得像吃了冰淇淋似的。

个子矮小的老人菲利克斯，只有一侧的视力和听力还算正常，但老人的渊博知识及教育背景却令"金孔雀"所有的人都肃然起敬。

波拉刚到老人院工作的时候，有一次去给菲利克斯喂药，菲利克斯问她这是什么药，波拉觉得告诉他他也不懂，所以没有回答。可是不说是什么药，菲利克斯就拒绝吃药，波拉只好告诉了他。让波拉大跌眼镜的是，菲利克斯不仅知道这种药的作用，而且还如数家珍地把其成分都给背了一遍。事后，波拉一打听才知道，这位其貌不扬的老人是位具有医学和药物学双博士学位的大知识分子。

别看博士学问大，吃起冰淇淋依然像个孩子，这个时候，只见大博士坐在太阳下，裹着一条毯子，捧着一大碗冰淇淋，吃得满脸满身都是，哪里还有一点儿博士的形象。由于吃得太多太猛，菲利克斯冷得浑身上下不停地颤抖着。

烧烤和冰淇淋在老人们的欢笑声中结束了。不想回去的老人继续留在外面晒太阳，需要小睡一会儿的老人被我们带回去并送到了床上。布朗太太、陶瑞、茜茜莉娅、芭芭拉、莉莉、安娜、祖图斯基等推着助行器，戴着墨镜，扣着太阳帽，全副武装，打扮得像三十年代电影明星似的已经等在了前大厅。大门外，一辆大轿车和几个志愿者已经到了，他们要带着老人们去参加这个城市一年一度的民族节，在那里，她们将要观看西班牙舞蹈，品尝正宗的德国啤酒，据说，她们还要乘船游览红河风光。

参加民族节的老人们走了。我在前大厅遇到了梅丽的妹妹，她刚刚从梅丽的房间出来，她是来看望姐姐的。梅丽近来身体不大好，所以没能去参加民族节。

看见我，梅丽的妹妹走过来和我打招呼："嗨，好久没有看见你了，没去哪儿？"

"哪儿也没去，也好久没见到你来了，旅游去了？"

"没有，夏天到了，我们总是待在乡下的。嗨，你什么时候再拉小提琴呀，我一定要来听。"

"明天，星期日，哦，对了，帕特告诉我，明天杨巧克的那个帅儿子麦克也要来和我们一起演奏，听说他来打架子鼓，你可一定要来噢。"

参加帕特的小小音乐会已经有段时间了。在每两周一次的音乐会上，我们经常演奏过去的一些老歌曲，例如：月亮河、男孩丹尼、我的爱……

而每当我们演奏这些曲子的时候，很多老人都会情不自禁地跟着我们哼唱。我想，他们一定是唱着这些歌长大的，这些歌也一定勾起了他们对童年的回忆。

小小音乐会有一些忠实的听众，梅丽的妹妹就是其中的一个。

"哦，真遗憾，明天我们又要到乡下去了，来不了，所以我今天来看看姐姐。"

"哦，姐姐怎么样，还好吧？"

听我这么一问，梅丽的妹妹脸一下子沉了下来。她把我往她跟前拉了拉，压低声音说："我已经跟多琳说了很多次，不要让我姐姐和那个祖图斯基再来往了，可他们还是黏在一起。刚才我去姐姐的房间，姐姐正在睡觉，那个老头儿就坐在那里，这也太不像话了。"

"为什么太不像话了？我倒不这么想，你想听听我是怎么想的吗？"我说。

"你说吧。"

"夏天到了，你可以和老公到乡下去度周末，度夏日，可你姐姐哪儿也去不了，你想想，她该有多寂寞，好不容易有个朋友，做个伴儿，你还不高兴，你不觉得这很不公平吗？"

听了我的话，梅丽的妹妹怔了一下，若有所思地想了想后，勉强点了点头说有道理。

"你就让他们去好呗，能怎么着？放心吧，没有人会怀孕的。"我半开玩笑半认真地说，然后用拳头轻轻地在她肩上捶了一下。

梅丽的妹妹被我的话逗得哈哈大笑了，可我并不觉得有什么可笑的，我说的是实话。从此以后，这位妹妹再也没有干涉过姐姐和祖图斯基的来往。

送走了梅丽的妹妹，米歇尔找到我，说多琳让我现在就到林婆婆的房间去一趟。我匆匆来到林婆婆的房间，一进门就看到多琳和一个陌生人正在劝说林婆婆，而林婆婆则是一脸怒气。

看见我进来，多琳立即对我说："快来，快来，这是医生，要给林碧云打针，可是林碧云却在和我们打架，不肯打针，你能不能跟她说说。"

哦，原来是这么一回事，一想到林婆婆识字，我就激动不已，心想，这下我总算有机会在多琳面前显摆一下了。我找来一张纸，在上面写道：林婆婆，医生要给你打针，请你不要乱动。接过纸条，林婆婆认真地读了起来，读完了之后，她抬起头看了我一眼，不好意思地笑了。林婆婆居然能识那么多汉字，我非常高兴，心想，看来林婆婆至少也是小学毕业。林婆婆明白我们要干什么后，还是很是配合的，她不打不闹地趴在了床上。

"为什么你不和林碧云说话，而是写字条？"打完了针，多琳问我。

"林碧云讲的是广东话，我说的是国语，她听不懂国语，我也不会讲广东话。"

"你们不都是中国人吗？为什么会相互听不懂？"

"她是香港人。"我没好气地说，对林婆婆女婿说过的那句话我依然耿耿于怀。

"香港人不也是中国人吗？"多琳更糊涂了。

我也这样认为，可有些人就不这样想。我不想解释，这种事没法解释，也解释不清。

"在中国，每一个省都有自己的方言，发音是不同的。"我说。

"那你们的文字是一样的？"

"是的，我们的文字是一样的。"

"文字相同，可发音不同，这很奇怪啊，为什么？"多琳还是不明白。

为什么？我也不知道为什么，我想这个问题应该去问秦始皇，可能是因为他老人家统一了文字，还没来得及统一语音就呜呼了吧。可是我怎么和这些洋人解释呢？我觉得我没有这个语言能力，也没有那样的学识，于是，我耸了耸肩，算是做了回答。

离开林婆婆的房间，我忽然听见前大厅好像有人在叫我，叫声透着惊恐和不安。是洛克珊娜，我猜一定是哪位老人摔倒了。我快步来到前大厅后，尖叫一声跳到了身边的一张椅子上。

在大厅中央的地上，我看到一只蠢蠢欲动的小老鼠！小老鼠呀！我最怕老鼠了，见到老鼠，我比谁都歇斯底里。在前大厅里忙着的护士护理们已经围成一个大圆圈，大家都非常紧张地盯着那只小老鼠。琳达手握墩布，像是端着把红缨枪似的对着老鼠，以防老鼠到处乱窜。洛克珊娜推着一辆轮椅，远远地躲在一个角落里，紧张地盯着老鼠，嘴里还在不停地叫着我的名字。

"叫我干吗？"我站在椅子上，气急败坏地喊道。

"老鼠！老鼠！"

"我不抓老鼠！"

"'尼克'呢？'尼克'呢？快去把'尼克'找来。"听我这么一说，大家才想起来是要让我去把老猫"尼克"找来抓老鼠。

"OK！"我答应着，然后对琳达说，"琳达，挡着它！千万别让它过来！"说完，我连蹦带跳穿过大厅向安娜的房间跑去。

在这夏日炎炎的中午，安娜的房间里很安静。帕泰尔太太闭着眼睛半躺在轮椅上，身上盖着一条小毯子，不知道睡着了没有。"尼克"四肢舒展着，横躺在安娜那张小床的中间，霸道地占领了大半张床。安娜面对着墙，谦让地侧着身子，贴着床沿半卧着，眯着眼睛欣赏着正在呼噜呼噜睡大觉的"尼克"。

看着心满意足的"祖孙俩"，我真是不忍心打搅他们悠闲的午休。

大厅里又传来女人们惊慌失措的尖叫声，尽管于心不忍，但我还是一咬牙一跺脚抱起"尼克"就走，还没等我跨出两步，就听见安娜在我身后大声地喊道:"你抱走它干吗?!它在睡觉!"

"我知道,老鼠!"我一边走,一边回答,头都没有回一下。

我重新回到大厅,那只老鼠还在和我的同事们僵持着。我把"尼克"轻轻地放到了地上。正睡得迷迷糊糊的"尼克"突然被抱到大厅里来,不知发生了什么事,他抖了抖身子,把它的小黑鼻子凑到老鼠跟前看了看,然后甩着它的大肚子不慌不忙地走掉了。看来"尼克"是一只不抓老鼠的猫。

小老鼠动了动,突然跟在"尼克"后面跑了起来。哇!整个大厅哗然,人们拼命地喊着"尼克"的名字,"尼克!尼克!"

"你们叫我干吗?帮忙吗?"一个熟悉的声音从我们身后传来。

是阿尔玛的儿子尼克,他刚刚从C区出来,正准备回家吃午饭,听见大家叫尼克以为是在叫他呢。看见尼克,大家都笑了,我们说这里有只小老鼠,我们是在叫老猫"尼克"。听我们这一说,尼克也笑了,他说这个忙他帮不了,他不抓老鼠。我们正说着,不知道为什么,那只小老鼠突然又跑回来,重新蹲在了前大厅的中央。

听见外面闹哄哄的,老狗"翼"夹着尾巴从会议室出来了,它小心翼翼地来到老鼠面前,把鼻子凑过去闻了闻,小老鼠突然跳了一下,这一跳不要紧,吓得"翼"腾地也跳了起来,它惊恐地盯着小老鼠,倒退着缩回了会议室,不再狗拿耗子多管闲事了。

老鼠把猫和狗都吓跑了之后,大摇大摆地开始在前大厅里四处蹓跶,女人们一声高一声低地继续尖叫着。

尼克摇着脑袋走到大门口,回头看了一眼老鼠后嘿嘿地笑了两声,不冷不热地说:"它们俩(猫和狗)从来没见过这个家伙(老鼠),不知道该怎么办呢。"说完推开大门准备走。

看到大门打开了,女人们又尖叫着让尼克不要关门,把老鼠赶出去。尼克顺从地用手顶着门,琳达用墩布硬是把小老鼠给推出了大门外。歇斯底里的女人们终于安静了下来。我喘了口气后问琳达为什么不干脆把那个老鼠碾死，琳达说她不杀生。

不杀生？我没好气地瞥了琳达一眼，心说，不杀生干吗让我把"尼克"抱来。

老鼠被赶出去了，尼克回家吃饭了，我们大家分头回去干活了。

下班了，我和洛克珊娜、米歇尔有说有笑地出了老人院。我们一出大门，就看见停车场上停着一辆从来没见过的，非常扎眼的红色吉普车。车门上靠着一个中年男子，他手里捧着一束紫红色的玫瑰花。正和我们说得热闹的洛克珊娜一看见这个人，立即不说话了，脸一沉，低着头准备绕过去，像是要躲开这个人。不用问，这个人一定是她的老公。

我紧追一步拉住洛克珊娜，打趣地对她说："嗨，珊娜，看，玫瑰花。"

洛克珊娜使劲把我推开，瞪了我一眼，没有说话。

我又跟了过去说："珊娜，你要是不去，我可去了。"

"那你去吧！"

呵呵，我笑了笑说："珊娜，咱们不是说好了吗，给这个坏蛋一次机会。"

"那是你说的，我没说。"

"得了，得了，珊娜，去吧，全当是为了孩子。"

我拉着洛克珊娜，硬是把她拽到了她老公面前。洛克珊娜低着头，噘着嘴上了吉普车，她老公一脸尴尬地向我挥了挥手，带着珊娜走了。看着远去的红吉普，我心说，真是个花花肠子，拿什么玫瑰花？！别把珊娜当情妇，我呀不是为了你，我是为了珊娜和孩子。

美男子

星期日一大早，天刚亮我就一骨碌爬了起来。自从参加了帕特他们音乐会的演奏，每次去老人院上班的星期日，我都有点儿小小的激动。梳洗之后，我夹着谱架子拎着小提琴下楼了。

夜里下了一场小雨，雨后的早晨空气清晰，万里无云，天空一片湛蓝。绿油油的草地上洒满了雨珠，整个城市像是被洗过一样，清爽宜人。一出门，我不由自主地深深吸了口气，那湿润的空气就像是甘醇的美酒般令人沉醉。

我来到老人院时，许多老人已经起来了，我想，他们也一定是不想错过这明媚的夏日清晨吧。大厅里，祖图斯基背着手独自踯躅，头上戴了顶新的运动帽，那是从室友那儿抢来的，无论我们怎么劝他，他都拒绝还给人家。为了这事儿，从不惹是生非的祖图斯基和他的室友打了一架，但他的室友"战败"了，祖图斯基硬是把帽子据为己有。后来，室友的儿子说那顶帽子就送给他了，并重新给父亲买了顶新帽子，这事才算了结。

"早上好，祖图斯基先生。"我走到老头儿跟前，和他打招呼。

"早上好。如果明天早上也像今天早上这样好，那么明天早上也将是一个好早上。"祖图斯基笑着，像念经似的。

老人院里所有的人都知道，只要有人问祖图斯基早上好，他就会这样回答，有的时候，我们也会和他一起背诵一遍，然后大家一起哈哈大笑。我想，祖图斯基一定认为这样回答既幽默又机智吧。

交接班报告上说昨天夜里鲍勃去世了。报告一结束我直接来到鲍勃的房间。房间里，鲍勃的轮椅还顶在墙角，助行器依旧堵在五斗橱前，上面挂着鲍勃的一双紧腿的绷带。床上的单子、毯子等用品已经撤了，床上乱七八糟地堆着鲍勃的一些旧衣服。一切都还是老样子，只是缺少了鲍勃。

鲍勃是一个倔老头儿，尽管他的脾气急躁，但不知道为什么我挺喜欢他的。

记得有一天早饭后，我把鲍勃放在了起居室阳光最好的地方，希望阳光中的紫外线能好好地照一照老头儿那溃烂的双腿。阳光下，吃饱了饭的鲍勃闭上了眼睛，低着头开始打盹。坐在一旁的薇妮不知道为什么又哭了，问她为什么哭她也说不出个所以然来。

"薇妮，别哭了，和鲍勃一起在这里晒晒太阳吧。"我劝着薇妮。

"把她给我推走，烦死我了！"鲍勃睁开眼睛，愤怒地看了一眼哭哭啼啼的薇妮后，冲着我大声喊道。

"好了，薇妮，别哭了，你看今天的阳光多好呀，难得一个好天气，安安静静地享受一下阳光吧。"我劝着薇妮，没有搭理鲍勃。

"闭嘴！"鲍勃突然大喊了一声，呱唧，伸手就给了薇妮一巴掌。

"鲍勃！你为什么打人呀？！"我吓了一跳，赶紧把还在呜呜哭的薇妮推到了另一边。这时我突然想起来，鲍勃刚来的时候，因为嫌同室的托马斯睡觉打呼噜的声音太大，影响他睡觉，半夜三更爬起来拿了只皮鞋，没头没脑地把托马斯打了个鼻青脸肿。可怜的托马斯挨了打都不知道为什么，吓得连救命都没敢喊一声，一整夜都没敢再睡。

"烦死我了！让她闭嘴！"鲍勃又吼了一声。

"那你也不能打人呀，鲍勃，你在家里打老婆吗？"我不满地问鲍勃。

"不打！"鲍勃很干脆地回答我。

"在家不打老婆，为什么在这里打人呢？"

"我老婆不哭！"

鲍勃的神回答给我逗乐了，看来给鲍勃当老婆不哭才行。我对鲍勃说以后不许再打人了，鲍勃看了我一眼，低下头，闭上眼睛不再说话了。

入夏后，鲍勃就卧床不起了，他的腿溃烂得极其可怕，坐都坐不稳。两周前星期日的午饭后，一个高个子的中年男子来到老人院。这个人相貌俊朗，身材匀称，直挺的鼻梁使整个脸部看着很有立体感，一头栗色的头发泛着淡红色的光泽。他身穿T恤衫和休闲短裤，随意地趿拉着一双凉拖鞋，一副潇洒、性感的派头。

来到老人院后，他径直走进鲍勃的房间。此人正是屋中照片上的美男子，鲍勃的儿子——维克多。

这不是那张照片上的美男子，鲍勃的儿子维克多吗？

"嘿，是鲍勃的儿子吧？"我凑到洛克珊娜的身边明知故问。

"是的，鲍勃好像不行了。"

"鲍勃的儿子也太帅了，你说还让不让人活了，"我学着缇娜的样子，用手捂着心口，开玩笑地对洛克珊娜说，"我想我快要爱上他了。"

"那你就去试试。"洛克珊娜笑了，挑着眉毛不以为然地说。

"别以为我不敢啊，我会的，你等着。"我假装认真地对洛克珊娜发誓说。

午茶的时候，我推着小车来到鲍勃的门前，轻轻地敲了敲门。房间里，鲍勃正在睡觉，维克多坐在父亲床前，两条长长的腿搭在鲍勃的床沿上，他正在翻看杂志，见我进来，立即把腿放了下去。我来到鲍勃的床前，查看了一下鲍勃，又看了一眼美男子。妈呀，终于可以近距离看看这么好看的脸了，我有些紧张地咽了口唾沫，问道："要不要给鲍勃来点咖啡或者茶？"

维克多转过脸去看了看鲍勃，摇了摇头说："我想他什么也不需要。"

"你觉得鲍勃怎么样？"我没话找话。

维克多又摇了摇头。

"鲍勃以前是以什么为生的？"

"我父亲以前开了一家女装店。"

"哦，那你现在把生意接过去了？"

"没有，女装店早就卖了，我是从渥太华来的。"

从渥太华来的，我有点失望，"哦，你想要杯咖啡还是要杯茶？"

"茶就可以了。"

"我好像从来没有见过你。"我一边说一边递过去一杯茶。

接过茶杯后，维克多说他已经来了一个多月了。因为家里有事，他明天必须要赶回去，不过，两周后他还会回来照顾父亲，希望父亲能等到他回来。看着维克多一脸的愁云，我安慰他说，不用担心，我们会照顾鲍勃的。维克多一脸疼爱地看了父亲一眼，转过脸来对着我苦笑了一下。

为了不再打搅他们父子在一起的时间，我有点不舍地离开了鲍勃的房间。

那天晚上，我在家里看电视，有一搭没一搭地随便看着一部电影，突然，我跳了起来，像神经病一样指着电视大声喊道：那不是鲍勃的儿子吗？！我说怎么看着他像个电影演员，原来人家就是个电影演员。当电影播放完，演员表上果然出现了"维克多"这个名字，终于证实了我的判断。

转眼两周过去了，鲍勃已经不在了，看着那张还留在五斗柜上的照片，我心说，不知道鲍勃的帅儿子今天能不能赶回来。

我正想着，有人轻轻地敲了敲敞开着的门，我回头一看，大吃一惊，是维克多站在门外，我的天呀！他居然赶回来了。不知道为什么，这个时候我真的是说不出来的高兴。

也许是看到我满脸的吃惊，维克多走了过来，他声音很低地对我说："昨天晚上我接到了电话，连夜就赶了过来。还是晚了，还是晚了。"

"对不起，对于鲍勃的去世，我感到非常遗憾。"看着维克多，我也喃喃地说。

"谢谢。"

"葬礼的事都准备好了吗?"

"明天。"

"哦。"

维克多走到床前,低下了头,看着父亲留下的一堆衣物,接着又说:"我来这里主要是想处理一下父亲的遗物,"说完,他捡起一件毛衣,"这些东西都是我给爸爸买的,有些还是新的。没想到他会走得这么快。以前,我老是忙,总是抽不出时间回来多陪陪爸爸和妈妈,本以为这次安排好家里的事,回来后就可以多待些日子,好好照顾爸爸,哦,没想到,真是对不起,晚了,晚了……"

维克多轻轻地摇着头,我感到他的声音开始哽咽,但是他强忍着,不想让我听到他就要哭出声来。

"你妈妈还在吗?"我赶紧问,害怕他真的哭出声来。

"我妈妈还在,但很久以前就卧床不起了,所以我才把父亲送到老人院来。以前我以为妈妈会先走,可没想到……我不能把爸爸去世的消息告诉妈妈,她会受不了的。"

"噢,那就不要告诉她吧。"

"是的,我也这样想。"维克多微微地点了点头。

维克多用手翻了翻那堆衣服,他说想把鲍勃的遗物都留给老人院,我告诉他没有问题,只需到值班室去和主管护士说一下就行了。陪着维克多,我们一起走出了房间,分手的时候,我不无留恋地又看了美男子一眼,心想,这可能是最后一次见面,随着鲍勃的去世,很多事都结束了。

疯狂音乐会

今天又是老人们每月一次称体重的日子，午饭前，每一位老人都要被带去称体重，以便检查他们的体重是否有变化。我们负责的老人都秤完后，洛克珊娜告诉我，我们这里新来了一位百岁老人，叫茜茜，这会儿她的女儿还在陪着她。洛克珊娜交代我，午饭的时候不要忘记把茜茜的饭送到起居室去，女儿要亲自喂饭。

午饭时间，我端着饭来到起居室，起居室的玻璃窗下，胖乎乎的老人茜茜满面红光一脸慈祥地坐在轮椅上，老人的女儿正在聚精会神地给妈妈染指甲。我把饭放在桌子上后对茜茜的女儿说，染完了指甲就可以吃了。

"嗨，茜茜，欢迎到我们这里来生活。"我和茜茜打了个招呼。

"嗨！"老人抬起头，眯着眼睛，声音托得长长的。

看到茜茜指甲的颜色是紫红色的，我说："这是我最喜欢的颜色，茜茜，是你自己挑选的吗？"

老人没有回答，摇着头笑眯眯地看着女儿。

"哦，是我给妈妈选的。"女儿说完后又问茜茜，"是不是呀，妈妈？"

老人的脸上洋溢着微笑，还是什么也没说。

"茜茜，你喜欢这个颜色吗？"我问。

"我才不在乎呢。"老人慢慢地说，好像是要强调她真的不在乎似的。

听得出来，在茜茜那懒洋洋的语气里满满的都是幸福和心满意足。自从在老人院工作以后，我就否定了"人生最美夕阳红"这个说法，可是现在，我却不得不承认，眼前的这对母女的确是人生中的一道美丽风景。

我临走前，嘱咐茜茜的女儿不要把饭放凉了，然后夸赞茜茜真是一个非常可爱的老人。听到我的夸奖，茜茜的女儿抬起头看着我，抿着嘴会心地点了点头。

回到餐厅，我遇见了帕泰尔太太的儿媳妇，她看见我立即走了过来，我们像久别的老朋友那样热情地拥抱了一下。

"很久没有见到你了，你丈夫怎么样了？"我关心地问道。

"谢谢你，他手术后已经出院了，也没有什么别的好办法，只能是积极治疗，好好休养。"

"那就好，你今天来是？"

"哦，今天来是给我婆婆送些吃的，顺便也想给她喂喂饭，一直忙老头儿手术的事，两周没有来看望她了，真对不起她老人家。"儿媳妇内疚地说。

自从帕泰尔太太住进老人院后，儿媳妇真的说到做到，婆婆的饭都是她亲自做好送来的，不过，餐厅里老是弥漫着印度人饮食中的那种很浓的咖喱味儿，让人觉得自己的五脏六腑也被抹上了咖喱，甭管吃什么都像是用咖喱烧的。

寒暄了几句后，帕泰尔太太的儿媳妇去忙了。转过身来，我看到林婆婆的女婿从林婆婆的房间里走了出来。只见他左边腋下夹着一盆花，右边腋下夹着一盒点心，这些东西是中国春节的时候，林婆婆在教堂的朋友们送给林婆婆的礼物。

老人的房间里什么东西都没有，就这么点东西他都不能容忍？过年过节他们从来不给老人带任何东西，连朋友送来的东西他也要给拿走？老鼠我不敢抓，这种事我总可以抱打不平一下吧？想到这里，我对身边的洛克珊娜说："他怎么可以把林碧云的东西拿走呢？不行，我得去给林碧云要回来。"说完我就要去。

洛克珊娜一把拉住我说："反正林碧云也不吃，拿走就拿走吧。"

"不吃也不能拿走呀，就是不吃，放在那里多少也能让人感到还是有人记得林碧云的呀。你看看人家帕泰尔太太的儿媳……"我不依不饶，觉得挺不公平的。

"行了，行了，你就别管闲事了。来，跟我来，我给你看看我女儿的照片。"说着，洛克珊娜把我拉到了小起居室，从兜里掏出一沓照片，递给我。

我接过照片，一张一张地翻看着。洛克珊娜的两个女儿真是非常漂亮，"哟，珊娜，你可真有福气，这么漂亮的女儿，我都要嫉妒了。这是在哪儿照的呀？新家？很漂亮很舒适吗？"

"是的，我把那个婊子以前买的家具都给扔了，又买了一套新的。"洛克珊娜得意地说道。

"孩子们一定很高兴吧？"我把照片还给洛克珊娜后问道。

洛克珊娜接过照片后点了点头。

下午茶的时间，我推着茶点小车来到娱乐大厅。自从我参加了乐队，每次周末音乐会的时候，我都能看到邦尼太太的儿子和媳妇带着邦尼太太一起来听音乐会，今天午饭一结束他们就来到了娱乐大厅。

窗前，邦尼太太满面红光地坐在轮椅上，她身上穿的那件花长裙是我送给她的一百岁生日的礼物，而每次来听音乐会，老人总是要穿这条裙子。不仅如此，最让我高兴的是，老人也是穿着这条裙子，美滋滋地照了她的百岁生日照。她生日那天，她的儿子把这张喜洋洋的照片登在了报纸上。邦尼太太有很多年没有买新衣服了，所以儿子和儿媳妇都非常珍惜老太太这条漂亮的新裙子，他们甚至在邦尼太太的床头帖了张纸条，叮嘱工作人员千万不要把这条裙子拿到洗衣房用洗衣机洗，他们要带回家用手洗。

看见我过来，邦尼太太的儿子和儿媳妇都站起来和我打招呼。来到他们面前，我用法语向邦尼太太问了个好，然后改用英语问道："邦尼太太，你今天过得怎么样啊？"

邦尼太太没有回答，只是笑眯眯地给了我一个飞吻。

"妈妈，你今天过得好不好呀？"儿子笑嘻嘻地又问了一遍。

邦尼太太瞥了儿子一眼，用法语叽里咕噜地不知道说了一句什么。

"妈妈，妈妈，不要说法语，说英语。"

"邦尼太太已经一百岁了，还是红光满面的，我看她老人家能活二百岁。"我由衷地祝福道。

儿子笑着对我点了点头，然后把脸转过去对母亲嬉皮笑脸地说："妈妈，再给你找一个老公好不好？"七八十岁的儿子，在妈妈面前还像个淘气的孩子，没大没小地和妈妈开起了玩笑。

邦尼太太又瞥了儿子一眼，然后噘着小嘴生气地用英语说："我有过一个，我够够的！"说完把脸扭到了一边，不看儿子了。

我被邦尼太太的话逗得哈哈大笑，老太太真是语不惊人死不休呀。放下茶点小车，我上去搂住邦尼太太的脖子，一边摇着老人一边笑着说："哦，邦尼太太，我太喜欢你了。"

给邦尼太太一家留了些茶点后，我推着小车继续给老人们分发茶点。这个时候，大门开了，我看到杨巧克太太的儿子麦克进来了，他带来了自己整套的架子鼓。麦克四十来岁，高鼻梁、大眼睛，个子也很高。他一身休闲装，褐黄色的卷发几乎披到肩上。来到娱乐大厅后，他一边安装他的架子鼓，一边不时张开五个手指，像一个指挥家似的，把散落到额头前的头发潇洒地拢到后面去。

杨巧克太太也在娱乐大厅里。我来到杨巧克太太的轮椅前，问道："杨巧克太太，你是想要咖啡还是茶？"

"我要回房间去。"杨巧克太太答非所问。

"回房间去？一会儿你儿子要打鼓的，你不听儿子打鼓呀？"我有些惊讶地问道。

"不听，这个家伙从小就在我楼下敲鼓，烦死我了，我要回房间去！"老人数落着，又爱又恨地看了儿子一眼后接着说："一会儿你拉小提琴的时候我再来听，我喜欢钢琴和小提琴。"

嘿，没想到杨巧克太太的欣赏口味还挺高雅，更没想到她的颇具艺术家范儿的儿子在家没敲够，又追着老妈妈，把鼓敲到老人院来了。把杨巧克太太送回房间后，我给她留了杯咖啡和几块点心，临出门时，杨巧克太太又嘱咐我，说我拉小提琴的时候一定不要忘了把她带到娱乐大厅去。

还没下班，音乐会就开始了。看到我一副迫不及待的样子，洛克珊娜和米歇尔善解人意地说基本上没什么事了，她们顾得过来，让我去拉琴好了。谢过二位，我赶紧来到娱乐大厅，打开谱架子拿出小提琴，立即加入了帕特他们的演奏。可是很快，我开始觉得我们今天的演奏很不正常。本来挺好的钢琴、小提琴和电子和声器，突然不伦不类地加进了一个架子鼓，乱七八糟的闹得人心发慌。

我不舒服，帕特也不舒服，可麦克得意得要命，他摇头晃脑，把他的长头发甩来甩去，鼓越敲越响，越敲越快，简直像疯了一样。更可气的是，弹电子和声器的老头儿一看麦克来劲了，也跟着疯了起来。接下来整个音乐会都在一种难以抑制的疯狂中，无论我和帕特怎么抗议和气恼都无济于事，他们根本就不管我们是不是跟得上。他们刮龙卷风般地扫荡了一首又一首曲子之后，前仰后合地快笑抽了。

音乐会结束后，我扫兴地收起我的行头准备离开，帕特叫住了我，她问我是否愿意留下来再玩一会儿。我放下琴，没有忘记去把杨巧克太太带来，然后我对她说，我现在算是明白为什么她不想再听麦克敲鼓了。

打开琴盒，我和帕特又重新开始了。

在我们两个人共同喜爱的众多曲目中，舒伯特的《圣母颂》（Ave Maria）是我们最喜爱的一首，那诗一般的旋律，像潺潺溪水，流淌着娴静与柔美，那质朴的意境，犹如海韵微澜，诉说着悲悯与慈祥。而每当我们演奏这首曲子的时候，许多老人和家属都会围坐下来，带着对圣母的敬仰与眷恋，虔诚地和我们一起感受高贵与圣洁。

深秋的苍凉

又是一个深秋，曾经火红的枫叶在风雨中凋落了一地，满目狼藉，一片残红。窗外下着瓢泼大雨，雨点打在窗户上，噼噼啪啪地像在炒豆子。自从到了白班，一晃又是好几年，尽管有时候也感到很累，但每次多琳叫我去替班我都不好意思拒绝。今晚又要去替一个夜班，夜幕降临，听着风雨声，躺在沙发上，我尽量不让自己睡着，以免延误了去上班的时间。

十点钟，街对面那座老教堂的钟准时敲响了，而每当钟声响起时，邻居家的那条大黄狗就会跟着钟声仰天长啸。当！当！嗷！嗷！嗷！钟声和着狗叫声，在这深秋的雨夜里显得那样的苍凉。

也许是因为这该死的天气，人还没去上班，就已经感到一种说不出来的忧伤。我带着莫名的惴惴不安来到老人院，拖着沉重的脚步，我像生了病似的打不起精神来。一进大门，我就遇到了下班的老同事们，我还没来得及和别人打招呼，黛拉蕊就把我拉到了一边。

"今天夜里你在哪个区干活？"黛拉蕊问我。

"还不知道呢，什么事？"

"要是在A区，看着点林碧云。"黛拉蕊皱着眉头说道。

"出什么事了？"我有点紧张地问道。

记不清已经有多久了，林婆婆不再抢椅子、打人、堵门了，她摔了一跤后就完全不能动了，像许多老人一样整日半躺在轮椅上，面无表情，不知道是不是已经完全痴呆了。撒拉莉去世后，多琳把她换到了撒拉莉在A区的那间双人房，黛拉蕊告诉我，最后查房的时候，她和露丝发现不知道什么时候，林碧云把自己的大便涂得到处都是：墙上、床上、被子上、床单上，甚至她的嘴里。听到这里我觉得我简直听不下去了，我的胃开始剧烈地翻腾，想吐但又吐不出来。黛拉蕊说她和露丝已经给林碧云换洗干净了，墙壁也擦了，还特别下了很大的工夫，用棉签蘸着洗漱水非常仔细地把林婆婆的口腔也彻底洗干净了。

听完黛拉蕊的叙述，我向黛拉蕊保证说，如果今夜我在A区干活，一定不会让类似的事情再次发生。交代完后，黛拉蕊走了。看着我的同事们消失在雨中，我的心久久难以平静，我问自己，如果没有这些辛辛苦苦工作在老人院里的、平凡而又善良的人们，这个世界会是什么样子？

我来到休息室，工作安排表上一个美丽的名字吸引了我的注意。英卡，这是一个让人很难忘记的名字，也是一个让人很难忘记的女孩子。她是一个和缇娜、苏茜同龄，但又完全不同的白人女孩儿。我和英卡在一起只工作了一个夜班，但她给我的印象却是那么深刻。

夏天的一个夜班上，四个护理中居然有三个是替班的，而我的搭档是英卡，她是金孔雀老人院的临时工。英卡并不漂亮但个子很高，她的脸上长了许多俏皮的小雀斑，像是从乡下来的姑娘。英卡是一个比较老派的女孩子，安静、腼腆。一见面，英卡就非常谦虚地说她刚开始在这里工作，很多事不熟悉，希望我能在合作中多多指点。

总是被别人"指点"，而且十分憎恨被别人指点的我，很难享受这种殊荣，更没有自信去指点别人，所以工作中我并没有特意想要指点她，而是由她自己意愿帮我做多或者做少。可是，我很快就发现，英卡不但很勤快，而且很清楚什么情况下应该做什么、如何去做，根本就用不着任何人来指点。而且，她像一位教实习的指导老师，一直默默地给我做着示范。她的每一个动作都非常娴熟，非常职业，非常到位。一个夜班下来后，我认为，她是我多年来见到过的最出色的护理人员，和她一起工作我感到非常轻松和愉快。

休息的时候，我们在起居室坐了下来。我问英卡是不是以前干过护理工作，英卡给我讲了她的故事：

英卡是去年秋天从ＢＣ（哥伦比亚）省到这里来的。她的母亲是一位小学教师，父亲是农民。父亲去世后，哥哥接管了农场。她高中毕业之后，考了个护理证书，然后在老人院里做了十年的护理。在老人院十年的工作经历，使她更加富有同情心。她热爱医护这个职业，并且一直梦想着能够成为一名医生，到非洲去帮助更加需要帮助的人们。为了这个理想，和她一起生活了十年的未婚夫和她分手了，尽管她感到十分痛苦，但她还是不想放弃她的追求。这个城市的学费和生活费都比ＢＣ省的便宜，所以她选择到这里来上医学院。上医学院的费用非常高，妈妈和哥哥都帮不了她，八年的生活和学习费用都要由她自己来负担，因此她不得不把湖边的房子卖掉，为了多挣点钱，她就到"金孔雀"找了个临时的护理工作。

听了英卡的故事，我除了感动和钦佩之外，还有点儿困惑，像这样的有志青年我已经很久没有听说过了，他（她）们好像是六七十年代的人物，当今时代还有吗？这个时候，我突然想到了ＫＫＫ，那个寄生虫，我感叹道，多么不一样的年轻人，多么不一样的人生追求呀！

很多年之后，每当想起英卡，我都会问自己，一个人活着到底是为了什么？一个工作、一口饭、一个爱人、一栋湖边的房子，还是一个理想？放弃已经得到的财富和已经建立起来的舒适稳定的生活，去追求一个梦想，这一定需要很大的勇气、自信和牺牲精神。我相信英卡最终完成了她的学业，从一个护理成为了一名医生，我也相信，在追求理想的路上，她也一定找到了她全部的幸福所在。

自从那次夜班之后，我一直希望能有机会再和英卡一起工作，但我今天的搭档是马萧。作为难民的马萧来自索马里，他有六个孩子，靠政府的救济生活，日子过得比较紧张，目前他和妻子都在大学读社会学专业，希望毕业后能在政府部门或者医院、老人院找个社会工作者的工作。因此，到老人院来上夜班，不仅仅能多一些收入，也可以算作专业实习。马萧没有经过正规的护理培训，可以说他基本上不知道怎样干护理，所以夜班的很多人不愿意和他一起工作，只要看到搭档是他，就会请病假，这样一来，我替夜班时经常和他做搭档。

第一次和马萧一起干活时，他给我讲了他的祖国——战乱中的索马里。两年前，在索马里政府部门工作的他带着全家作为难民来到加拿大，他的第六个孩子就是在难民船上出生的。当他带着全家来到加拿大后，他觉得他是世界上最幸福的人。

我永远都忘不了在那个夜班里，这位黑大汉饱含热泪对我说，没有经过战争的人，不知道什么是和平。他热爱他的祖国，他憎恨战争给索马里人民带来的灾难。他下定决心一定要把依旧生活在战火中的全家——妈妈、爸爸和所有的兄弟姐妹都带到加拿大来，让他们也能够像他一样，自由地呼吸没有炮火硝烟的空气。

我相信马萧的话，更同情他的身世，第一次合作之后，我就和马萧建立了很好的友谊，还交换了电话号码。而每一次见到他，我都会关心地问问他的父母是否已经来到加拿大。

我在走廊上遇到了马萧，马萧看见我立即笑脸相迎，快步走到我面前。

"我二弟就要移民到加拿大来了。"马萧激动地告诉我。

"哇！祝贺你，"我和马萧握了握手，"接下来你准备办谁？"

"爸爸和妈妈。二弟来了，让他办妹妹。"

"好，祝你们全家早日团聚。"

"谢谢，谢谢。"马萧乐得合不拢嘴。

"好消息，那么你今天一定要多干点活儿才行啊。"我开玩笑地说。

出于同情，每次和他搭档我总是尽可能地把活儿都干了，他也就是在一边看着，或者简单搭个手。

"一定，一定。"满心欢喜的马萧满口答应着。

我们正说着，呼叫铃响了。

乔治已经去世很久了，但每次上夜班，只要听到呼叫铃，我都会想起那个又固执又可爱的老人。自从乔治从医院回来后，只要我上夜班，他要是觉着呼吸不舒服，不想躺着，我一定会让他起来，和我一起坐在起居室里。我请他吃我在中国商店买的五香西瓜子，老头儿咧着嘴使劲往后闪，摇着头说他不吃这东西，脸上的表情好像我手里的五香瓜子是毒药似的，可如果我请他吃炸薯片，他就会眉飞色舞，高兴得像个孩子。

乔治走了，上夜班时少了许多乐趣，可呼叫的铃声一点也没有减少。现在的这个铃声是走廊最后一个房间里按响的，住在那儿的老太太也和乔治一样，无论白天还是晚上，每隔五分钟都要按响一次呼叫铃（我有点夸张，实际上并不是绝对每五分钟，但由于叫得太勤了，给人的感觉就像是每五分钟似的），这位老太太倒不是想起来，而是想要止痛片。

来到老人的床前，我问道："亲爱的，我能帮助你吗？"

"我头疼，我要止痛片。"

"我看到护士刚刚给了你止痛片呀？"

"可我还是头疼！"

"刚吃了药需要等一会儿的。"

"我就要吃止痛片，我头疼，现在！"老人开始不讲理了。

"亲爱的，吃多少止疼片不能听你的，要听医生的，再说了，这是药，不是糖块。"我耐心开导老人。

"我交钱了！"老人怒吼道。

交钱了？这老太太可真逗，住老人院又不免费，谁住这儿不交钱呀？"你交了多少钱呀？"我笑着问道。

"我一个月交两千多呢！"老太太恶狠狠地对我说，听那口气好像是我拿了她的钱。

哦，我明白了，原来这老太太不是头疼，是心疼，两千多块钱呀，不能白交了，一定要把那两千多块钱吃回来。

"亲爱的，你总不能一个月吃两千多块钱的止痛片吧，那不成毒药了。"我绞尽脑汁想说服老人。

"我不管！我头疼！我要止痛片！"老人不听我劝，继续闹着要吃止痛片。

看来这里是没有道理可讲了。

在护理学中，说服是一门技巧，有的时候它比药物都灵，但这需要很好地运用语言学和心理学知识，我自认为在这方面不是很擅长，所以，我放弃了说服，悻悻地去找护士奶奶简。我知道，简总是有耐心、有办法让这些闹腾的老人服服帖帖的。

把止痛片的问题交给简去处理之后，我在走廊上看见一个我从来没见过的中年男子正在四处张望。我走过去，我问他是否需要帮助，中年男子说他一直在这里照顾母亲，已经一天一夜了，他问我是否可以替他一会儿，他出去买点吃的。

"母亲？你母亲是谁？"看着眼前这位个子不高，长相毫无特点的人，我问道。

"茜茜莉娅。"

茜茜莉娅？这就是茜茜莉娅日夜想念的儿子？我简直不敢相信，哦，谢天谢地，他终于出现了。我跟着茜茜莉娅的儿子来到了茜茜莉娅的房间。房间里，我看到茜茜莉娅奄奄一息地躺在床上，就像当年的塞尔玛。我没有和茜茜莉娅的儿子再说什么，我们只是互相会意地点了点头。

茜茜莉娅的儿子走了，我在床边坐了下来，脑子里像过电影一样翻阅着茜茜莉娅曾经给我看过的那些老照片，想象着这位老人曾经的一生，和那个让她无比骄傲的军旅生涯。我不知道茜茜莉娅是不是在清醒的时候就见到了她心爱的儿子,但我认为她是对的,正像她说的那样,只有到死的时候,她儿子才会来看她。想到这里,我为可怜的茜茜莉娅长长地叹了口气,心说,这是多么令母亲心碎的感觉呀。

如果死亡也是一种人生选择的话,那么人若要去,何必挽留。我看着弥留之际的茜茜莉娅,什么都不想说。

茜茜莉娅的儿子很快回来了,手里拿着一个大大的三明治和一杯咖啡。我们俩还是什么也没有说,再一次会意地相互点了点头。

从夕阳中走来

查房开始了。我带着马萧先来到了林婆婆的房间,打开林婆婆床头的灯,我看到老人这会儿睡得很安稳,尽管房间里还有味儿,但当我看到四处都干干净净的时候,我从心里感谢黛拉蕊她们临走前的劳动,要不然这会儿还不得忙死我。给林婆婆换洗并翻身之后,我习惯性地准备离开了,可是我眼角的余光突然发现另一张床上不再是空的了,露茜娅回来了?!我真的是大吃一惊。

自从很多年前的那个夏末露茜娅去了医院之后,我就再没有见到过她。不过我知道,这些年来她大多数时间都是在医院里。她曾经回来过,但每次都是住几天就又回到了医院。她在老人院的床还是她的,但总是空空的,每次到这个房间来,我都会想起那个每天都陪伴她的夏天。来到露茜娅的床前,我久久地看着她,哦,露茜娅瘦多了,她脸色苍白,让我不敢相信眼前的这个人就是曾经满面红光的露茜娅。

"嗨，露茜娅，你需要换一换吗？"我轻声地问。

露茜娅没有睁眼，我用手背轻轻地抚摸了一下她的脸庞，"露茜娅，醒一醒好吗？"

露茜娅慢慢睁开了眼睛。看得出来，她根本就不记得我了，也不明白我要干什么。看着露茜娅那双心神迷离的眼睛，我难过极了。人们都说眼睛是心灵的窗口，可是在这扇窗口里，我看到的似乎是一个深渊，在那里埋葬着她对生命的希望。我不知道用什么词汇才能更准确地形容那眼神，我只是感到那分明是一双已经死亡了的眼睛，让人不忍心看下去。多少年之后，那个哀伤的、神思恍惚的眼神，和当年那个热烈的、渴望自由的眼神总是会在我的脑海中交替出现，如同一道道劈天裂地的闪电，震撼着我的心灵。

离开露茜娅，我看到博士菲利克斯推着他的助行器，光着脚丫子正在走廊上摸索着。

"菲利克斯，"我三步并作两步赶紧上去扶住他，问道，"大半夜的你不在床上待着，跑到这里干什么？"

"我太太呢？她已经很久没有来看望我了。"菲利克斯抱怨着，两只眼睛看着另一个方向。

菲利克斯住到老人院以后，他那三个彬彬有礼，同样受过良好教育的儿子常来看望父亲，他的太太也是几乎每天都要来陪伴他。经菲利克斯这么一问，我也觉得好像是有一阵子没有见到他太太了。

"现在是夜里两点，菲利克斯，太太在睡觉。"我找了个理由，希望菲利克斯能安心回去休息。

"她去找她的男朋友了，她去找她的男朋友了。"菲利克斯自言自语地说，语气里带着无奈与气愤。

这都是哪跟哪呀。这老爷子大半夜的不睡觉，跑到这儿跟自己吃醋，怕是做噩梦了吧。我想把菲利克斯带回去睡觉，但他就是不肯走，我只好请马萧来帮我。和别人搭档，我都是听从命令的那个，只有和马萧搭档，我才可以大胆地当一回领导，当然，马萧也乐得大撒把，落个省心。

菲利克斯重新回到床上后，我把老人的枕头松了松，又把他那双又软又大的棉窝窝套在他的脚上，叮嘱他不要再起来了，好好睡觉。菲利克斯挣扎着，还是不停地问为什么太太很久没有来看他了，我安慰他说天亮了太太就会来的，然后硬是把他给按倒在床上。

不久前，菲利克斯床头的墙上新添了一张彩色照片，那是他和太太的合影。那是一个金灿灿的秋天，晚霞中，两位老人披着夕阳，相互搀扶着从火红的枫叶林中风度翩翩地向着镜头走了过来。那姿态、那微笑，还有那意境，都透着温馨与幸福。当我第一次看到这张照片时，就被这美好的瞬间深深地吸引了。

菲利克斯躺下后，我再次凝视着这张照片，仿佛自己也置身其中。黄昏中的夕阳，虽已即将燃尽，但的确有它的迷人之处。

菲利克斯和托尼一个房间，安顿好了菲利克斯，我们转过身去查看托尼。托尼的那半个房间可热闹了，墙上贴满了他的孩子和孙子们的照片，像是小学校的三好学生光荣榜。他的女儿和外孙女根据她们自己的爱好，硬是给托尼安装了各种各样的夜光灯。这些夜光灯在黑暗中魔术般的一会儿发蓝，一会儿变绿，一会儿又闪着紫色的光芒，如同酒吧一般光怪陆离。每次看到这闹鬼一般的灯光，我就会替托尼庆幸，好在菲利克斯的视力不好，要是换了我，准跟他急。

我们来到托尼的床前，马萧拍了拍托尼说："嗨，托尼，醒醒，你要娶的那个姑娘来了。"说完就站在一边嘿嘿地笑了起来。

上次我和马萧一起检查托尼的时候，因为看到我的手指上没有戴戒指，托尼就问我是不是还没有结婚，还没等我回答，马萧就插话进来，他开玩笑地问托尼是不是想娶我。在护理的过程中，由于金属戒指容易伤着老人，所以按照规定，护理人员在工作的时候是不允许戴戒指的。

托尼醒了，他睁开眼睛愣愣地看着我们，不知道出了什么事。

"托尼，你需要换一换吗？"我问道。

"我不知道。"睡得糊里糊涂的托尼回答说。

"让我来检查一下好吗？"

"好吧，随你。"托尼睡眼惺忪。

我掀开托尼身上的毯子，马萧主动帮托尼把身子翻了过去，在给托尼换尿布的时候，托尼下意识地用手抓住了我后腰的衣服。我觉得这很正常，如果一个人被别人翻来翻去的，一定会下意识地想抓住什么东西。但突然我想起前些日子有人状告托尼，说他性骚扰，摸了护理姑娘的屁股。听说这件事以后，我觉着挺滑稽的，作为和各种人打交道的护理人员来讲，学会善意的、礼貌的阻止这种事情的发生也是很重要的。

我把托尼的手从我的腰上拿开，笑着对托尼说："托尼，听说有个姑娘告了你的状，说你摸了她的屁股，有这回事吗？你呀，以后要注意了。"

"为什么你们可以摸我的，我就不能摸你们的？"托尼似乎蛮有道理地回击我说。

"哈哈，"我笑了两声，"我们摸你的，那是我们的工作，你付了钱让我们摸的，可我们没有付钱让你摸呀。"我半开着玩笑。

"他们爱说什么说什么，我才不在乎呢。"托尼嘴硬。

"你不在乎，我们在乎。"

托尼不作声了。尿布换好了，可是马萧并没有要走的意思，他趴到墙上看起了照片，然后指着每一张照片查户口似的打听。当他指着其中一个姑娘的照片询问托尼时，托尼说那是他的养女。

养女？真没看出来这个大咧咧的托尼心地还挺善良，自己有两个女儿还不够，还领养了一个。平时油嘴滑舌，貌似什么都不在乎的托尼，其实是一个挺有性格的人。

"养女？你的养女很漂亮嘛，她叫什么呀？"马萧色色地问道。

"叫什么？叫什么？哟，我忘了。"托尼不好意思地摸着脑袋，怎么也想不起来养女的名字。

"看，到底不是亲生的啊，名字都给忘了。"马萧又说。

"不是，不是，大学一毕业她就去了ＢＣ省，很久没有回来了。"托尼着急地辩解着，还在努力回想养女的名字。

"行了，别想了，睡觉。"

关上灯后，我责怪马萧不该打搅托尼，这下子好了，托尼准睡不着要折腾了。我推着马萧离开房间后，我们直接来到护士值班室，今天还是护士奶奶简值班。

"嗨，简，刚才菲利克斯爬起来到处乱跑，他问为什么他太太很久没有来看他了，他太太是不是生病了？"我问道。

"他太太已经去世了。"

"什么！去世了？！什么时候？那为什么不告诉他？"

"去世一个多月了，他儿子专门交代过，不让告诉他，怕他伤心。"

"怕他伤心？那就不怕他担心着急呀？也不能永远瞒着他呀？"

"有什么办法，我们必须尊重家属的要求。"简耸了耸肩。

查完了房，回到起居室，我的屁股刚刚挨着沙发还没坐稳，呼叫铃又响了起来，这次不是要吃止痛片的老太太，而是托尼。看来简已经把要止痛片的老太太给"降服"了。

我一进托尼房间的门，托尼就激动不已地喊了起来："想起来了，想起来了，我养女的名字叫杰西卡！"

这大半夜的，都是马萧的一句话惹的！我又好气又好笑地关掉呼叫铃后对托尼说："睡觉了，谁让你想养女的名字了？"我拍了拍托尼的脑门子，离开了他的房间。

我担心林婆婆再把自己弄脏，整个晚上我都紧张分分的，一会儿跑去看看，一会儿跑去看看，马萧说我神经出了毛病。不管是哪儿出了毛病，林婆婆总算是一夜平安无事。

到清晨护理的时间了，我想让茜茜多睡一会儿，所以我把归我管的老人都换洗完后，才来到茜茜的房间。茜茜的房间里，温柔的灯光下，茜茜还在熟睡，脸蛋红扑扑的，像个孩子。可爱的茜茜刚刚过了她的一百零四岁生日。

"早上好，茜茜。"我轻轻地呼唤了一声。

茜茜没有动。我把她散落在额头上的一缕头发给她拢到了耳朵后面，老人慢慢地睁开了眼睛。

"早上好，茜茜，"我又道了一遍早安，微笑地看着茜茜接着说，"我现在给你洗洗脸，准备起床好不好？"

老人笑了，然后嗲嗲地说："不好。"

"不好？为什么呀？"

"我要睡觉，我很累。"

"很累？茜茜呀，你还没有起来怎么就累了？"我模仿着茜茜那娇滴滴的语气问道。

"大概就是懒吧。"茜茜还是那样不紧不慢的。

一百多岁的人，再勤快也不能这么一大早就把人家给弄起来呀，这是谁制定的清晨护理名单？好没有道理，不管它什么规定了，我决定违反一回。

"好吧，茜茜，那我就不打搅你了，睡吧。"说完，我情不自禁地用手抚摸了一下老人的脸。

"你也去睡觉吧。"茜茜拿起我的手，在她的嘴上贴了贴后对我说。

"茜茜，我能不能和你睡在一起呀？"我开玩笑地问茜茜，看她怎样回答我。

"好呀，进来吧。"茜茜慢慢掀开她的毯子，敞开她热乎乎的怀抱，微笑着对我说。

我呵呵地笑了起来，好可爱的老人。给茜茜掖好毯子后我说："谢谢你，茜茜，我下班回家后一定马上睡觉，你接着睡吧，我不打搅你了，再见。"

"再见。"茜茜又闭上了眼睛。

从玛丽小姐，到邦尼太太、帕泰尔太太、邓肯太太、老比利，还有这位104岁的小茜茜，在这些长寿老人们的身上，我看到他们都有着一个共同的特点，那就是性情温和开朗，因此我想，要想健康长寿，一个好的性格一定也是很重要的。

开启天堂的大门

秋去冬来，圣诞节后的一个周六，像以往一样，我顶着黑暗来到老人院。娱乐大厅里的炉火还在燃烧着，圣诞节的装饰物依旧悬挂在屋顶上，但我却已经感觉不到任何圣诞的气氛了。

交接班报告中说靓姐梅丽在清晨去世了，虽然已经通知了家属，但家属还没有来安排后事。我希望在梅丽的遗体被拉走之前再看看她，所以交接班报告一结束我立即来到梅丽的房间。

夜班的同事已经给梅丽换洗好了。床上的梅丽身上盖着一条白色的床单，下巴底下垫着一个小小的毛巾卷，托着她那已经掉下来的下巴。梅丽面目扭曲，表情痛苦不堪，看上去并不安详。我站在床前，极力猜想着漂亮的梅丽对于这个世界还有什么纠结的吗？她对她的一生还有什么不满的吗？为什么到了人生最后的时刻，还要把遗憾和苦难刻在脸上带到另一个世界？我想，人的性格一定是与生俱来又与死同去的吧。

离开梅丽的房间，我听见薇妮在走廊上喊救命："救命呀，救命呀！快来帮帮我呀！"

薇妮这又是怎么啦，这样大呼小叫的。我快步来到薇妮的房间，进门后问道："早上好，薇妮，你这是怎么了？"

"啊呀，我要掉下来了！快来帮帮我呀！"

只见薇妮躺在床的边沿，半个身体忽悠忽悠地挂在床外，头和脚两头翘着，尽量保持着平衡，看着的确像是就要从床上掉下来了。薇妮的床很低，用手去托她很不方便，于是我赶忙用腿顶住了她。

"今天早上谁是你的清晨护理？"我问道。

"那个'大猴子'！她把我放成这个样子就走了！这个丑八怪，我要掐死她！"薇妮咒骂着。

得，又是"大猴子"，真是冤家路窄，她们俩怎么又碰到一块儿了。

"快点帮帮我呀，我要掉下去了。"薇妮继续喊着。

"薇妮，请安静一下，让我去找个人来帮忙。"

我的话音刚落，薇妮就尖叫了起来："你不能走呀，我要掉下去啦！"

也是，我要是走了，她老人家要是从床上掉下来，如果摔坏了胯骨，我吃不了兜着走倒是小事，只怕薇妮也许会像颐达、林婆婆那样永远站不起来了，那薇妮可真的要像她说的那样"要死了"。

想到这里我说："薇妮，我一个人可能挪不动你，不过咱们可以一起来试试，我需你好好配合。"

"好，好，好，没问题，让我做什么都行。"一听我说可以帮她，薇妮满口答应着，可怜巴巴的又要哭了。

"那好，听我说，我现在就数一、二、三，我使劲推你的时候，你自己也要往里边挪一挪，听懂了吗？"

"听懂了，听懂了。"薇妮赶紧答应着，像是一个听话的好孩子。

我弯下腰来，用两只手托着又大又重的薇妮开始数数了：一、二、三！我使劲把薇妮推到了床里面，就在薇妮回到床中的那一瞬间，我听见我的右肩膀头发出"卡巴"一声响，疼得我大叫了一声，差点一脑袋扎到薇妮的怀里。我站起身来，用手捂住肩膀，龇牙咧嘴的"哎哟"起来。

"你怎么了？伤着了？"薇妮听到我哼哼，哭丧着脸，内疚地看着我，伸出手来一个劲儿地给我揉腰。

我把薇妮的手从我腰上拿开，痛苦地说："薇妮，不是腰，是肩膀。"

"都是那个'大猴子'！都是那个丑八怪！我要掐死她！"薇妮咬牙切齿地从牙缝里挤出了她的满腔愤怒。

"行了，薇妮，别骂了，你呀，在床上好好待着，一会儿我带你去吃早饭。"

我捂着肩膀走出薇妮的房间，在走廊上遇到了老搭档洛克珊娜。

"姝，我要辞职了，今天是咱们俩最后一次搭档了。"洛克珊娜走过来拉着我说。

"为什么？换老人院了还是中彩票了？"

"都没有，我要开自己的咖啡店了。"

"哇！好事情！祝贺你，珊娜，来来来，拥抱一下。"说着，我张开双臂准备拥抱洛克珊娜。

刚刚张开胳膊，我就大叫了一声，刚才扭伤的肩膀又钻心地疼了起来，我捂着肩膀蹲了下去。

"哟，你这是怎么了？"说着洛克珊娜也跟着我蹲了下来。

我把刚才发生的事对洛克珊娜说了一遍，洛克珊娜劝我回家休息。因为这个时候，我只要动一下胳膊，肩膀就会疼得让我冒冷汗，我想了想，然后对洛克珊娜说实在对不起，我想我今天可能干不了什么了，待下去实在多余，还是回家吧。洛克珊娜让我去和波拉说一声，如果来得及的话，让她找个替班的。

我告别洛克珊娜，来到护士值班室，简单向波拉说了一下情况，波拉让我填写了一份工伤报表，说她会很快把这份表格送到省政府的劳保部门，并建议我尽快去看医生。

回家之前，我想去和茜茜莉娅告个别，我觉得我这一走，也许就是永别。我来到茜茜莉娅的房间，站在老人的床边，默默地告诉她，虽然我们萍水相逢，但我会记住她的。

告别茜茜莉娅之后，我向老人院的大门走去。路过前大厅时，我远远地看见莫泽太太的门前站了很多人，我停下脚步，注视着他们，我知道，这也是莫泽太太最后的日子了，她的儿女们来送终了。

记得第一次见到莫泽太太的那天，我刚一到班上，米歇尔就告诉我，要是看到一个肩上背着个皮包，手腕上挂着一串钥匙链的老太太，可别把她当成来探视的家属，她是新来的住户莫泽太太。早饭后我见到了莫泽太太，老人干干净净、整整齐齐，脸色红润，身体健康，就像当年的露茜娅，而且的确像米歇尔说的那样，老人肩上背着个皮包，手腕上还有一串钥匙，一副随时准备回家的样子。

"嗨！早上好，莫泽太太。"看到莫泽太太向她的房间走去，我迎了上去说道。

"早上好。"

"吃过早饭了吗？"

"吃过了。"老人很随和。

"一会儿见。"

"一会儿见。"

我和莫泽太太就这样认识了。

休息的时候，米歇尔和洛克珊娜走了，留下我一个人在起居室里，莫泽太太走到我面前说自从住到这里，她一天到晚吃了睡，睡了吃，没事做难受死了，无聊极了，她问我是否可以帮我做点什么。

"你想帮我干点什么呢？"我问道。

这么多年来，莫泽太太是第一个要求做点事的老人，看来是个闲不住的人。

"我不知道。"

"那你能做什么呢？"

"我也不知道。"

哦，我笑了，想了想说："好吧，你等一下，我这就回来。"

我从洗衣房烘干机里掏出一大堆刚洗过的、热乎乎的毛巾和被单，装了满满一大筐。回到起居室后我把大筐往大方桌上一放，对莫泽太太说，她可以来帮我叠叠毛巾和床单。一看有事可做，莫泽太太很高兴，她搬了把椅子在大方桌前坐了下来。我告诉她毛巾要叠成什么样子，不同颜色的毛巾要分开放，老人很快就学会了，我让她慢慢叠，不用着急，这样可以帮她多消磨点时间。

三月里，暖洋洋的太阳从大玻璃窗透了进来，阳光下的莫泽太太手脚麻利，她很快就把一大筐毛巾和床单叠完了。之后，她又找到我，问是不是还有毛巾可以叠，我说没有了，今天就到这里，她可以去休息了。莫泽太太又问是不是可以做点别的什么事，我实在是想不起来还有什么别的事可以让她做，就劝她去看看电视。老人苦笑着说她不喜欢看电视，然后耸了耸肩无奈地走了。百无聊赖的莫泽太太回到她的房间后不一会儿又出来了，她肩上还是背着那个小皮包，手腕上套着那串钥匙，在走廊里来回走着，一直到吃午饭的时间。

午饭后，家属们陆陆续续地来看望老人了，可我却没有看到有人来看望莫泽太太。下午茶的时候我推着小车来到她面前，问她想要点什么。莫泽太太看了看茶点小车后，摇了摇头说她什么都不想要，我递给她一根香蕉，说要是现在不想吃，就拿回去等想吃了再吃。莫泽太太接过香蕉说了声谢谢，然后问我今天是不是星期六，我看到莫泽太太的眼睛里流露出无限的悲哀,她摇了摇头像是对我,又像是自言自语地说她已经来了五天,还没有一个孩子来看望她。我知道她在说什么,可是我又能为她做什么呢?我轻轻地抚摸了一下莫泽太太的肩膀,推起小车赶快走了。我不敢看莫泽太太的眼睛,因为从那期盼的眼神中我看到了老人那颗孤独的心,看到了又一个萨拉莉。

我一辈子都忘不了那个夜班,我看到莫泽太太低着头坐在暗暗的走廊上,手上不停地玩弄着她那串钥匙。夜里三点多钟不睡觉,坐在这里干什么?我来到莫泽太太身边,想劝她回去睡觉,我低下头刚要张嘴,发现老人正在小声地抽泣,那难以抑制的哭泣在这寂静的深夜里像是一个悲伤的灵魂正在诉说着什么,令人惶恐不安。

我吓了一跳,赶忙在老人身边坐下来,我把手放在她的腿上,焦虑地问道:"莫泽太太,你这是怎么了?哪里不舒服吗?要不要我把护士叫来?"

莫泽太太从她的包里拿出一张餐巾纸擦了擦鼻子,摇了摇头用几乎听不见的声音说:"没事,我没生病。"

"没生病那你为什么哭呀?别哭,别哭,先回去睡觉,有事等明天再说好不好?"我搂着老人的肩膀,想安慰安慰她。

莫泽太太抬起头看着我想说什么,但犹豫了一下后又低下头继续摆弄起她手上的那串钥匙。看到老人不想说,我站起身来准备离开。

看到我要走,老人突然开口了:"我有五个孩子,自从我住到这里来后,没有一个孩子来看望我,他们把我往这儿一丢就算完事儿了。实际上我可以照顾自己,做饭、收拾屋子,我什么都可以做,就是不能开车去买东西了,我只需要隔段时间有人帮我买买杂货而已,可是他们连这点小事都不愿意为我做。"说到这里,莫泽太太禁不住哭出了声。

我停下脚步,又弯下腰来。

"莫泽太太,不要难过,孩子们一定是因为忙,有时间他们会来看你的。"

"忙？"莫泽太太猛地抬起头来，她看着我说，"妈妈再忙都有时间给孩子，为什么孩子就没有一点儿时间给妈妈呢？！"

听了莫泽太太的话，我感到一阵震撼，这是一句让我一生都难以忘记的话。面对这样一位伤心的母亲，我无言以对，羞愧难当，老人说的是我呀！

为了人生的一次远行，多少年来，我马不停蹄地跋涉着，越走越远，几乎忘记了我是从哪里来的，要去哪里。在这苦苦的追求中，我历经了风雨漂泊，也感受过人情冷暖。人生太快，又总是领悟得太晚。经历了才懂得，终于，腾然回首，我开始责怪自己，为什么这些年我从来没有想到过母亲的感受，为什么就是腾不出时间给年迈的妈妈。

莫泽太太一句责问的话，如同一盆凉水，把我从梦中浇醒。出国曾经是个梦，到了国外，梦实现了，我也从梦中醒来了。面对真实的生活而不是梦中的生活，多少年的挣扎与努力，无论是失败还是成功，对于我来讲都已经无所谓了，这个时候的我只有一个念头，那就是回家。

我不能再劝慰老人了，我没有资格。我内疚，我难过，我恨我自己，我的心突然变得很沉重，沉重得让我喘不过气来。是莫泽太太让我第一次清醒地意识到我是多么自私。泪水湿润了我的眼睛，我默默地向莫泽太太伸出了双手，牵着老人一起走回她的房间。

入秋后，莫泽太太摔了一跤，摔坏了胯骨的莫泽太太躺在轮椅上，脸上的表情十分痛苦，她那两只苍白的手放在胸前的小桌子上，手腕上依然套着那串钥匙。我知道她想回家，而那串钥匙似乎就是她重新回家的全部希望。

今天，我终于看到了莫泽太太的儿女们，我知道莫泽太太要走了，带着她的那串钥匙和再也不能回家的遗憾。

我远远地站在那里，在心里为莫泽太太祈祷着，希望她的那串钥匙能够为她开启天堂的大门。

后记

从老人院辞职后，我的办公桌上多了一张手工制作的贺卡，那是老人院的老人们送给我的。同事们问我，这张卡片有什么特殊意义吗？我说是的，对于我来讲，它的确是一张非常特殊的卡片，因为它不仅仅是我一生中最难忘、最令我感动的礼物，同时也像是贴在我心灵伤口上的一块止疼的医药纱布。

那天受伤后回到家，整整一天，我的胳膊像是瘫痪了似的，软弱无力。晚上躺在床上，我想睡一觉也许就会没事了，可没想到第二天早上醒来，我的胳膊居然不能动了，五个手指肿得像胡萝卜，整只手毫无知觉。这可真把我吓坏了，我立即给老人院打电话，解释了我的伤情，并请他们尽快找人替班。

星期一，我一分钟也不敢耽搁地去看了医生。经过检查，医生给我开了一些止痛药，还给我开了一个月的病假条，希望我能好好休息。另外，作为工伤，他说他会立即把伤情上报到省政府的劳动保护部门，让我不用担心这一个月的工资。同时，他还建议我换一个职业。当听说护理是我的第二职业时，他劝我最好辞职。

辞职？我不置可否，但我想起了不久前在超市遇到柔斯时，她告诉我她的伤情很不乐观，手术后一直恢复得不是很理想，老人院要求她回去工作，做些轻活，但由于伤情没有完全恢复，所以她仍然很难适应工作。柔斯说她做了一辈子护理，如果不能再做护理了，她都不知道可以做什么工作。想着柔斯的话，看着医生脸上严肃的表情，我说我会认真考虑他的建议。在老人院工作了这么多年，我觉得我很难面对现实，一下子就做出辞职的决定。

几天后，省劳保部门一位叫马修的工作人员找到我，他询问了我受伤的过程，并告诉我他将主管我的事件。之后，我带着能够完全恢复的期望，开始了长达一年之久的康复治疗。

这期间，省劳保部门专门为我约了专家门诊，马修也为我联系了一位曾经在许多运动杂志上发表过学术论文的运动损伤治疗专家，并安排我在他的康复中心（省橄榄球队指定的运动损伤康复治疗中心）进行康复治疗。在整整一年的治疗过程中，所有费用由劳保部门负担，其中包括磁共振扫描检查、超声波检查与治疗、购买康复运动器材和看病路上所用汽油等费用，以及所有因伤而造成的其他误工费。

然而更让我感动是，马修还多次亲自上门来看望我，了解我康复的情况。经过一年的康复治疗，尽管我肩膀的状况有了很大的好转，但是要提起稍微重一些的物体还是很困难，而且在阴天下雨时，手依旧会红肿麻木。鉴于这种状况，我的家庭医生和我的理疗医师告诉我，如果我继续留在老人院做护理工作，那么再次受伤的可能性非常大，也非常容易，如果再次受伤，那么治疗的时间将更长，康复起来也会更加困难，因此，他们建议我最好还是辞职。

因为担心落下终身残疾，我经过再三考虑，最终还是听从了医生们的建议，决定辞职。

　　拿着写好的辞呈，我来到金孔雀老人院。很久没有到老人院来了，这里已经变得有些陌生。在前大厅，我看到许多不认识的老人，还有一些新来的工作人员。看见我进来，米歇尔立即走了过来，她拉着我热情地询问我肩伤恢复的情况，问我是不是准备回来上班了，我说我的医生们都劝我辞职，所以，我是来辞职的。

　　老人院里的人员流动性很大，无论是住户还是工作人员，所以听说我要辞职，米歇尔并没有感到十分吃惊，她说在我养伤的这一年里，老人院的变化很大，洛克珊娜走了，她请大家有空去她的咖啡馆喝咖啡；波拉在政府的一个老人院谋了个高职务的差事，把纳迪也带走了；谢丽和简退休了；露丝和帕特也退休了；虽然柔斯的伤情还没有完全好，但已经回来上班了；缇娜上大学去了；苏茜已经结婚并且很快就要做妈妈了……另外，很多我们过去熟悉的老人都不在了：邦尼太太和罗美丽娅去世了；麦德琳和林婆婆去世了；安娜和帕泰尔太太去世了；露茜娅也去世了……

　　米歇尔看了看多琳的办公室，神秘兮兮地把我拉到一边，悄悄地告诉我，不知道"金孔雀"出了什么事，行政上关着会议室的门开了一周的会，不但多琳被迫辞职，而且整个管理部门的人也全都辞了职，一周后，新的大管家将正式上任，这两天，多琳每天只在办公室待几个小时，所以米歇尔劝我要辞职赶快去，一会儿没准多琳又走了。

　　米歇尔总是有些小道消息，但这个消息的确让我目瞪口呆。我还在那儿愣着想不明白，米歇尔推了我一下，让我赶快去见多琳，最后她还告诉我休息室的信息栏上有我一样东西，已经在那儿挂了很久了。

　　我来到多琳办公室门前，敲了敲门，里面传来了多琳说请进的声音，我推开门，看见多琳坐在电脑前，脸上毫无表情，身边放了两个大纸箱子。看见我，多琳问我有什么事吗，我把我的书面辞呈交给她后说我是来辞职的，并希望能够立即生效。

这已经不是我第一次提出辞职了，多琳接过辞职书看了看，迟疑了一下，然后脸上依然毫无表情地说她接受我的辞呈，并祝我今后一切顺利。看着多琳，我想说点什么来安慰她，可欲言又止，我不知道多琳到底犯了什么"错"，也不想知道，因为无论发生了什么，我知道多琳是一个非常善良的人，这就足够了。出门之前，我也祝多琳今后一切顺利，我还告诉她说，我会记住她的。

走出多琳的办公室，我来到休息室，多琳辞职的通知已经帖在了信息栏上，旁边还有一个用摁钉钉着的长方形红色信封，上面工工整整地用英文写着我的名字。

这是一张感谢卡，是老人们手工活动时制作的。打开卡片，上面写着：

为了你在护理中对老人们的关怀与同情
我们感谢你

卡片底下没有落款，但是在卡片的背面有一个很小的，几乎看不见的手绘印章，印章的下面写着"手印"两个字。拿着感谢卡，我完全愣住了，我从来都没有想过老人们是这样看待我的。想到柔斯、黛拉蕊、露丝、洛克珊娜、黛安、丹尼尔，还有护士奶奶简、谢丽，以及所有日夜工作在老人院里的我的同事们，他们没有毫不利己专门利人的豪言，也没有舍己救人的壮举，可他们同样有着可歌可泣的事迹，比起他们，我为老人们做的真是很少很少，我只是做了我应该做的。然而，老人们却没有忘记我，他们给了我如此高的荣誉，这倒让我感到十分羞愧。

我不知道这张感谢卡是什么时候、什么人做的，但我知道，老人们用这种古老而又庄重的方式表达了他们的谢意。看着手里这张并不精致的感谢卡，自决定辞职后一直还算镇定的我，自认为经历过许多悲伤不会再流泪的我，再一次忍不住为我的老人们热泪盈眶。在这泪水中，有欣慰，也有委屈，更有感动，我感谢为我制作这张卡片的老人，我也会把这份让我担当不起的谢意永远深深地珍藏在心底。

走出金孔雀老人院的大门，我突然想起了十年前的那个冬天，那个时候的我怎么也没有想到我会在一个普通的老人院里一干就是十年。人的一生能有几个十年？我问自己，然而，十年来，无论多么脏，多么累，多么委屈，我还是几乎把我所有的业余时间都奉献给了这片洒满我对生命无限热爱与眷恋的老人谷。她已经不再是我人生中的一个小小的驿站了，她是我人生道路上的一个里程碑。我为我自己感到骄傲。

我扬起头，大跨步向停车场走去。打开车门之前，就像当年那样，我再一次回过头去默默地凝视着"金孔雀"老人院，是的，她是一个让我既熟悉又陌生的地方；她是一个痛苦与快乐并存的地方；她是一个神秘而又平凡的地方；她是一个让我感到既崇高又渺小的地方；她更是一个我想忘却怎么也忘不掉的地方。她，是我心中永远的老人谷。

我知道，十年来的喜怒哀乐都成了过去，今后仍然会有人进来有人出去，而我将不再回来了，我已经踏上了一个新的人生旅程。我坐在车里，四周静悄悄的，仿佛一切都停了下来，我就这样坐着，伴随着发动机低沉而有节奏的转动声，我的内心反倒觉得越来越平静，没有一丝的遗憾，无怨无悔的释然使我宛如晴朗的天空一般纯净，良久，我长长地吁了一口气。

我感谢上帝给了我这样一个机会，让我体验了一种完全不同的人生，它让我感到了心灵上的满足。

我不是一个完美的人，但做一个善良的人感觉是美好的。